Le Mariage de Figaro

ÉTONNANTS • CLASSIQUES

BEAUMARCHAIS
Le Mariage de Figaro

Présentation, notes et dossier par
ANTONIA ZAGAMÉ,
professeur de lettres

Flammarion

Édition revue, 2013
ISBN : 978-2-0812-9394-6
ISSN : 1269-8822

SOMMAIRE

PRÉSENTATION

Le 27 avril 1784, la première du *Mariage de Figaro* est un événement : depuis trois ans, la pièce ne peut être jouée ; le roi en personne s'y oppose. Pour la faire autoriser, Beaumarchais mène une véritable bataille d'opinion, multipliant les lectures dans les salons, provoquant la polémique, excitant la curiosité. Quand la censure est enfin levée, tout Paris se bouscule pour voir cette comédie à la réputation sulfureuse. L'effervescence est telle qu'une violente bousculade se produit à l'ouverture des grilles de la Comédie-Française. Plus de la moitié des personnes qui accourent au spectacle ne peuvent y assister, faute de place. « Il y a quelque chose de plus fou que ma pièce, c'est son succès ! » écrit Beaumarchais. Le triomphe est immédiat et durable : les soixante-sept représentations données en 1784 font du *Mariage de Figaro* la plus grande manifestation théâtrale du XVIIIe siècle.

Beaumarchais l'audacieux

Comment expliquer un tel engouement ? La personnalité de son auteur n'y est certainement pas étrangère. Alors âgé d'une cinquantaine d'années, Beaumarchais est célèbre autant pour ses succès au théâtre que pour son parcours personnel : grâce à ses talents de polémiste, il a su attirer sur lui l'attention et soulever l'opinion en faveur des causes qu'il a défendues. Le public a suivi l'irrésistible ascension de ce fils d'horloger parisien. Tour à tour homme de lettres, homme d'affaires, éditeur, armateur, pamphlétaire et même... agent secret, Beaumarchais, sa vie durant, a mené de multiples activités de front et réussi dans toutes ses entreprises.

Une irrésistible ascension

De son vrai nom Pierre Augustin Caron, Beaumarchais (1732-1799) se destine tout d'abord au métier d'horloger et fait son apprentissage dans l'atelier de son père. En 1753, il se fait remarquer par une première polémique : il parvient à perfectionner le mécanisme des montres mais se fait voler sa découverte par l'horloger du roi, Lepaute. Pour que justice soit rendue, il s'exprime dans les journaux et publie un *Mémoire*, révélant à cette occasion ses talents d'écriture. Il obtient gain de cause auprès de l'Académie des sciences. Après cette victoire, il est présenté à la cour où il réalise une montre miniature pour la maîtresse du roi, la marquise de Pompadour.

L'ambition de notre homme ne s'arrête pas là : il abandonne rapidement l'horlogerie et, pour entrer officiellement à la cour, achète la charge de contrôleur clerc d'office[1] de la Maison du roi. Après son mariage avec une riche veuve, il prend le nom d'une terre appartenant à sa femme – « Beaumarchais » – et adopte la particule, se faisant appeler « Caron *de* Beaumarchais ». Protégé de la famille royale, il devient en 1759 le maître de musique des filles du roi, à qui il enseigne la harpe. En 1761, il accède à la noblesse par l'achat de la charge de secrétaire du roi : il peut alors porter légalement son nom nobiliaire.

---

1. ***Clerc d'office*** : officier attaché à la table du roi, contrôlant les plats servis au souverain.

Débuts au théâtre

Non content d'arborer ces nouveaux titres, Beaumarchais excelle dans les affaires. Au début des années 1760, le grand financier Pâris-Duverney le prend pour associé, l'initie et l'enrichit. Dans le même temps, Beaumarchais commence à écrire pour le théâtre. Ses premières pièces – de courtes parades[1] – sont représentées sur des scènes privées. Il faut attendre 1767 pour qu'une de ses œuvres, *Eugénie*, de genre sérieux (il s'agit d'un drame en cinq actes), soit montée sur une scène officielle. Elle est jouée à la Comédie-Française avec un certain succès. Publiée, elle sera préfacée par un texte théorique important, l'*Essai sur le genre dramatique sérieux*. Pour écrire l'histoire d'Eugénie, une jeune fille abusée par un séducteur, Beaumarchais s'est sans doute inspiré des mésaventures survenues à l'une de ses sœurs en Espagne. En 1764, parti pour affaires à Madrid il a, en vain, tenté de faire aboutir le mariage de sa sœur délaissée par son fiancé. En 1770, la représentation d'un deuxième drame, *Les Deux Amis ou le Négociant de Lyon*, est un échec : la pièce n'intéresse ni le public ni la critique.

Le procès La Blache : Beaumarchais polémiste

La même année, Pâris-Duverney meurt. Le testament est favorable à Beaumarchais mais l'héritier du défunt, le comte de La Blache, conteste ces dispositions. Une longue bataille juridique s'engage entre les deux hommes à partir de 1772 : c'est le début de l'une des « affaires » les plus retentissantes de la vie de l'écrivain. Condamné en 1773, Beaumarchais publie quatre *Mémoires* dans lesquels il tourne en ridicule le rapporteur du pro-

---

1. ***Parades*** : pièces dans lesquelles on imite le parler populaire des marchands des Halles de Paris (exemple : *Jean-Bête à la foire*).

cès, le juge Goëzman. Grâce à ces brillants pamphlets, où il se fait l'interprète de l'opinion contre les abus judiciaires de son temps, Beaumarchais rallie le public à sa cause. Néanmoins, il est déchu de ses droits civiques en 1774 et n'est réhabilité qu'en 1778, lorsqu'il gagne enfin son procès.

La création de la trilogie

Les scandales de l'affaire La Blache retardent le retour de Beaumarchais sur la scène théâtrale.

Déçu par l'insuccès de son dernier drame en 1770, l'écrivain privilégie la comédie. Il écrit *Le Barbier de Séville* en 1772, premier volet de sa grande trilogie (*Le Barbier de Séville*, *Le Mariage de Figaro*, *La Mère coupable*). La pièce met en scène le comte Almaviva, la jeune Rosine, et le valet Figaro. Mais la représentation est différée pendant plusieurs années en raison des démêlés judiciaires de l'auteur. En 1775, la première de la pièce a enfin lieu à la Comédie-Française : la comédie en cinq actes essuie d'abord un échec ; mais, rapidement remaniée et réduite à quatre actes, la pièce connaît le succès. La « Lettre modérée sur *Le Barbier de Séville* », qui sert de préface à la pièce au moment de sa publication, fait apparaître la volonté de Beaumarchais de donner une suite aux aventures du comte Almaviva et de son valet Figaro.

Cependant, le dramaturge a aussi d'autres préoccupations. Dès 1774, soucieux de sa réhabilitation, il propose ses services au roi, comme agent secret ; il est d'abord envoyé à Londres par Louis XV, puis il se rend à Vienne et encore à Londres, cette fois pour le compte de Louis XVI. En 1776, devenu un ardent défenseur des Américains dans la guerre d'Indépendance qui les oppose à l'Angleterre, il est secrètement chargé par le gouvernement français d'apporter aux insurgés subsides et munitions. Pour autant, il ne délaisse pas ses activités littéraires. En conflit avec les comédiens-français[1] et soucieux de protéger les droits des auteurs, il fonde en 1777 la Société des auteurs dramatiques, qui existe toujours aujourd'hui. Deux ans plus tard, il se lance dans une publication à Kehl, en Allemagne, des œuvres complètes de Voltaire, alors interdites en France. C'est à la même époque qu'il achève une première version du *Mariage de Figaro*. Il ne propose sa pièce à la Comédie-Française qu'en 1781 et n'obtient l'autorisation des censeurs de la faire jouer qu'en 1784, après six tentatives. Entretemps Beaumarchais a apporté quelques retouches à son œuvre. La presse la juge sévèrement, condamnant la complexité de son intrigue et son immoralité. Mais son retentissement est tel qu'il s'étend rapidement à l'Europe entière, donnant naissance à un autre chef-d'œuvre : l'opéra de Mozart, *Le Nozze di Figaro*, créé à Vienne en 1786[2].

Cet engouement n'empêche pas l'interruption de la représentation au début de l'année 1785, à la suite d'une lettre de Beaumarchais publiée dans le *Journal de Paris* et jugée injurieuse par Louis XVI : le dramaturge est emprisonné durant cinq jours à Saint-Lazare. La comédie est finalement publiée peu après, accompagnée d'une longue Préface dans laquelle l'auteur défend la moralité de son œuvre.

En 1781, Beaumarchais a pris la défense de l'épouse d'un banquier alsacien, Kornman, persécutée par son mari. En 1787, il publie des *Mémoires* contre Bergasse, l'avocat de ce dernier. Il obtient une victoire judiciaire mais l'opinion a cessé de le suivre. L'insolente fortune de l'écrivain, qui s'est fait construire une

---

1. La querelle entre Beaumarchais et les comédiens-français est restée célèbre en raison des conséquences favorables qu'elle eut pour la reconnaissance des droits économiques des auteurs sur leurs pièces. Jusque-là, profitant de leur monopole, les comédiens-français ne rétribuaient pas les auteurs comme il convenait de le faire.

2. Beaumarchais s'intéresse lui aussi à l'opéra : son unique œuvre dans ce genre, *Tarare*, est créée à Paris en 1787.

somptueuse demeure près de la Bastille, indispose le public. Néanmoins, Bergasse inspire à Beaumarchais le personnage du traître Bégearss dans la suite qu'il imagine au *Mariage de Figaro* au début des années 1790 : *La Mère coupable*. La pièce se situe dans le Paris révolutionnaire de 1791 et reflète l'actualité historique. De genre sérieux, ce dernier volet de la trilogie commencée avec *Le Barbier de Séville* est joué en 1792, au théâtre du Marais, avec un certain succès.

Beaumarchais dans la tourmente révolutionnaire

La Révolution ouvre toutefois une période sombre dans la vie de Beaumarchais. Dès le mois d'août 1792, des menaces pèsent sur lui : sa maison est envahie, il est arrêté et échappe de peu aux massacres de septembre commis par la foule parisienne sur les détenus. L'« affaire » des « fusils de Hollande » est la dernière de son existence : chargé par le ministère de la Guerre d'acheter des armes entreposées en Hollande, Beaumarchais échoue dans cette négociation et se trouve mis en accusation par l'Assemblée. Il est alors contraint de fuir à l'étranger ; sa fille et sa femme, restées en France, sont incarcérées. Il revient néanmoins à Paris en 1796. La reprise de *La Mère coupable* l'année suivante connaît un vif succès. Beaumarchais meurt en 1799 d'une crise d'apoplexie durant son sommeil.

La rencontre d'une pièce de théâtre et de l'Histoire

Cinq ans avant la Révolution…

Beaumarchais, qui, en plusieurs occasions, s'est trouvé en rivalité avec des Grands du royaume, doit sa réussite et sa fortune à ses mérites personnels et non aux privilèges de la naissance. En cela, il incarne les espoirs – mais aussi les déceptions – de la bourgeoisie dans la seconde moitié du XVIIIe siècle, sensibles dans *Le Mariage de Figaro* : riche d'allusions voilées à la vie de son auteur et à ses « affaires », la pièce traite hardiment de l'aristocratie, de ses mœurs et de ses prérogatives, et pointe les injustices de la société d'Ancien Régime. L'enthousiasme qu'elle suscite lors de sa création traduit la montée de l'insatisfaction à la veille de la Révolution française.

En effet, la création tumultueuse du *Mariage de Figaro* précède seulement de quelques années la prise de la Bastille le 14 juillet 1789. Cet événement marque le début de la Révolution, laquelle aboutira au renversement de la monarchie et sonnera le glas d'une société d'ordres très inégalitaire, partagée entre, d'un côté, le tiers état, de l'autre, la noblesse et le clergé bénéficiant de nombreux privilèges. Les révolutionnaires revendiquent l'égalité de tous les citoyens devant la loi et la gouvernance de la nation par des représentants élus, prônant la fin de la société d'ordres et des privilèges, ainsi que de la monarchie absolue, associée au despotisme et à l'arbitraire juridique.

Dans leur contestation, les révolutionnaires sont largement influencés par les écrivains des Lumières, qui remettent en cause la monarchie, la noblesse, le clergé et l'intolérance religieuse. En offrant une tribune à ces hommes de lettres[1], le théâtre a joué un rôle essentiel dans la diffusion de leurs idées.

L'immense retentissement de la pièce de Beaumarchais, perçue comme un défi à l'autorité, et son formidable soutien par l'opinion ont-ils contribué à préparer le déclenchement de la Révolution ? Plusieurs témoignages de l'époque le suggèrent. Selon les *Mémoires* de Mme Campan (1822), le roi Louis XVI se serait écrié, alors qu'on lui lisait le monologue de Figaro (acte V, scène 3) : « Il faudrait détruire la Bastille pour que la représentation de cette pièce ne fût pas une inconséquence dangereuse[2]. » En 1789, Danton affirme quant à lui : « Figaro a tué la noblesse. » Enfin, on connaît le mot célèbre de Napoléon Bonaparte : « *Le Mariage de Figaro*, c'est déjà la Révolution en action. »

Dénoncer « une foule d'abus qui désolent la société »

Peut-on pour autant considérer *Le Mariage de Figaro* comme une œuvre révolutionnaire ? Dans la Préface qui accompagne la publication de la pièce en 1785, Beaumarchais prétend avoir seulement voulu « amuser [les] Français[3] » et résume l'intrigue de l'œuvre en montrant que sa légèreté ne saurait prêter à conséquence :

> Que virent-ils dans l'ouvrage, objet d'un tel déchaînement ? la plus badine des intrigues. Un grand seigneur espagnol, amoureux d'une jeune fille qu'il veut séduire, et les efforts

1. Lieu de rassemblement, le théâtre offre un espace d'expression à l'opinion publique. Des dramaturges comme Voltaire et Diderot n'ont pas manqué de l'utiliser dans leurs combats contre les préjugés.
2. Il s'agissait toutefois de la première version du monologue, qui contenait des allusions très claires aux prisons d'État, et notamment à la Bastille.
3. Beaumarchais, « Préface » du *Mariage de Figaro*, p. 60.

que cette fiancée, celui qu'elle doit épouser et la femme du seigneur réunissent pour faire échouer dans son dessein un maître absolu que son rang, sa fortune et sa prodigalité rendent tout-puissant pour l'accomplir. Voilà tout, rien de plus. La pièce est sous vos yeux[1].

Cette comédie apparemment « badine » met en scène les vaines tentatives de séduction d'un jeune seigneur « assez galant, même un peu libertin[2] » à l'égard de la suivante de son épouse. À la faveur de cette histoire portant apparemment sur un sujet mineur, Beaumarchais trouve néanmoins le moyen d'aborder des enjeux de société majeurs : en effet, à la différence de nombreux dramaturges qui « poursuiv[ent] » dans leurs pièces « un unique caractère vicieux », il compose sa comédie « de façon à y faire entrer la critique d'une foule d'abus qui désolent la société[3] ». Ainsi, l'auteur du *Mariage de Figaro* rompt avec la tradition de la comédie de caractère, héritée de Molière et mettant en scène un type psychologique dominé par telle ou telle humeur, et dénonce les dysfonctionnements de la société. Par ce choix, il rejoint Diderot et sa critique de la peinture des caractères, pilier du théâtre classique : l'auteur des *Entretiens sur le Fils naturel* entend consacrer le genre sérieux à la représentation des conditions sociales (le juge, l'avocat, le magistrat...) et des relations familiales (le père de famille, l'époux...)[4].

1. *Ibid.*, p. 59.
2. *Ibid.*, p. 60.
3. *Ibid.*, p. 59.
4. Voir dossier, p. 264.

La critique des mœurs et des privilèges des nobles

Comment Beaumarchais réussit-il à insérer dans une intrigue de comédie en apparence légère une critique générale des injustices de la société d'Ancien Régime ? Si, à première vue, la pièce se concentre sur une entreprise de séduction, en réalité, la distance sociale qu'elle introduit entre le séducteur – un grand seigneur que son rang et sa fortune rendent tout-puissant – et la femme qu'il courtise – une camériste au service de son épouse – offre l'occasion d'envisager les divers aspects de l'inégalité sociale. Car Almaviva s'appuie moins sur ses qualités de séducteur que sur les privilèges et le pouvoir qu'il doit à son rang et à sa fortune pour tenter de soumettre à ses caprices une femme sur laquelle il a autorité. Rien ne le montre mieux que son désir de restaurer avec elle le « droit du seigneur », qui, au Moyen Âge, permettait à un seigneur de partager la première nuit de noces de la femme de son serviteur.

Il n'est pas sûr qu'un pareil passe-droit ait réellement existé au Moyen Âge – son existence n'est pas attestée par les historiens modernes –, mais l'éventuelle véracité de cet « affreux droit » (comme le qualifie Suzanne, p. 104), qui heurte les principes de la morale et de la religion et s'oppose à la liberté et à la dignité de la femme (la relation imposée par le seigneur s'apparentant à un viol), importe moins que la valeur symbolique qu'il reçoit dans la littérature de l'époque. En effet, pour les contemporains de Beaumarchais, le droit du seigneur cristallise une situation perçue comme insupportable : la latitude donnée aux aristocrates d'imposer leur volonté, en vertu de leurs privilèges, au mépris de la liberté des autres et du droit de ces derniers à disposer d'eux-mêmes.

Certes, dans *Le Mariage de Figaro*, il n'est pas question pour le comte Almaviva de rétablir réellement l'« affreux droit » qu'il a lui-même aboli sur ses terres depuis son mariage. Mais il le restaure symboliquement. D'abord, grâce au pouvoir que lui confère sa fortune : si Figaro et Suzanne veulent recevoir une dot pour leur mariage, il faut que cette dernière se soumette aux désirs du Comte – or, la somme qu'il leur promet est essentielle à leur projet : elle permettrait à Figaro de rompre, contre de l'argent, l'engagement qu'il a pris d'épouser Marceline, véritable obstacle à son mariage avec Suzanne. Ensuite, le Comte dispose d'un privilège que lui accorde sa haute naissance : celui de pouvoir rendre la justice. En effet, c'est à lui, « grand corrégidor d'Andalousie », qu'il appartient de rendre un arrêt dans le procès qui oppose Marceline à Figaro. Or, le Comte fait dépendre sa décision des faveurs que lui accordera ou non Suzanne, ainsi qu'il le suggère dans son monologue de la scène 11 de l'acte III : « Ô mes chers insolents ! je vous punirai de façon... Un bon arrêt, bien juste... » (p. 170). En révélant que l'issue du procès de Figaro repose sur le bon vouloir du Comte, *Le Mariage de Figaro* dresse un portrait à charge des mœurs des aristocrates et des abus de pouvoir auxquels ils se livrent.

La satire de la justice

Plus largement, le procès de Figaro permet à Beaumarchais de peindre sans complaisance la justice de l'époque : des magistrats incompétents (Brid'oison), intéressés (Double-Main), des charges que l'on vend au lieu de les attribuer au mérite, une justice corrompue, au service des privilégiés (« indulgente aux grands, dure aux petits », indique Figaro, p. 166). Beaumarchais n'a pas été le seul à opérer la satire de la justice de son temps, mais son expérience personnelle des dysfonctionnements de l'institution judiciaire donne plus de portée à sa critique. La référence à la vie de l'auteur était transparente pour ses contemporains, notamment grâce au jeu sur le nom du personnage du juge : pour les spectateurs d'alors, don Gusman Brid'oison évoque le juge Goëzman (voir *supra*).

Un duel entre le mérite et la naissance

À un seigneur corrompu et tout-puissant Beaumarchais a « gaiement opposé l'homme le plus dégourdi de sa nation, le *véritable* Figaro, qui, tout en défendant Suzanne, sa propriété, se moque des projets de son maître, et s'indigne très plaisamment qu'il ose jouter de ruse avec lui, maître passé dans ce genre d'escrime[1] ». La rivalité amoureuse des deux hommes est l'occasion d'un duel entre un grand seigneur – un favorisé, un héritier – et un valet – un roturier qui n'a pour lui que son mérite personnel : une fois encore, l'intrigue amoureuse sert de prétexte à la représentation de l'inégalité entre les classes. La joute entre le valet et le maître offre l'opportunité d'une revanche sociale : en contrant les desseins du Comte à l'égard de sa fiancée, Figaro veut prouver que sa valeur dépasse celle de son maître et que naissance et mérite ne sont pas liés. C'est ce que révèle le début de son monologue à la scène 3 de l'acte V : « Non, Monsieur le Comte, vous ne l'aurez pas... vous ne l'aurez pas. Parce que vous êtes un grand seigneur, vous vous croyez un grand génie !... noblesse, fortune, un rang, des places ; tout cela rend si fier ! Qu'avez-vous fait pour tant de biens ? vous vous êtes donné la peine de naître, et rien de plus » (p. 216). La suite du monologue dénonce l'inégalité des chances qui règne dans la société d'Ancien Régime : le récit que Figaro fait de sa vie corrobore ce constat d'une société sclérosée, qui ne laisse pas le talent s'exprimer et favorise l'origine sociale plutôt que la qualité propre à la personne.

Les injustices envers les femmes

À ces réflexions sur l'inégalité entre les classes, l'intrigue du *Mariage* ajoute une réflexion sur l'inégalité entre les sexes. Le

1. Beaumarchais, « Préface » du *Mariage de Figaro*, p. 60.

« droit du seigneur » est une atteinte à la dignité de la femme de condition inférieure. Plus généralement, c'est à tous les étages de la société que l'injustice envers les femmes se fait sentir. Victime du libertinage de son mari[1], la Comtesse saisit l'occasion que lui offre Suzanne de sortir de son rôle passif d'épouse délaissée pour jouer un tour à son époux. Avec la complicité des personnages féminins de la pièce (Suzanne, Marceline), et sans l'aide de Figaro, lui aussi pris au piège de ses filets, elle confond son mari. Par conséquent, la pièce met en scène à la fois, au premier plan, la révolte des vassaux contre les abus de pouvoir de leur maître, et, au second plan, celle des femmes contre les hommes. C'est au personnage de Marceline, séduite dans sa jeunesse et trompée dans ses espoirs par Bartholo, que revient le rôle de porte-parole des femmes. Dans son réquisitoire (acte III, scène 16), Marceline relève la différence de traitement dont pâtissent les femmes dans la société et accuse les hommes : « Dans les rangs même plus élevés, les femmes n'obtiennent de vous qu'une considération dérisoire ; leurrées de respects apparents, dans une servitude réelle ; traitées en mineures pour nos biens, punies en majeures pour nos fautes ! ah, sous tous les aspects, votre conduite avec nous fait horreur, ou pitié ! » (p. 184).

Une œuvre révolutionnaire ?

L'importance de la critique sociale fait-elle du *Mariage de Figaro* une œuvre révolutionnaire ? Le retentissement spectaculaire qu'a eu la comédie à la veille du déclenchement de la Révolution traduit l'insatisfaction générale à l'encontre des injustices, des blocages et des inégalités de la société, auxquels *Le Mariage de Figaro* a offert une caisse de résonance. Toutefois, en 1785, Beaumarchais

1. Voir *Le Mariage de Figaro*, acte II, scène 19, la Comtesse au Comte : « Me suis-je unie à vous pour être éternellement dévouée à l'abandon et à la jalousie, que vous seul osez concilier ? » (p. 141).

affirme avoir voulu attaquer non les « états » eux-mêmes, mais les « abus » [1] de chaque état, c'est-à-dire non pas la noblesse mais les mauvais nobles. Si la pièce met en scène des vassaux dressés contre les desseins de leur seigneur et une comtesse délaissée s'alliant avec ses domestiques contre son époux, elle s'achève sur une réconciliation générale. Certes, les formules bien senties de Figaro[2], par lesquelles il s'attaque aux nobles, à leurs privilèges, aux institutions (justice, censure), à la presse et aux mœurs politiques (les courtisans, l'intrigue, l'arbitraire...), renforcent tout au long de la pièce ses attaques contre la justice et l'autorité du comte Almaviva. Pourtant, l'intrigue s'achève sur un retour à l'ordre, laissant en suspens les revendications exprimées.

« Une inaltérable gaieté » : la tension désamorcée par le rire

La critique sociale du *Mariage de Figaro* est également tempérée par la « gaieté[3] » de l'œuvre. *L'Époux suborneur* (son titre originel) est aussi une « folle journée » (comme l'indique le titre complet de l'œuvre : *La Folle Journée ou le Mariage de Figaro*). On rit beaucoup dans la pièce de Beaumarchais : on y croise des personnages de comédie franchement ridicules (comme Antonio

1. Beaumarchais, « Préface » du *Mariage de Figaro*, p. 73.
2. La préface de Beaumarchais le compare à un « soleil tournant, qui brûle, en jaillissant, les manchettes de tout le monde » (p. 69).
3. Voir ce qu'écrit Beaumarchais dans la Préface de l'œuvre : les « moralités d'ensemble et de détail » y sont « répandues dans les flots d'une inaltérable gaieté » (p. 79).

l'ivrogne, Brid'oison le juge incompétent et bégayant) ou tout au moins risibles (comme le jeune Chérubin qui aime toutes les femmes, ou Marceline qui veut épouser un homme de vingt ans de moins qu'elle). Par ailleurs, Beaumarchais multiplie les situations comiques : il exploite avec jubilation le procédé du personnage caché (actes I, II et V), renouvelle trois fois les rencontres accidentelles du Comte et du page (qui se met sans le vouloir en travers de la route de son maître), recourt à des personnages déguisés qui suscitent des équivoques comiques (acte V)... Mais la « gaieté » propre à la pièce excède ces procédés. Elle réside également dans la distance, le recul que conservent certains personnages quand les enjeux sont pourtant graves. C'est l'enjouement de Figaro qui, comme on peut le lire dans *Le Barbier de Séville* (acte I, scène 2), « se presse de rire de tout de peur d'être obligé d'en pleurer », ou encore celui de Suzanne, « toujours riante, verdissante », « pleine de gaieté d'esprit » (*Le Mariage de Figaro*, p. 93) : la tension que pourraient susciter les sujets sérieux abordés dans l'œuvre est désamorcée par cette atmosphère de jeu à laquelle participent le genre du dialogue, le rythme de l'action et la place accordée à la fête.

Une écriture ludique

Par son style, Beaumarchais vise ici l'agrément et le plaisir du spectateur. Il recherche la rapidité : les répliques des personnages sont concises, souvent elliptiques, privilégient le sous-entendu et l'allusion[1], et s'enchaînent prestement. L'auteur travaille aussi les effets de rythme, afin d'insuffler de l'énergie au dialogue[2]. Enfin,

---

1. Voir le faux billet que la Comtesse adresse au Comte (acte IV, scène 3) : « *Chanson nouvelle, sur l'air : ... Qu'il fera beau, ce soir, sous les grands marronniers...* » (p. 195). Comme Beaumarchais, la Comtesse privilégie l'écriture allusive : le Comte doit comprendre de lui-même, sans que cela lui soit dit, que le rendez-vous galant se tiendra sous les grands marronniers.

2. *Le Mariage de Figaro*, acte III, scène 5 : « Le Comte. – ... Autrefois tu me disais tout./ Figaro. – Et maintenant je ne vous cache rien » (p. 164.).

il nourrit les échanges entre ses personnages de traits d'esprit. Figaro est expert dans l'art du bon mot, mais il n'en a pas le monopole. Ainsi Bazile et même Antonio font eux aussi de l'esprit : « Boire sans soif et faire l'amour en tout temps, Madame, il n'y a que ça qui nous distingue des autres bêtes » (p. 149), déclare le jardinier « demi-gris » lorsque Figaro l'interroge sur son ivrognerie (acte II, scène 21). Autant de procédés qui communiquent au spectateur ou au lecteur une impression grisante de virtuosité.

Un mouvement fou

De la même façon, la composition des comédies de Beaumarchais n'est pas étrangère à la vitesse et à l'énergie qui en émanent. Dans *Le Mariage de Figaro*, les retournements de situation s'enchaînent d'une manière inouïe. Le dramaturge évite les temps morts en faisant se succéder les péripéties à vive allure : plus que la cohérence de l'intrigue, il privilégie le plaisir de l'instant, l'effet immédiat. Ainsi, une suite d'obstacles s'oppose aux projets du Comte qui tente d'obtenir les faveurs de Suzanne : l'intrigue de la pièce, écrit Beaumarchais dans la Préface, « se noue et se dénoue sans cesse à travers une foule de situations comiques[1] ». *Le Mariage de Figaro* compte pas moins de quatre-vingt-douze scènes et un vaudeville : c'est un record !

À cet égard, l'accélération mise en place à la fin de l'acte II est remarquable. À la scène 19, la Comtesse s'est tirée d'affaire : elle a réussi à persuader le Comte qu'elle avait voulu lui jouer un tour en prétendant que Chérubin était caché dans son cabinet (c'est Suzanne que le Comte a découvert, Chérubin ayant eu le temps de sauter par la fenêtre...). Mais Figaro survient à la scène 20, risquant de tout compromettre puisqu'il ignore le stratagème que Suzanne et sa maîtresse ont inventé pour sauver les appa-

---

1. Beaumarchais, « Préface » du *Mariage de Figaro*, p. 79.

rences. L'habileté de Figaro aidant, tout semble s'arranger, et son mariage avec Suzanne paraît imminent. Toutefois, l'arrivée inopinée d'Antonio à la scène 21 ravive les soupçons du Comte : le nouveau venu révèle qu'il a vu un homme sauter par la fenêtre – le suspens est relancé. Figaro rétablit immédiatement la situation en s'accusant de ce saut. Mais Antonio exhibe un papier tombé de la poche de celui qui a sauté par la fenêtre. Le Comte somme Figaro de dire ce que le document contient afin de vérifier qu'il n'a pas menti. En nommant le brevet du page, auquel manque le cachet du Comte, Figaro rétablit encore une fois la situation. Mais l'arrivée de Marceline à la scène 22, qui produit une obligation de mariage menaçant l'union de Figaro et de Suzanne, constitue une nouvelle péripétie : le Comte annonce la tenue d'un procès, qui occupera l'acte suivant. En multipliant ainsi les retournements de situation, sans laisser à ses personnages le temps de respirer, Beaumarchais accélère le *tempo* de l'action et livre une pièce à la dramaturgie époustouflante.

Des noces à la fête galante

En troisième lieu, la folle gaieté de l'œuvre tient aussi au jour choisi pour l'intrigue : celui des noces de Figaro et Suzanne dont les préparatifs occupent la pièce dès son ouverture. Les costumes, musiques, danses, divertissements pyrotechniques organisés pour cette fête font, notamment, de l'acte IV, illuminé par des candélabres, un véritable spectacle. Mais, dans *Le Mariage de Figaro*, la fête ne se réduit pas à ces noces. Au cortège flamboyant du mariage de Figaro et Suzanne à l'acte IV succède le cadre nocturne de l'acte V, qui favorise les rencontres cachées et la quête des plaisirs... Le dernier acte s'apparente à une « fête galante » qui rappelle les scènes peintes par Watteau à l'époque de la Régence : à la tombée du jour, dans un décor de hautes frondaisons, des couples s'adonnent à des plaisirs qui semblent préluder à ceux de l'amour. Les « fêtes galantes » de Watteau célébraient l'art de vivre et le raffinement de riches aristocrates. Celles de Beaumarchais consistent plutôt à faire triompher l'amour pur de deux fiancés et la fidélité conjugale. Néanmoins, la douceur de l'air qu'on respire sous les « grands marronniers » s'apparente bien à une illustration de l'hédonisme[1] joyeux qui s'exprime à maintes occasions dans la pièce de Beaumarchais.

De la comédie au roman

Le mélange des registres

La gaieté et la légèreté du *Mariage de Figaro* n'excluent pas la présence de passages sombres, intenses, comme le plaidoyer de Marceline pour les femmes à l'acte III (que les comédiens-français avaient d'ailleurs supprimé lors de la création de la pièce pour ne pas nuire à la « gaieté » de l'action) et le monologue de Figaro à l'acte V (dont la longueur, la profondeur et la véhémence ont déconcerté les spectateurs contemporains de Beaumarchais). *Le Mariage de Figaro* oscille ainsi entre plusieurs registres : comique, attendrissant, piquant, sérieux, pathétique... Cette variété brouille la tonalité générale de l'œuvre : tout en relevant du genre comique, la pièce tente de susciter l'émotion du public, se rapprochant du même coup du drame, dont le but n'est pas de divertir le spectateur mais de le toucher[2]. Son ampleur dépasse ainsi celle

1. ***Hédonisme*** : doctrine qui place la recherche du plaisir au-dessus des autres valeurs.
2. Voir dossier, p. 264.

de la simple comédie d'intrigue, dont elle révolutionne les codes. Beaumarchais n'explore pas uniquement le versant comique de son sujet, il s'emploie à saisir la vie dans sa diversité, ouvrant la comédie à des possibilités nouvelles.

Une densité romanesque

Cette volonté de restituer le foisonnement de l'existence témoigne d'une ambition romanesque. De fait, la comédie de Beaumarchais atteint presque la densité d'un roman.

Tout d'abord, c'est l'une des pièces les plus longues du répertoire français. Le dramaturge indique dans sa Préface que sa représentation dure « trois heures et demie » sans que l'attention du public se relâche un seul instant : c'est un « essai que nul homme de lettres n'avait encore osé tenter[1] ! » claironne-t-il.

Ensuite, les personnages sont exceptionnellement nombreux : on en compte seize, auxquels il faut ajouter la multitude de figurants, paysans ou paysannes, dont la présence sur le théâtre donne lieu à des scènes de foule encore peu courantes à l'époque.

Enfin, l'intrigue est particulièrement foisonnante : si l'action principale est constituée par le mariage de Figaro et Suzanne, de nombreuses intrigues secondaires se développent, comme l'histoire qui se noue entre Chérubin et sa belle marraine, entre la jeune Fanchette et Chérubin, ou encore les tentatives de Marceline pour arracher Figaro à Suzanne...

La richesse proprement romanesque de la pièce tient également à l'intérêt qu'elle porte au passé de plusieurs personnages. La comédie accueille ainsi deux passages narratifs assez longs : le récit de la vie de Figaro (acte V, scène 3) et celui du parcours de Marceline (acte III, scène 16). En racontant l'existence de ces deux protagonistes – le domestique du Comte et sa mère, la femme de

---

1. Beaumarchais, « Préface » du *Mariage de Figaro*, p. 79.

charge du château –, Beaumarchais choisit de mettre en lumière la destinée de personnages qui focalisent rarement l'attention dans les pièces de théâtre de l'époque. Ces récits, qui rappellent les « tiroirs » des romans[1], introduisent tous deux une tonalité grave. Personnage emblématique de la condition féminine, Marceline est une ancienne fille séduite et abandonnée. Son fils Figaro a toute sa vie dû se battre contre la nécessité, sans jamais voir son mérite reconnu. Ces récits autobiographiques teintés d'amertume, qui viennent s'ajouter à l'intrigue déjà touffue de la pièce, contribuent à donner au spectateur l'illusion de la vie : les personnages de théâtre qu'il voit évoluer sur la scène possèdent une histoire propre, ancrée dans la société contemporaine ; ils sont dotés d'une conscience, comme le montre l'interrogation poignante de Figaro sur sa liberté et son identité à la fin de son monologue[2].

Un épisode du « roman de la famille Almaviva »

Grâce à ces récits, Beaumarchais trouve le moyen d'explorer la destinée de certains de ses personnages, alors même que l'action de la pièce, ainsi que le veulent les canons de l'époque, ne dure qu'une seule journée.

Un autre procédé permet à Beaumarchais de sortir des limites alors imposées à la durée théâtrale pour tendre vers le roman. La règle de l'unité de temps, prescrite par Aristote et adoptée par les classiques, exige que l'action dramatique se déroule entre le lever et le coucher du soleil. Tout en respectant cette contrainte, Beaumarchais parvient à s'en libérer en faisant reparaître ses personnages dans différentes pièces, afin de pouvoir évoquer divers moments de leur existence. Les aventures du comte Almaviva, de

---

1. Un « tiroir » romanesque est constitué d'un nouveau récit qui s'insère dans le premier, et qui est souvent le fait d'un personnage rencontré par le héros.
2. Voir dossier, « Microlectures », p. 250.

Rosine et du valet Figaro s'étendent ainsi sur trois pièces qui forment « le roman de la famille Almaviva[1] ».

Mariage, désir et attachement

Le Mariage de Figaro est l'épisode central d'une trilogie théâtrale qui suit l'histoire d'une même famille pendant une trentaine d'années. Cette particularité permet à Beaumarchais d'élargir considérablement le cadre de la comédie d'intrigue. En témoigne, par exemple, le traitement du mariage. Alors qu'il est habituellement confiné à la fin des comédies, ce qui ne permet guère de le représenter dans la durée, *Le Mariage de Figaro* reprend le couple formé dans *Le Barbier de Séville* (le Comte Almaviva et Rosine) pour étudier sur lui les effets du passage du temps. Si l'intrigue principale est constituée par le mariage des domestiques et les obstacles qu'ils rencontrent, un autre épisode se développe à l'arrière-plan autour du personnage de la Comtesse, délaissée par son mari et qui réprime ses sentiments naissants pour un jeune homme. On retrouve ainsi le couple passionné du *Barbier de Séville* pour le voir se désunir sous l'effet de l'usure des désirs. Par ce biais, Beaumarchais évoque des sujets jusque-là peu envisagés au théâtre et qui rapprochent son œuvre de thèmes de la vie quotidienne. Le jeu de masques de l'acte V vient approfondir l'analyse en permettant à la Comtesse d'entendre les propos sincères de son époux, surpris d'avoir trouvé un jour la « satiété » là où il cherchait le « bonheur » (acte V, scène 7). Dans *Le Mariage de Figaro*, de nouveaux personnages, qui n'apparaissaient pas dans *Le Barbier de Séville*, permettent d'enrichir cette réflexion sur les rapports du mariage et du désir : si Chérubin représente le vagabondage amoureux (il est prêt à aimer toutes les femmes !), Suzanne, la fiancée de Figaro, incarne au contraire la fidélité.

---

1. Beaumarchais, « Un mot sur *La Mère coupable* » (voir dossier, p. 259).

Vers un spectacle total : une exploitation nouvelle des ressources de la scène

Dans *Le Mariage de Figaro*, la tentation romanesque se fait jour également dans l'attention portée par le dramaturge aux lieux, aux objets, aux moments de l'action, ainsi qu'aux habits, aux mouvements et aux intonations des personnages. La comédie n'est pas un dialogue désincarné, situé dans un espace et un temps abstraits : au contraire, son action s'inscrit dans un cadre imitant de près le réel et décrit avec précision. De ce point de vue, l'influence des récentes théories de Diderot est perceptible[1] : le philosophe a tenté de renouveler en profondeur le théâtre de son temps, notamment en expliquant l'importance à accorder à ce qui touche les différents sens du spectateur (vue, ouïe), pour que le genre dramatique retrouve la puissance qu'il a perdue. Beaumarchais fait sienne cette ambition et s'engage dans la voie d'un spectacle total qui requiert les différents sens du spectateur.

Une pièce sous le signe de la réunion des arts

Sa pièce – qui donnera lieu quelques années plus tard à la création de l'opéra de Mozart – offre une place privilégiée au chant, à la musique et à la danse. Comme au théâtre de la foire[2], *Le Mariage de Figaro* se termine par un vaudeville, mais d'autres chansons

---

1. Voir la « Préface » du *Mariage de Figaro* par Beaumarchais. Voir également dossier, p. 264.

2. ***Théâtre de la foire*** : théâtre populaire et saisonnier, prenant place durant les foires commerciales qui avaient lieu deux fois par an à Paris.

se glissent à l'intérieur de la pièce, telle la romance chantée par Chérubin à l'acte II. Ces chansons sont parfois accompagnées de danses, comme la séguedille effectuée par Figaro (acte II, scène 24). Des danses s'immiscent également dans les scènes de l'acte IV consacrées aux festivités de la noce : un groupe entier est présent sur scène, les chants et la musique (*Les Folies d'Espagne*) sont notés, on danse des fandangos avec des castagnettes (acte IV, scène 9). La pièce s'attache ainsi à réunir les différents arts. De ce point de vue, le soin que Beaumarchais apporte aux placements, déplacements et jeux de scène des comédiens paraît relever d'une inspiration picturale. La disposition des acteurs, à la scène 4 de l'acte II, se réfère explicitement à un tableau – une estampe de Van Loo, *La Conversation espagnole*.

Temps, espace et objets

Conçus sur un mode plus réaliste que dans le théâtre classique, le décor et les objets témoignent également de l'importance nouvelle accordée aux données sensibles du spectacle. Ainsi Beaumarchais rend-il sensible le passage du temps au sein de l'unique journée qui sert de cadre à l'action. Alors que le premier acte se déroule le matin des noces, le dernier est nocturne : « *Le théâtre est obscur*[1] », indique la didascalie qui ouvre l'acte V. Les habits des personnages, évoqués avec une grande précision dans les « Caractères et habillements de la pièce », évoluent également en fonction des moments de la journée – notamment ceux du Comte, de la Comtesse ou de Suzanne. La description soignée des différents lieux du château d'Aguas-Frescas où se situe l'action – par exemple, la superbe chambre à coucher de la Comtesse (acte II) – démontre un souci de réalisme. Les alentours du château, que les personnages peuvent apercevoir par les croisées,

---

1. *Le Mariage de Figaro*, p. 213.

sont également mentionnés dans les propos des personnages, contribuant à renforcer l'effet de réel que suscite le décor.

Mais ce n'est pas l'unique fonction de ce dernier. Il reçoit également une dimension symbolique, comme les nombreux accessoires utilisés par les personnages (l'épingle, le ruban, la romance...). Ainsi, la situation de la chambre de Figaro et Suzanne (acte I), coincée entre celle des maîtres, reflète celle des fiancés, prisonniers des désirs du Comte... L'exemple du ruban de la Comtesse est hautement significatif. Chérubin le vole à l'acte I ; la Comtesse le retrouve noué autour du bras du jeune garçon à l'acte II. Elle le reprend et, à la dernière scène de l'acte II, le glisse « furtivement dans son sein ». L'objet reparaît à la scène 3 de l'acte IV : il échappe à la Comtesse lorsqu'elle prend une épingle à sa lévite pour fermer le billet doux destiné à son mari ; elle le récupère aussitôt. Il resurgit une dernière fois à la scène 19 de l'acte V : il est lancé par la Comtesse quand Grippe-Soleil demande la jarretière de la mariée, et rattrapé par Chérubin... Chéri par les deux personnages, le ruban figure un amour interdit. Seuls les va-et-vient entre eux de cet objet tout à la fois intime et dérisoire manifestent un sentiment inavouable.

Enfin, Beaumarchais se sert également des éléments du décor pour accroître la tension dramatique de sa pièce : il exploite toutes les possibilités de l'espace scénique pour renforcer l'action dramatique. À trois reprises, il imagine un endroit permettant aux personnages de se cacher : le fauteuil à l'acte I, le cabinet à l'acte II, la salle de marronniers et ses pavillons à l'acte V. Ces lieux cachés contribuent à créer des situations explosives : les personnages ne peuvent y rester longtemps et finissent toujours par en ressortir, ce qui engendre bien des péripéties imprévues.

De cette pièce qui connut dès sa création un succès immense et tumultueux – dû autant à la personnalité audacieuse de son auteur qu'aux circonstances historiques et sociales dans lesquelles elle fut écrite –, on ne saurait dire si elle a « tué la noblesse », comme le pensait Danton, ou si, critiquant la noblesse, elle est un hommage déguisé à l'art de vivre aristocratique, aux salons où l'on salue l'esprit, aux jardins où l'on tient des conversations galantes... La densité et le foisonnement romanesque de cette œuvre qui bouscule les frontières entre les genres accentuent encore la richesse des interprétations et autorisent une pluralité de choix de mises en scène.

CHRONOLOGIE

1732 1799

■ Repères historiques et culturels

■ Vie et œuvre de l'auteur

Repères historiques et culturels

1732	Voltaire, *Zaïre* (tragédie).
1734	Voltaire, *Lettres philosophiques.*
1735	Lesage, *L'Histoire de Gil Blas de Santillane.* Nivelle de La Chaussée, *Le Préjugé à la mode* (comédie larmoyante). Rameau, *Les Indes galantes* (comédie-ballet).
1736	Crébillon fils, *Les Égarements du cœur et de l'esprit.*
1740	Boucher, *Le Triomphe de Vénus.*
1741-1748	Guerre de succession d'Autriche.
1748	Traité d'Aix-la-Chapelle. Mme de Pompadour devient la favorite du roi Louis XV. Montesquieu, *De l'esprit des lois.*
1749	Diderot, *Lettre sur les aveugles.* Voltaire, *Nanine* (comédie).
1749-1788	Buffon, *Histoire naturelle.*
1750	Rousseau, *Discours sur les sciences et les arts.*
1751	Voltaire, *Le Fanatisme, ou Mahomet le prophète* (tragédie).
1751-1772	Parution des volumes successifs de l'*Encyclopédie.*

Vie et œuvre de l'auteur

1732 Naissance à Paris de Pierre Augustin Caron, fils d'un maître horloger.

1742-1745 Pensionnaire à l'École des métiers d'Alfort.

1745-1753 Apprenti horloger dans l'atelier de son père.

1753-1754 Invention par Pierre Augustin d'un nouveau système d'échappement pour le mécanisme des montres. Lepaute, horloger du roi, s'attribue cette création. Beaumarchais proteste et l'Académie des sciences lui en reconnaît la paternité.

Repères historiques et culturels

1755	Rousseau, *Discours sur l'origine et les fondements de l'inégalité parmi les hommes.* Greuze, *Le Père de famille.*
1756-1763	Guerre de Sept Ans.
1757	Diderot, *Le Fils naturel* (drame).
1758	Diderot, *Le Père de famille* (drame). Rousseau, *Lettre à d'Alembert sur les spectacles.*
1759	Voltaire, *Candide ou l'Optimisme.*
1761	Rousseau, *Julie ou la Nouvelle Héloïse.* Greuze, *L'Accordée de village.*
1762	Fusion du Théâtre-Italien et de l'Opéra-Comique. Rousseau, *Émile ou De l'éducation* et *Du contrat social.*
1763	Voltaire, *Traité sur la tolérance.*
1765	Sedaine, *Le Philosophe sans le savoir* (drame).
1767	Voltaire, *L'Ingénu.*
1769	Disette en France. Diderot, *Le Rêve de d'Alembert.*

Vie et œuvre de l'auteur

1755 Achat d'une charge de contrôleur clerc d'office de la Maison du roi.

1756 Mariage avec Madeleine Catherine Aubertin, veuve Franquet, de dix ans son ainée.

1757 Pierre Augustin Caron prend le nom d'une terre appartenant à sa femme et se fait appeler Caron de Beaumarchais. Mort de sa femme.

1758 Rencontre avec Le Normand d'Étiolles, banquier et mari de Mme de Pompadour.

1759 Beaumarchais devient maître de musique des filles de Louis XV.
Rencontre avec le grand financier Pâris-Duverney, lequel associe Beaumarchais à ses affaires et fera sa fortune.

1761 Achat d'une charge de conseiller secrétaire du roi, qui lui confère la noblesse.

1762 Écriture de parades, jouées chez son ami Le Normand d'Étiolles.

1763 Achat de la charge de lieutenant général des chasses.

1764 Voyage pour affaires en Espagne. À Madrid, il tentera, sans succès, de marier sa sœur Lisette avec l'écrivain et naturaliste Clavijo, qui avait promis cette union à la jeune femme.

1767 Représentation à la Comédie-Française d'*Eugénie*, premier drame de Beaumarchais. Cette pièce est publiée accompagnée de l'*Essai sur le genre dramatique sérieux*.

1768 Mariage avec Geneviève Madeleine Wattebled.
Naissance de son premier fils, Augustin.

Repères historiques et culturels

1770	Crise économique.
1773-1778	Diderot, *Paradoxe sur le comédien.*
1774	Mort de Louis XV.
1774-1793	Règne de Louis XVI.
1775	Restif de La Bretonne, *Le Paysan perverti.*
1776	Déclaration d'Indépendance des États-Unis.
1778	Traité d'amitié et d'indépendance avec les États-Unis.
1779	Restif de La Bretonne, *La Vie de mon père.*

Vie et œuvre de l'auteur

1770 Représentation à la Comédie-Française de son drame *Les Deux Amis*, qui connaît un échec.
Mort de sa deuxième femme.

1771-1772 Procès avec le comte de La Blache, héritier de Pâris-Duverney, mort un an plus tôt.
Mort du jeune fils de Beaumarchais.

1773 *Le Barbier de Séville*, premier volet de la trilogie de Beaumarchais, est reçu à la Comédie-Française.

1774 Beaumarchais perd son procès en appel, sur un rapport défavorable du juge Goëzman, qui a été nommé rapporteur du procès La Blache.
Publication de quatre *Mémoires* contre Goëzman.
Rencontre avec Marie-Thérèse de Willer-Mawlas, qui sera sa troisième épouse.
Beaumarchais devient agent secret (d'abord pour le compte de Louis XV, puis pour celui de Louis XVI), ce qui le conduit à faire de nombreux séjours à l'étranger.

1775 Représentation du *Barbier de Séville*, qui connaît un grand succès après que Beaumarchais en a écrit une nouvelle version en quatre actes.

1776 Beaumarchais est chargé secrètement par le gouvernement français d'apporter subsides et munitions aux insurgés américains au moment de la guerre d'Indépendance.

1777 Après des démêlés avec les comédiens-français, fondation de la Société des auteurs dramatiques : Beaumarchais entend défendre leurs droits contre les comédiens.
Naissance de sa fille Eugénie.

1778 Le parlement d'Aix-en-Provence tranche en faveur de Beaumarchais dans l'affaire La Blache.
Fin de la rédaction du *Mariage de Figaro*.

1779-1780 Début d'une édition des œuvres complètes de Voltaire en 70 volumes, dite édition Kehl.

Repères historiques et culturels

1780-1782	Rousseau, *Dialogues*.
1782	Laclos, *Les Liaisons dangereuses*. Rousseau, *Les Rêveries du promeneur solitaire*.
1783	Indépendance des États-Unis.
1785-1789	André Chénier, *Élégies*.
1786	David, *Le Serment des Horaces*. Mozart, *Les Noces de Figaro*.
1787	Mercier, *La Brouette du vinaigrier* (drame).
1788	Convocation des états généraux. Bernardin de Saint-Pierre, *Paul et Virginie*. Mercier, *Tableau de Paris* (publication à partir de 1781).
1789	Début de la Révolution française.
1792	Proclamation de la République. Massacres de septembre.

Vie et œuvre de l'auteur

1781 *Le Mariage de Figaro* est accepté par les comédiens-français. Il passera six fois devant la censure entre 1781 et 1784. Début de l'affaire Kornman : Beaumarchais prend la défense de la femme de ce banquier alsacien persécutée par son mari.

1782 Grande activité financière et commerciale de Beaumarchais, qui devient actionnaire de la Compagnie des eaux.

1784 Lettre de Beaumarchais au roi pour défendre sa pièce. En avril, représentation triomphale du *Mariage de Figaro* à la Comédie-Française.

1785 Ayant provoqué la colère du roi, Beaumarchais est emprisonné à Saint-Lazare pendant cinq jours. Publication du *Mariage de Figaro*.

1787 *Mémoires* contre Bergasse, avocat de Kornman. Première représentation de l'opéra *Tarare*. Se fait construire, près de la Bastille, une somptueuse demeure.

1792 Représentation de *La Mère coupable ou l'Autre Tartuffe* au théâtre du Marais. Début de l'affaire «des fusils de Hollande» : Beaumarchais est chargé par le ministère de la Guerre d'acheter des armes entreposées en Hollande. Incarcéré à plusieurs reprises en France, puis à l'étranger, il échappe de peu aux massacres de septembre, commis par la foule parisienne sur les détenus. Mis en accusation par la Convention.

Repères historiques et culturels

1793 Exécution de Louis XVI.

1794 Condorcet, *Esquisse d'un tableau des progrès de l'esprit humain.*

1795 Directoire.
Sade, *La Philosophie dans le boudoir*.

1797 Sade, *La Nouvelle Justine*.

1799 Coup d'État de Bonaparte, le 18 brumaire.

Vie et œuvre de l'auteur

1793-1794	Départ pour la Hollande, puis pour l'Allemagne. Beaumarchais est placé sur la liste des émigrés. Incarcération de sa femme, de sa fille et de sa sœur.
1796	Retour en France de Beaumarchais, rayé de la liste des émigrés. Démarches de Beaumarchais auprès du gouvernement français pour récupérer l'argent investi dans l'affaire des fusils de Hollande.
1799	Mort de Beaumarchais dans son sommeil d'une crise d'apoplexie.

La Folle Journée
ou
le Mariage de Figaro

Comédie en cinq actes en prose,
par M. de Beaumarchais.
Représentée pour la première fois,
par les comédiens-français ordinaires du roi
le mardi 27 avril 1784.

En faveur du badinage,
Faites grâce à la raison.
Vaudeville de la pièce.

Épître dédicatoire[1]

Aux personnes trompées sur ma pièce
et qui n'ont pas voulu la voir.

Ô vous que je ne nommerai point ! Cœurs généreux, esprits justes, à qui l'on a donné des préventions[2] contre un ouvrage réfléchi, beaucoup plus gai qu'il n'est frivole[3] ; soit que vous l'acceptiez ou non, je vous en fais l'hommage, et c'est tromper l'envie dans une de ses mesures. Si le hasard vous le fait lire, il la trompera dans une autre, en vous montrant quelle confiance est due à tant de rapports qu'on vous fait !

Un objet de pur agrément[4] peut s'élever encore à l'honneur d'un plus grand mérite : c'est de vous rappeler cette vérité de tous les temps, qu'on connaît mal les hommes et les ouvrages quand on les juge sur la foi d'autrui ; que les personnes, surtout dont l'opinion est d'un grand poids, s'exposent à glacer sans le vouloir ce qu'il fallait peut-être encourager, lorsqu'elles négligent de prendre pour base de leurs jugements le seul conseil qui soit bien pur : celui de leurs propres lumières.

Ma résignation égale mon profond respect.

L'AUTEUR.

---

1. ***Épître dédicatoire*** : dédicace placée au début d'un livre et dont l'auteur se sert habituellement pour témoigner sa gratitude à un protecteur.

2. ***Préventions*** : mises en garde.

3. ***Frivole*** : superficiel.

4. ***Agrément*** : divertissement.

Préface[1]

En écrivant cette préface, mon but n'est pas de rechercher oiseusement[2] si j'ai mis au théâtre une pièce bonne ou mauvaise ; il n'est plus temps pour moi ; mais d'examiner scrupuleusement, et je le dois toujours, si j'ai fait une œuvre blâmable.

Personne n'étant tenu de faire une comédie qui ressemble aux autres, si je me suis écarté d'un chemin trop battu, pour des raisons qui m'ont paru solides, ira-t-on me juger, comme l'ont fait MM. Tels, sur des règles qui ne sont pas les miennes ? imprimer puérilement que je reporte l'art à son enfance, parce que j'entreprends de frayer un nouveau sentier à cet art dont la loi première, et peut-être la seule, est d'amuser en instruisant ? Mais ce n'est pas de cela qu'il s'agit.

Il y a souvent très loin du mal que l'on dit d'un ouvrage à celui qu'on en pense. Le trait[3] qui nous poursuit, le mot qui importune reste enseveli dans le cœur, pendant que la bouche se venge en blâmant presque tout le reste. De sorte qu'on peut regarder comme un point établi au théâtre, qu'en fait de reproche à l'auteur, ce qui nous affecte le plus est ce dont on parle le moins.

Il est peut-être utile de dévoiler, aux yeux de tous, ce double aspect des comédies, et j'aurai fait encore un bon usage de la mienne, si je parviens, en la scrutant, à fixer l'opinion publique

1. Beaumarchais a rédigé cette préface pour la publication de sa pièce en 1785, afin de répondre à ses détracteurs.

2. ***Oiseusement*** : inutilement.

3. ***Trait*** : au sens propre, flèche ; ici, le mot est employé au sens figuré et signifie « parole piquante, railleuse ».

sur ce qu'on doit entendre[1] par ces mots : Qu'est-ce que LA DÉCENCE THÉÂTRALE[2] ?

À force de nous montrer délicats, fins connaisseurs, et d'affecter, comme j'ai dit autre part, l'hypocrisie de la décence auprès du relâchement des mœurs[3], nous devenons des êtres nuls, incapables de s'amuser et de juger de ce qui leur convient, faut-il le dire enfin ? des bégueules[4] rassasiées qui ne savent plus ce qu'elles veulent, ni ce qu'elles doivent aimer ou rejeter. Déjà ces mots si rebattus, *bon ton, bonne compagnie*, toujours ajustés au niveau de chaque insipide[5] coterie[6], et dont la latitude est si grande qu'on ne sait où ils commencent et finissent, ont détruit la franche et vraie gaieté qui distinguait de tout autre le comique de notre nation.

Ajoutez-y le pédantesque[7] abus de ces autres grands mots *décence* et *bonnes mœurs*, qui donnent un air si important, si supérieur que nos jugeurs de comédies seraient désolés de n'avoir pas à les prononcer sur toutes les pièces de théâtre, et vous connaîtrez à peu près ce qui garrotte[8] le génie, intimide tous les auteurs, et porte un coup mortel à la vigueur de l'intrigue, sans laquelle il n'y a pourtant que du bel esprit à la glace[9], et des comédies de quatre jours[10].

Enfin, pour dernier mal, tous les états de la société sont parvenus à se soustraire à la censure dramatique : on ne pourrait mettre

---

1. ***Entendre*** : comprendre.
2. ***Décence théâtrale*** : respect des bonnes mœurs, des convenances, au théâtre.
3. ***Affecter*** [...] ***l'hypocrisie de la décence auprès du relâchement des mœurs*** : feindre d'être vertueux alors que la morale est de moins en moins respectée.
4. ***Bégueules*** : femmes prudes et dédaigneuses.
5. ***Insipide*** : sans saveur, sans goût.
6. ***Coterie*** : compagnie de personnes, petite société.
7. ***Pédantesque*** : prétentieux, qui veut paraître savant.
8. ***Garrotte*** : étrangle.
9. ***Du bel esprit à la glace*** : de l'humour plein de froideur.
10. ***Comédies de quatre jours*** : comédies qui ne connaissent pas de succès et qu'on arrête de jouer quelques jours seulement après leur création.

au théâtre *Les Plaideurs* de Racine, sans entendre aujourd'hui les Dandins et les Brid'oisons[1], même des gens plus éclairés, s'écrier qu'il n'y a plus ni mœurs ni respect pour les magistrats.

On ne ferait point le *Turcaret*[2], sans avoir à l'instant sur les bras fermes, sous-fermes, traites et gabelles, droits-réunis, tailles, taillons, le trop-plein, le trop-bu, tous les impositeurs royaux[3]. Il est vrai qu'aujourd'hui *Turcaret* n'a plus de modèles. On l'offrirait sous d'autres traits, l'obstacle resterait le même.

On ne jouerait point *les fâcheux, les marquis, les emprunteurs* de Molière[4], sans révolter à la fois la haute, la moyenne, la moderne et l'antique noblesse. Ses *Femmes savantes* irriteraient nos féminins bureaux d'esprit[5] ; mais quel calculateur peut évaluer la force et la longueur du levier qu'il faudrait, de nos jours, pour élever jusqu'au théâtre l'œuvre sublime du *Tartuffe* ? Aussi l'auteur qui se compromet avec le public *pour l'amuser, ou pour l'instruire*, au lieu d'intriguer[6] à son choix son ouvrage, est-il obligé de tourniller[7] dans des incidents impossibles, de persifler au lieu de rire, et de prendre ses modèles hors de la société, crainte de se trouver mille ennemis, dont il ne connaissait aucun en composant son triste drame.

J'ai donc réfléchi que si quelque homme courageux ne secouait pas toute cette poussière, bientôt l'ennui des pièces fran-

---

1. ***Les Dandins et les Brid'oisons*** : personnages de juges. Dandin est le juge des *Plaideurs* (1668) de Racine, Brid'oison celui du *Mariage de Figaro*.

2. ***Turcaret*** (1709), comédie de Lesage, qui met en scène un financier sans scrupule.

3. ***Fermes***, […] ***impositeurs royaux*** : impôts de l'Ancien Régime, désignant ici métonymiquement les personnes chargées de les collecter.

4. ***Emprunteurs de Molière*** : personnages qui sont accoutumés à emprunter de l'argent, comme Cléante, le fils d'Harpagon, qui s'oppose à son père usurier dans *L'Avare* (1668).

5. ***Féminins bureaux d'esprit*** : salons littéraires tenus par des femmes, très prisés au XVIIIe siècle.

6. ***Intriguer*** : ici, insérer une intrigue bien nouée dans une pièce.

7. ***Tourniller*** : tournicoter (néologisme de l'auteur).

çaises porterait la nation au frivole opéra-comique[1], et plus loin encore, aux boulevards[2], à ce ramas[3] infect de tréteaux[4] élevés à notre honte, où la décente liberté, bannie du théâtre français[5], se change en une licence effrénée[6], où la jeunesse va se nourrir de grossières inepties[7], et perdre, avec ses mœurs, le goût de la décence et des chefs-d'œuvre de nos maîtres. J'ai tenté d'être cet homme, et si je n'ai pas mis plus de talent à mes ouvrages, au moins mon intention s'est-elle manifestée dans tous.

J'ai pensé, je pense encore, qu'on n'obtient ni grand pathétique, ni profonde moralité, ni bon et vrai comique au théâtre, sans des situations fortes, et qui naissent toujours d'une disconvenance sociale[8], dans le sujet qu'on veut traiter. L'auteur tragique, hardi dans ses moyens, ose admettre le crime atroce : les conspirations, l'usurpation du trône, le meurtre, l'empoisonnement, l'inceste, dans *Œdipe* et *Phèdre* ; le fratricide dans *Vendôme* ; le parricide dans *Mahomet* ; le régicide dans *Macbeth*[9], etc., etc. La comédie, moins audacieuse, n'excède pas les disconvenances, parce que ses tableaux sont tirés de nos mœurs, ses sujets, de la société. Mais comment frapper sur l'avarice, à moins de mettre en scène un méprisable avare ? démasquer l'hypocrisie, sans montrer, comme Orgon, dans *Le Tartuffe*, un abominable hypocrite, *épousant sa fille et convoitant sa femme* ? un homme à

---

1. ***Opéra-comique*** : théâtre où l'on joue des pièces mêlant chants et dialogues.
2. ***Boulevards*** : théâtres populaires installés sur les boulevards de Paris.
3. ***Ramas*** : ramassis.
4. ***Tréteaux*** : allusion aux théâtres de plein air où l'on joue des farces.
5. ***Théâtre français*** : la Comédie-Française.
6. ***Licence effrénée*** : absence complète de décence, débauche sans retenue.
7. ***Inepties*** : absurdités.
8. ***Disconvenance sociale*** : écart entre le statut social d'un individu et la manière dont il se comporte, la situation où il se trouve.
9. ***Œdipe*** (1718) et ***Mahomet*** (1741) sont des pièces de Voltaire ; ***Vendôme*** est le nom de l'un des personnages de sa tragédie ***Adélaïde Du Guesclin*** (1734) ; ***Phèdre*** (1677) est une tragédie de Racine ; ***Macbeth*** est un drame de Shakespeare (début du XVIIe siècle), adapté en français par Ducis en 1784.

bonnes fortunes[1], sans le faire parcourir un cercle entier de femmes galantes ? un joueur effréné, sans l'envelopper de fripons[2], s'il ne l'est pas déjà lui-même ?

Tous ces gens-là sont loin d'être vertueux ; l'auteur ne les donne pas pour tels ; il n'est le patron d'aucun d'eux ; il est le peintre de leurs vices. Et parce que le lion est féroce, le loup vorace et glouton, le renard rusé, cauteleux[3], la fable est-elle sans moralité ? Quand l'auteur la dirige contre un sot que la louange enivre, il fait choir[4] du bec du corbeau le fromage dans la gueule du renard, sa moralité est remplie ; s'il la tournait contre le bas flatteur, il finirait son apologue ainsi : « Le renard s'en saisit, le dévore ; mais le fromage était empoisonné. » La fable est une comédie légère, et toute comédie n'est qu'un long apologue[5] ; leur différence est que, dans la fable, les animaux ont de l'esprit, et que, dans notre comédie, les hommes sont souvent des bêtes, et, qui pis est, des bêtes méchantes.

Ainsi, lorsque Molière, qui fut si tourmenté par les sots, donne à l'Avare un fils prodigue et vicieux qui lui vole sa cassette, et l'injurie en face, est-ce des vertus ou des vices qu'il tire sa moralité ? Que lui importent ses fantômes ? c'est vous qu'il entend corriger. Il est vrai que les afficheurs et balayeurs littéraires[6] de son temps ne manquèrent pas d'apprendre au bon public combien tout cela était horrible ! Il est aussi prouvé que des envieux très importants, ou des importants très envieux, se déchaînèrent contre lui. Voyez le sévère Boileau, dans son épître au grand Racine, venger son ami[7] qui n'est plus, en rappelant ainsi les faits :

1. ***Homme à bonnes fortunes*** : séducteur.
2. ***Fripons*** : personnes malhonnêtes, voleurs adroits.
3. ***Cauteleux*** : sournois.
4. ***Choir*** : tomber.
5. ***Apologue*** : fable contenant une instruction morale.
6. ***Afficheurs et balayeurs littéraires*** : ici, critiques littéraires.
7. ***Son ami*** : ici, Molière.

L'Ignorance et l'Erreur à ses naissantes pièces,
En habits de marquis, en robes de comtesses,
Venaient pour diffamer son chef-d'œuvre nouveau,
Et secouaient la tête à l'endroit le plus beau.
Le commandeur[1] *voulait la scène plus exacte ;*
Le vicomte indigné sortait au second acte :
L'un, défenseur zélé des dévots mis en jeu,
Pour prix de ses bons mots, le condamnait au feu ;
L'autre, fougueux marquis, lui déclarant la guerre,
Voulait venger la Cour immolée au parterre[2].

On voit même dans un placet[3] de Molière à Louis XIV qui fut si grand en protégeant les arts, et sans le goût éclairé duquel notre théâtre n'aurait pas un seul chef-d'œuvre de Molière, on voit ce philosophe auteur se plaindre amèrement au roi que, pour avoir démasqué les hypocrites, ils imprimaient partout qu'il était « un libertin[4], un impie, un athée, un démon vêtu de chair, habillé en homme » ; et cela s'imprimait avec APPROBATION ET PRIVILÈGE[5] de ce roi qui le protégeait : rien là-dessus n'est empiré.

Mais, parce que les personnages d'une pièce s'y montrent sous des mœurs vicieuses, faut-il les bannir de la scène ? Que poursuivrait-on au théâtre ? les travers et les ridicules ? cela vaut bien la peine d'écrire ! ils sont chez nous comme les modes ; on ne s'en corrige point, on en change.

Les vices, les abus[6], voilà ce qui ne change point, mais se déguise en mille formes sous le masque des mœurs dominantes ;

---

1. ***Commandeur*** : chevalier pourvu d'une commanderie dans les anciens ordres militaires.
2. Épître VII de Boileau (1677).
3. ***Placet*** : requête écrite qu'on présente au roi pour demander justice, grâce, faveur.
4. ***Libertin*** : individu s'adonnant aux plaisirs charnels sans retenue.
5. ***Approbation et privilège*** : autorisation de publication donnée par la censure royale.
6. ***Abus*** : mauvais usages, injustices.

leur arracher ce masque et les montrer à découvert, telle est la noble tâche de l'homme qui se voue au théâtre. Soit qu'il moralise en riant, soit qu'il pleure en moralisant, Héraclite ou Démocrite[1], il n'a pas un autre devoir ; malheur à lui, s'il s'en écarte. On ne peut corriger les hommes qu'en les faisant voir tels qu'ils sont. La comédie utile et véridique n'est point un éloge menteur, un vain discours d'académie.

Mais gardons-nous bien de confondre cette critique générale, un des plus nobles buts de l'art, avec la satire odieuse et personnelle : l'avantage de la première est de corriger sans blesser. Faites prononcer au théâtre par l'homme juste, aigri de l'horrible abus des bienfaits : « tous les hommes sont des ingrats » ; quoique chacun soit bien près de penser comme lui, personne ne s'offensera. Ne pouvant y avoir un ingrat, sans qu'il existe un bienfaiteur, ce reproche même établit une balance égale entre les bons et mauvais cœurs ; on le sent, et cela console. Que si l'humoriste[2] répond qu'« un bienfaiteur fait cent ingrats », on répliquera justement qu'« il n'y a peut-être pas un ingrat qui n'ait été plusieurs fois bienfaiteur » : cela console encore. Et c'est ainsi qu'en généralisant, la critique la plus amère porte du fruit, sans nous blesser ; quand la satire personnelle, aussi stérile que funeste, blesse toujours et ne produit jamais. Je hais partout cette dernière, et je la crois un si punissable abus que j'ai plusieurs fois d'office invoqué la vigilance du magistrat pour empêcher que le théâtre ne devînt une arène de gladiateurs, où le puissant se crût en droit de faire exercer ses vengeances par les plumes vénales[3], et malheureusement trop communes, qui mettent leur bassesse à l'enchère.

1. ***Héraclite*** (v. 550-v. 480 av. J.-C.), ***Démocrite*** (v. 460-v. 370 av. J.-C.) : philosophes grecs de l'Antiquité, traditionnellement opposés l'un à l'autre, le premier incarnant le sérieux, le second, le rire.
2. ***Humoriste*** : qui a souvent de l'humeur, qui est difficile à vivre.
3. ***Vénales*** : qui agissent par intérêt, pour de l'argent.

N'ont-ils donc pas assez, ces grands, des mille et un feuillistes[1], faiseurs de bulletins[2], afficheurs, pour y trier les plus mauvais, en choisir un bien lâche, et dénigrer qui les offusque ? On tolère un si léger mal, parce qu'il est sans conséquence, et que la vermine éphémère démange un instant et périt ; mais le théâtre est un géant qui blesse à mort tout ce qu'il frappe. On doit réserver ses grands coups pour les abus et pour les maux publics.

Ce n'est donc ni le vice ni les incidents qu'il amène qui font l'indécence théâtrale ; mais le défaut de leçons et de moralité. Si l'auteur, ou faible ou timide, n'ose en tirer de son sujet, voilà ce qui rend sa pièce équivoque ou vicieuse.

Lorsque je mis *Eugénie*[3] au théâtre (et il faut bien que je me cite, puisque c'est toujours moi qu'on attaque) lorsque je mis *Eugénie* au théâtre, tous nos jurés-crieurs[4] à la décence jetaient des flammes dans les foyers sur ce que j'avais osé montrer un seigneur libertin, habillant ses valets en prêtres, et feignant d'épouser une jeune personne qui paraît enceinte au théâtre, sans avoir été mariée.

Malgré leurs cris, la pièce a été jugée, sinon le meilleur, au moins le plus moral des drames, constamment jouée sur tous les théâtres et traduite dans toutes les langues. Les bons esprits ont vu que la moralité, que l'intérêt y naissaient entièrement de l'abus qu'un homme puissant et vicieux fait de son nom, de son crédit[5], pour tourmenter une faible fille, sans appui, trompée, vertueuse et délaissée. Ainsi tout ce que l'ouvrage a d'utile et de bon naît du courage qu'eut l'auteur d'oser porter la disconvenance sociale au plus haut point de liberté.

---

1. ***Feuillistes*** : journalistes qui écrivent des feuilles périodiques (néologisme péjoratif de l'auteur).
2. ***Bulletins*** : petits écrits par lesquels on rend compte de l'état d'une chose qui intéresse le public.
3. ***Eugénie*** : drame de Beaumarchais (1767).
4. ***Jurés-crieurs*** : officiers publics qui publient des édits au son des trompettes. Le terme désigne ici les censeurs.
5. ***Crédit*** : considération, influence.

Depuis, j'ai fait *Les Deux Amis*[1], pièce dans laquelle un père avoue à sa prétendue nièce qu'elle est sa fille illégitime; ce drame est aussi très moral, parce qu'à travers les sacrifices de la plus parfaite amitié, l'auteur s'attache à y montrer les devoirs qu'impose la nature sur les fruits d'un ancien amour, que la rigoureuse dureté des convenances sociales, ou plutôt leur abus, laisse trop souvent sans appui.

Entre autres critiques de la pièce, j'entendis, dans une loge auprès de celle que j'occupais, un jeune *important* de la Cour qui disait gaiement à des dames : «L'auteur, sans doute, est un garçon fripier[2], qui ne voit rien de plus élevé que des commis des Fermes[3], et des marchands d'étoffes; et c'est au fond d'un magasin qu'il va chercher les nobles amis qu'il traduit à la scène française! – Hélas! monsieur, lui dis-je en m'avançant, il a fallu du moins les prendre où il n'est pas impossible de les supposer. Vous ririez bien plus de l'auteur, s'il eût tiré deux vrais amis de l'Œil-de-bœuf[4], ou des carrosses? Il faut un peu de vraisemblance, même dans les actes vertueux[5].»

Me livrant à mon gai caractère, j'ai depuis tenté, dans *Le Barbier de Séville*[6], de ramener au théâtre l'ancienne et franche gaieté, en l'alliant avec le ton léger de notre plaisanterie actuelle; mais comme cela même était une espèce de nouveauté, la pièce fut vivement poursuivie. Il semblait que j'eusse ébranlé l'État;

---

1. ***Les Deux Amis*** : drame de Beaumarchais (1770).

2. ***Fripier*** : celui qui fait le métier d'acheter et de vendre de vieux habits.

3. ***Commis des Fermes*** : directeurs, receveurs, caissiers, contrôleurs et autres préposés, placés sous l'autorité des «fermiers», financiers chargés de la collecte des impôts.

4. ***Œil-de-bœuf*** : au château de Versailles, salle dans laquelle les courtisans attendaient d'être reçus au lever du roi.

5. Pour se moquer des spectateurs de haut rang, qui s'indignent de l'origine sociale des héros des *Deux Amis* (de simples négociants), Beaumarchais suggère qu'il serait difficile de trouver parmi les gens de la cour des qualités morales semblables à celles des personnages de sa pièce.

6. ***Le Barbier de Séville*** : comédie de Beaumarchais (1775).

l'excès des précautions qu'on prit et des cris qu'on fit contre moi décelait surtout la frayeur que certains vicieux de ce temps avaient de s'y voir démasqués. La pièce fut censurée quatre fois, cartonnée[1] trois fois sur l'affiche, à l'instant d'être jouée, dénoncée même au parlement d'alors ; et moi, frappé de ce tumulte, je persistais à demander que le public restât le juge de ce que j'avais destiné à l'amusement du public.

Je l'obtins au bout de trois ans. Après les clameurs, les éloges ; et chacun me disait tout bas : « Faites-nous donc des pièces de ce genre, puisqu'il n'y a plus que vous qui osiez rire en face. »

Un auteur désolé par la cabale[2] et les criards, mais qui voit sa pièce marcher, reprend courage, et c'est ce que j'ai fait. Feu[3] M. le prince de Conti[4], de patriotique mémoire (car en frappant l'air de son nom, l'on sent vibrer le vieux mot *patrie*), feu M. le prince de Conti, donc, me porta le défi public de mettre au théâtre ma préface du *Barbier*, plus gaie, disait-il, que la pièce, et d'y montrer la famille de Figaro, que j'indiquais dans cette préface. « Monseigneur, lui répondis-je, si je mettais une seconde fois ce caractère sur la scène, comme je le montrerais plus âgé, qu'il en saurait quelque peu davantage, ce serait bien un autre bruit, et qui sait s'il verrait le jour ! » Cependant, par respect, j'acceptai le défi : je composai cette *Folle Journée*, qui cause aujourd'hui la rumeur. Il daigna la voir le premier. C'était un homme d'un grand caractère, un prince auguste[5], un esprit noble et fier : le dirai-je ? il en fut content.

Mais quel piège, hélas ! j'ai tendu au jugement de nos critiques en appelant ma comédie du vain nom de *Folle Journée* ! Mon objet était bien de lui ôter quelque importance ; mais je ne

1. ***Cartonnée*** : annulée par un carton posé sur l'affiche.
2. ***Cabale*** : conspiration.
3. ***Feu*** : qui est décédé depuis peu.
4. ***M. le prince de Conti*** (1717-1776) : beau-fils du Régent (Philippe d'Orléans) et protecteur des lettres et des arts. Il a été l'un des protecteurs de Beaumarchais.
5. ***Auguste*** : digne de respect.

savais pas encore à quel point un changement d'annonce peut égarer tous les esprits. En lui laissant son véritable titre, on eût lu *L'Époux suborneur*[1]. C'était pour eux une autre piste; on me courait[2] différemment. Mais ce nom de *Folle Journée* les a mis à cent lieues[3] de moi : ils n'ont plus rien vu dans l'ouvrage que ce qui n'y sera jamais; et cette remarque un peu sévère sur la facilité de prendre le change[4] a plus d'étendue qu'on ne croit. Au lieu du nom de *George Dandin*[5], si Molière eût appelé son drame *La Sottise des alliances*, il eût porté bien plus de fruits; si Regnard eût nommé son *Légataire*[6], *La Punition du célibat*, la pièce nous eût fait frémir. Ce à quoi il ne songea pas, je l'ai fait avec réflexion. Mais qu'on ferait un beau chapitre sur tous les jugements des hommes, et la morale du théâtre, et qu'on pourrait intituler : *De l'influence de l'affiche*!

Quoi qu'il en soit, *La Folle Journée* resta cinq ans au portefeuille[7]; les Comédiens[8] ont su que je l'avais, ils me l'ont enfin arrachée. S'ils ont bien ou mal fait pour eux, c'est ce qu'on a pu voir depuis. Soit que la difficulté de la rendre excitât leur émulation, soit qu'ils sentissent, avec le public, que pour lui plaire en comédie, il fallait de nouveaux efforts, jamais pièce aussi difficile n'a été jouée avec autant d'ensemble; et si l'auteur (comme on le dit) est resté au-dessous de lui-même, il n'y a pas un seul acteur dont cet ouvrage n'ait établi, augmenté ou confirmé la réputation. Mais revenons à sa lecture, à l'adoption des Comédiens.

---

1. ***Suborneur*** : séducteur, trompeur.

2. ***Courait*** : poursuivait.

3. ***À cent lieues*** : à des kilomètres (la lieue est une ancienne mesure de distance équivalant à environ 4 kilomètres).

4. ***Prendre le change*** : se tromper.

5. ***George Dandin*** : comédie de Molière (1668).

6. ***Légataire*** : *Le Légataire universel* (1708), comédie de Jean-François Regnard (1655-1709).

7. ***Au portefeuille*** : par-devers soi; cela signifie que les œuvres ne sont pas jouées.

8. ***Les Comédiens*** : les acteurs de la Comédie-Française.

Sur l'éloge outré qu'ils en firent, toutes les sociétés voulurent le connaître, et dès lors il fallut me faire des querelles de toute espèce, ou céder aux instances universelles. Dès lors aussi les grands ennemis de l'auteur ne manquèrent pas de répandre à la Cour qu'il blessait dans cet ouvrage, d'ailleurs *un tissu de bêtises*, la religion, le gouvernement, tous les états de la société, les bonnes mœurs, et qu'enfin la vertu y était opprimée, et le vice triomphant, « comme de raison », ajoutait-on. Si les graves messieurs qui l'ont tant répété me font l'honneur de lire cette préface, ils y verront au moins que j'ai cité bien juste ; et la bourgeoise intégrité que je mets à mes citations n'en fera que mieux ressortir la noble infidélité des leurs.

Ainsi dans *Le Barbier de Séville* je n'avais qu'ébranlé l'État ; dans ce nouvel essai, plus infâme et plus séditieux[1], je le renversais de fond en comble. Il n'y avait plus rien de sacré si l'on permettait cet ouvrage. On abusait l'autorité par les plus insidieux[2] rapports ; on cabalait[3] auprès des corps puissants ; on alarmait les dames timorées[4] ; on me faisait des ennemis sur le prie-Dieu[5] des oratoires[6] : et moi, selon les hommes et les lieux, je repoussais la basse intrigue par mon excessive patience, par la roideur[7] de mon respect, l'obstination de ma docilité, par la raison, quand on voulait l'entendre.

Ce combat a duré quatre ans[8]. Ajoutez-les aux cinq du portefeuille, que reste-t-il des allusions qu'on s'efforce à voir dans l'ouvrage ? Hélas ! quand il fut composé, tout ce qui fleurit

---

1. ***Séditieux*** : porteur de révolte contre l'autorité établie.
2. ***Insidieux*** : trompeurs.
3. ***Cabalait*** : conspirait.
4. ***Timorées*** : craintives.
5. ***Prie-Dieu*** : sorte de pupitre qui a pour base un marchepied où l'on s'agenouille pour prier.
6. ***Oratoires*** : petites chapelles ou pièces qui, dans une maison, sont destinées à la prière.
7. ***Roideur*** : raideur.
8. ***Quatre ans*** : de 1781 à 1784 (voir présentation, p. 11).

aujourd'hui n'avait pas même encore germé. C'était tout un autre univers.

Pendant ces quatre ans de débat je ne demandais qu'un censeur[1] ; on m'en accorda cinq ou six. Que virent-ils dans l'ouvrage, objet d'un tel déchaînement ? la plus badine[2] des intrigues. Un grand seigneur espagnol, amoureux d'une jeune fille qu'il veut séduire, et les efforts que cette fiancée, celui qu'elle doit épouser et la femme du seigneur réunissent pour faire échouer dans son dessein un maître absolu que son rang, sa fortune et sa prodigalité[3] rendent tout-puissant pour l'accomplir. Voilà tout, rien de plus. La pièce est sous vos yeux.

D'où naissaient donc ces cris perçants ? De ce qu'au lieu de poursuivre un seul caractère vicieux, comme le Joueur, l'Ambitieux, l'Avare, ou l'Hypocrite, ce qui ne lui eût mis sur les bras qu'une seule classe d'ennemis, l'auteur a profité d'une composition légère, ou plutôt a formé son plan de façon à y faire entrer la critique d'une foule d'abus qui désolent la société. Mais comme ce n'est pas là ce qui gâte un ouvrage aux yeux du censeur éclairé, tous, en l'approuvant, l'ont réclamé pour le théâtre. Il a donc fallu l'y souffrir ; alors les grands du monde ont vu jouer avec scandale

Cette pièce où l'on peint un insolent valet
Disputant sans pudeur son épouse à son maître.

M. GUDIN[4].

Oh ! que j'ai de regret de n'avoir pas fait de ce sujet moral une tragédie bien sanguinaire ! Mettant un poignard à la main de l'époux outragé, que je n'aurais pas nommé Figaro, dans sa jalouse fureur je lui aurais fait noblement poignarder le puissant

1. ***Censeur*** : agent qui contrôle les œuvres destinées à être portées à la connaissance du public (livres, journaux, pièces de théâtre...).
2. ***Badine*** : légère, peu sérieuse.
3. ***Prodigalité*** : caractère de celui qui est prodigue, c'est-à-dire de celui qui donne, qui dépense sans compter.
4. ***M. Gudin*** : Gudin de La Brunellerie (1738-1812), ami de Beaumarchais et premier éditeur de ses œuvres complètes.

vicieux ; et comme il aurait vengé son honneur dans des vers carrés, bien ronflants, et que mon jaloux, tout au moins général d'armée, aurait eu pour rival quelque tyran bien horrible et régnant au plus mal sur un peuple désolé, tout cela, très loin de nos mœurs, n'aurait, je crois, blessé personne ; on eût crié : « Bravo ! ouvrage bien moral ! » Nous étions sauvés, moi et mon Figaro sauvage.

Mais ne voulant qu'amuser nos Français et non faire ruisseler les larmes de leur épouse, de mon coupable amant j'ai fait un jeune seigneur de ce temps-là, prodigue, assez galant, même un peu libertin, à peu près comme les autres seigneurs de ce temps-là. Mais qu'oserait-on dire au théâtre d'un seigneur, sans les offenser tous, sinon de lui reprocher son trop de galanterie ? N'est-ce pas là le défaut le moins contesté par eux-mêmes ? J'en vois beaucoup, d'ici, rougir modestement (et c'est un noble effort) en convenant que j'ai raison.

Voulant donc faire le mien coupable, j'ai eu le respect généreux de ne lui prêter aucun des vices du peuple. Direz-vous que je ne le pouvais pas, que c'eût été blesser toutes les vraisemblances ? Concluez donc en faveur de ma pièce, puisque enfin je ne l'ai pas fait.

Le défaut même dont je l'accuse n'aurait produit aucun mouvement comique, si je ne lui avais gaiement opposé l'homme le plus dégourdi de sa nation, le *véritable* Figaro, qui, tout en défendant Suzanne, sa propriété, se moque des projets de son maître, et s'indigne très plaisamment qu'il ose jouter[1] de ruse avec lui, maître passé dans ce genre d'escrime.

Ainsi, d'une lutte assez vive entre l'abus de la puissance, l'oubli des principes, la prodigalité, l'occasion, tout ce que la séduction a de plus entraînant, et le feu, l'esprit, les ressources que l'infériorité, piquée au jeu, peut opposer à cette attaque, il naît dans ma pièce un jeu plaisant d'intrigue, où l'*époux suborneur*, contrarié, lassé, harassé, toujours arrêté dans ses vues, est obligé, trois fois dans cette journée, de tomber aux pieds de sa

1. ***Jouter*** : rivaliser.

femme, qui, bonne, indulgente et sensible, finit par lui pardonner : c'est ce qu'elles font toujours. Qu'a donc cette moralité de blâmable, messieurs ?

La trouvez-vous un peu badine pour le ton grave que je prends ? accueillez-en une plus sévère qui blesse vos yeux dans l'ouvrage, quoique vous ne l'y cherchiez pas : c'est qu'un seigneur assez vicieux pour vouloir prostituer à ses caprices tout ce qui lui est subordonné, pour se jouer, dans ses domaines, de la pudicité[1] de toutes ses jeunes vassales[2], doit finir, comme celui-ci, par être la risée de ses valets. Et c'est ce que l'auteur a très fortement prononcé, lorsqu'en fureur, au cinquième acte, Almaviva, croyant confondre une femme infidèle, montre à son jardinier un cabinet, en lui criant : « Entres-y toi, Antonio ; conduis devant son juge l'infâme qui m'a déshonoré » ; et que celui-ci lui répond : « L'y a, parguenne[3], une bonne Providence ! Vous en avez tant fait dans le pays qu'il faut bien aussi qu'à votre tour[4] !... »

Cette profonde moralité se fait sentir dans tout l'ouvrage ; et s'il convenait à l'auteur de démontrer aux adversaires qu'à travers sa forte leçon il a porté la considération pour la dignité du coupable plus loin qu'on ne devait l'attendre de la fermeté de son pinceau, je leur ferais remarquer que, croisé dans tous ses projets, le Comte Almaviva se voit toujours humilié, sans être jamais avili[5].

En effet, si la Comtesse usait de ruse pour aveugler sa jalousie dans le dessein de le trahir, devenue coupable elle-même, elle ne pourrait mettre à ses pieds son époux, sans le dégrader à nos yeux. La vicieuse intention de l'épouse brisant un lien respecté, l'on reprocherait justement à l'auteur d'avoir tracé des mœurs blâmables ; car nos jugements sur les mœurs se rapportent

1. ***Pudicité*** : chasteté, vertu.
2. ***Vassales*** : ici, le mot est employé au sens large et signifie « servantes ».
3. ***Parguenne*** : juron signifiant « par Dieu » (patois).
4. *Le Mariage de Figaro*, acte V, scène 14.
5. ***Avili*** : rendu méprisable.

toujours aux femmes ; on n'estime pas assez les hommes pour tant exiger d'eux sur ce point délicat. Mais, loin qu'elle ait ce vil projet, ce qu'il y a de mieux établi dans l'ouvrage est que nul ne veut faire une tromperie au Comte, mais seulement l'empêcher d'en faire à tout le monde. C'est la pureté des motifs qui sauve ici les moyens du reproche ; et, de cela seul que la Comtesse ne veut que ramener son mari, toutes les confusions qu'il éprouve sont certainement très morales, aucune n'est avilissante.

Pour que cette vérité vous frappe davantage, l'auteur oppose à ce mari peu délicat, la plus vertueuse des femmes par goût et par principes.

Abandonnée d'un époux trop aimé, quand l'expose-t-on à vos regards ? dans le moment critique où sa bienveillance pour un aimable enfant, son filleul, peut devenir un goût dangereux, si elle permet au ressentiment qui l'appuie de prendre trop d'empire[1] sur elle. C'est pour faire mieux sortir l'amour vrai du devoir que l'auteur la met un moment aux prises avec un goût naissant qui le combat. Oh ! combien on s'est étayé de[2] ce léger mouvement dramatique pour nous accuser d'indécence ! On accorde à la tragédie que toutes les reines, les princesses aient des passions bien allumées qu'elles combattent plus ou moins ; et l'on ne souffre pas que, dans la comédie, une femme ordinaire puisse lutter contre la moindre faiblesse ! Ô grande *influence de l'affiche* ! jugement sûr et conséquent ! Avec la différence du genre, on blâme ici ce qu'on approuvait là. Et cependant en ces deux cas c'est toujours le même principe : point de vertu sans sacrifice.

J'ose en appeler à vous, jeunes infortunées[3] que votre malheur attache à des Almaviva ! Distingueriez-vous toujours votre vertu de vos chagrins, si quelque intérêt importun, tendant trop à les dissiper, ne vous avertissait enfin qu'il est temps de combattre

1. ***Empire*** : pouvoir, puissance.
2. ***Étayé de*** : appuyé sur.
3. ***Infortunées*** : malheureuses.

pour elle ? Le chagrin de perdre un mari n'est pas ici ce qui nous touche ; un regret aussi personnel est trop loin d'être une vertu ! Ce qui nous plaît dans la Comtesse, c'est de la voir lutter franchement contre un goût naissant qu'elle blâme, et des ressentiments légitimes. Les efforts qu'elle fait alors pour ramener son infidèle époux, mettant dans le plus heureux jour les deux sacrifices pénibles de son goût et de sa colère, on n'a nul besoin d'y penser pour applaudir à son triomphe ; elle est un modèle de vertu, l'exemple de son sexe et l'amour du nôtre.

Si cette métaphysique[1] de l'honnêteté des scènes, si ce principe avoué de toute décence théâtrale n'a point frappé nos juges à la représentation, c'est vainement que j'en étendrais ici le développement, les conséquences ; un tribunal d'iniquité[2] n'écoute point les défenses de l'accusé qu'il est chargé de perdre ; et ma Comtesse n'est point traduite au parlement de la nation : c'est une commission qui la juge.

On a vu la légère esquisse de son aimable caractère, dans la charmante pièce d'*Heureusement*[3]. Le goût naissant que la jeune femme éprouve pour son petit cousin l'officier n'y parut blâmable à personne, quoique la tournure des scènes pût laisser à penser que la soirée eût fini d'autre manière, si l'époux ne fût pas rentré, comme dit l'auteur, « heureusement ». Heureusement aussi l'on n'avait pas le projet de calomnier cet auteur : chacun se livra de bonne foi à ce doux intérêt qu'inspire une jeune femme honnête et sensible qui réprime ses premiers goûts ; et notez que dans cette pièce, l'époux ne paraît qu'un peu sot ; dans la mienne, il est infidèle ; ma Comtesse a plus de mérite.

Aussi, dans l'ouvrage que je défends, le plus véritable intérêt se porte-t-il sur la Comtesse ! Le reste est dans le même esprit.

---

1. ***Métaphysique*** : ici, examen théorique compliqué.
2. ***Iniquité*** : injustice.
3. ***Heureusement*** : comédie de Rochon de Chabannes (1762).

Pourquoi Suzanne la camariste[1], spirituelle, adroite et rieuse, a-t-elle aussi le droit de nous intéresser ? C'est qu'attaquée par un séducteur puissant, avec plus d'avantage qu'il n'en faudrait pour vaincre une fille de son état, elle n'hésite pas à confier les intentions du Comte aux deux personnes les plus intéressées à bien surveiller sa conduite, sa maîtresse et son fiancé ; c'est que, dans tout son rôle, presque le plus long de la pièce, il n'y a pas une phrase, un mot, qui ne respire la sagesse et l'attachement à ses devoirs ; la seule ruse qu'elle se permette est en faveur de sa maîtresse, à qui son dévouement est cher, et dont tous les vœux sont honnêtes.

Pourquoi, dans ses libertés sur son maître, Figaro m'amuse-t-il, au lieu de m'indigner ? C'est que, l'opposé des valets, il n'est pas, et vous le savez, le malhonnête homme de la pièce : en le voyant forcé par son état de repousser l'insulte avec adresse, on lui pardonne tout, dès qu'on sait qu'il ne ruse avec son seigneur que pour garantir ce qu'il aime, et sauver sa propriété.

Donc, hors le Comte et ses agents, chacun fait dans la pièce à peu près ce qu'il doit. Si vous les croyez malhonnêtes parce qu'ils disent du mal les uns des autres, c'est une règle très fautive. Voyez nos honnêtes gens du siècle : on passe la vie à ne faire autre chose ! Il est même tellement reçu de déchirer sans pitié les absents que moi, qui les défends toujours, j'entends murmurer très souvent : « Quel diable d'homme, et qu'il est contrariant ! Il dit du bien de tout le monde ! »

Est-ce mon page[2], enfin, qui vous scandalise, et l'immoralité qu'on reproche au fond de l'ouvrage serait-elle dans l'accessoire ? Ô censeurs délicats ! beaux esprits sans fatigue ! inquisiteurs pour la morale, qui condamnez en un clin d'œil les réflexions de cinq années ! soyez justes une fois, sans tirer à conséquence. Un enfant de treize ans, aux premiers battements du cœur, cherchant tout,

1. ***Camariste*** ou camériste (Beaumarchais écrit « camariste » selon le mot espagnol *camarista*) : femme de chambre d'une princesse ou d'une femme titrée.

2. ***Page*** : jeune noble attaché au service d'un roi, d'un prince, d'un seigneur.

sans rien démêler, idolâtre, ainsi qu'on l'est à cet âge heureux, d'un objet céleste pour lui dont le hasard fit sa marraine, est-il un sujet de scandale ? Aimé de tout le monde au château, vif, espiègle et brûlant, comme tous les enfants spirituels, par son agitation extrême, il dérange dix fois, sans le vouloir, les coupables projets du Comte. Jeune adepte de la nature ! tout ce qu'il voit a droit de l'agiter : peut-être il n'est plus un enfant, mais il n'est pas encore un homme, et c'est le moment que j'ai choisi pour qu'il obtînt de l'intérêt, sans forcer personne à rougir. Ce qu'il éprouve innocemment, il l'inspire partout de même. Direz-vous qu'on l'aime d'amour ? Censeurs ! ce n'est pas là le mot : vous êtes trop éclairés pour ignorer que l'amour, même le plus pur, a un motif intéressé : on ne l'aime donc pas encore ; on sent qu'un jour on l'aimera. Et c'est ce que l'auteur a mis avec gaieté dans la bouche de Suzanne, quand elle dit à cet enfant : « Oh ! dans trois ou quatre ans, je prédis que vous serez le plus grand petit vaurien[1] !... »

Pour lui imprimer plus fortement le caractère de l'enfance, nous le faisons exprès tutoyer par Figaro. Supposez-lui deux ans de plus, quel valet dans le château prendrait ces libertés ? Voyez-le à la fin de son rôle ; à peine a-t-il un habit d'officier, qu'il porte la main à l'épée aux premières railleries du Comte, sur le quiproquo d'un soufflet. Il sera fier, notre étourdi ! mais c'est un enfant, rien de plus. N'ai-je pas vu nos dames dans les loges aimer mon page à la folie ? Que lui voulaient-elles ? hélas ! rien : c'était de l'intérêt aussi ; mais, comme celui de la Comtesse, un pur et naïf intérêt, un intérêt... sans intérêt.

Mais est-ce la personne du page ou la conscience du seigneur qui fait le tourment du dernier, toutes les fois que l'auteur les condamne à se rencontrer dans la pièce ? Fixez ce léger aperçu, il peut vous mettre sur sa voie ; ou plutôt apprenez de lui que cet enfant n'est amené que pour ajouter à la moralité de l'ouvrage, en vous montrant que l'homme le plus absolu chez lui, dès qu'il suit un projet coupable, peut être mis au désespoir par l'être le

1. *Le Mariage de Figaro*, acte I, scène 7.

moins important, par celui qui redoute le plus de se rencontrer sur sa route.

Quand mon page aura dix-huit ans, avec le caractère vif et bouillant que je lui ai donné, je serai coupable à mon tour, si je le montre sur la scène. Mais à treize ans qu'inspire-t-il ? quelque chose de sensible et doux, qui n'est ni amitié ni amour, et qui tient un peu de tous deux.

J'aurais de la peine à faire croire à l'innocence de ces impressions, si nous vivions dans un siècle moins chaste, dans un de ces siècles de calcul, où, voulant tout prématuré, comme les fruits de leurs serres chaudes, les grands mariaient leurs enfants à douze ans, et faisaient plier la nature, la décence et le goût aux plus sordides convenances, en se hâtant surtout d'arracher de ces êtres non formés, des enfants encore moins formables dont le bonheur n'occupait personne, et qui n'étaient que le prétexte d'un certain trafic d'avantages, qui n'avait nul rapport à eux, mais uniquement à leur nom. Heureusement nous en sommes bien loin ; et le caractère de mon page, sans conséquence pour lui-même, en a une relative au Comte, que le moraliste aperçoit, mais qui n'a pas encore frappé le grand commun de nos jugeurs.

Ainsi, dans cet ouvrage, chaque rôle important a quelque but moral. Le seul qui semble y déroger est le rôle de Marceline.

Coupable d'un ancien égarement, dont son Figaro fut le fruit, elle devrait, dit-on, se voir au moins punie par la confusion de sa faute, lorsqu'elle reconnaît son fils. L'auteur eût pu même en tirer une moralité plus profonde : dans les mœurs qu'il veut corriger, la faute d'une jeune fille séduite est celle des hommes, et non la sienne. Pourquoi donc ne l'a-t-il pas fait ?

Il l'a fait, censeurs raisonnables ! étudiez la scène suivante, qui faisait le nerf du troisième acte, et que les Comédiens m'ont prié de retrancher[1], craignant qu'un morceau si sévère n'obscurcît la gaieté de l'action.

---

1. ***Retrancher*** : ôter, supprimer. Lors des premières représentations, la scène 16 de l'acte III avait été réduite à la demande des comédiens-français.

Quand Molière a bien humilié la coquette ou coquine du *Misanthrope*, par la lecture publique de ses lettres à tous ses amants, il la laisse avilie sous les coups qu'il lui a portés ; il a raison ; qu'en ferait-il ? vicieuse par goût et par choix, veuve aguerrie, femme de cour, sans aucune excuse d'erreur, et fléau d'un fort honnête homme, il l'abandonne à nos mépris, et telle est sa moralité. Quant à moi, saisissant l'aveu naïf de Marceline au moment de la reconnaissance, je montrais cette femme humiliée, et Bartholo qui la refuse, et Figaro, leur fils commun, dirigeant l'attention publique sur les vrais fauteurs du désordre où l'on entraîne sans pitié toutes les jeunes filles du peuple, douées d'une jolie figure.

Telle est la marche de la scène.

BRID'OISON, *parlant de Figaro qui vient de reconnaître sa mère en Marceline*. – C'est clair : i-il ne l'épousera pas.

BARTHOLO. – Ni moi non plus.

MARCELINE. – Ni vous ! et votre fils ? Vous m'aviez juré...

BARTHOLO. – J'étais fou. Si pareils souvenirs engageaient, on serait tenu d'épouser tout le monde.

BRID'OISON. – E-et si l'on y regardait de si près, per-ersonne n'épouserait personne.

BARTHOLO. – Des fautes si connues ! une jeunesse déplorable !

MARCELINE, *s'échauffant par degrés*. – Oui, déplorable, et plus qu'on ne croit ! Je n'entends pas nier mes fautes, ce jour les a trop bien prouvées ! mais qu'il est dur de les expier après trente ans d'une vie modeste ! J'étais née, moi, pour être sage, et je la suis devenue sitôt qu'on m'a permis d'user de ma raison. Mais dans l'âge des illusions, de l'inexpérience et des besoins, où les séducteurs nous assiègent, pendant que la misère nous poignarde, que peut opposer une enfant à tant d'ennemis rassemblés ? Tel nous juge ici sévèrement, qui, peut-être, en sa vie a perdu dix infortunées !

FIGARO. – Les plus coupables sont les moins généreux ; c'est la règle.

MARCELINE, *vivement*. – Hommes plus qu'ingrats, qui flétrissez par le mépris les jouets de vos passions, vos victimes ! c'est vous qu'il faut punir des erreurs de notre jeunesse; vous et vos magistrats, si vains du droit de nous juger, et qui nous laissent enlever, par leur coupable négligence, tout honnête moyen de subsister. Est-il un seul état pour les malheureuses filles ? Elles avaient un droit naturel à toute la parure des femmes : on y laisse former mille ouvriers de l'autre sexe.

FIGARO, *en colère.* – Ils font broder jusqu'aux soldats !

MARCELINE, *exaltée.* – Dans les rangs même plus élevés, les femmes n'obtiennent de vous qu'une considération dérisoire; leurrées de respects apparents, dans une servitude réelle; traitées en mineures pour nos biens, punies en majeures pour nos fautes ! ah, sous tous les aspects, votre conduite avec nous fait horreur, ou pitié !

FIGARO. – Elle a raison !

LE COMTE, *à part.* – Que trop raison !

BRID'OISON. – Elle a, mon-on Dieu, raison.

MARCELINE. – Mais que nous font, mon fils, les refus d'un homme injuste ? ne regarde pas d'où tu viens, vois où tu vas; cela seul importe à chacun. Dans quelques mois ta fiancée ne dépendra plus que d'elle-même; elle t'acceptera, j'en réponds : vis entre une épouse, une mère tendres, qui te chériront à qui mieux mieux. Sois indulgent pour elles, heureux pour toi, mon fils; gai, libre et bon pour tout le monde : il ne manquera rien à ta mère.

FIGARO. – Tu parles d'or, maman, et je me tiens à ton avis. Qu'on est sot en effet ! il y a des mille, mille ans que le monde roule, et dans cet océan de durée, où j'ai par hasard attrapé quelques chétifs trente ans qui ne reviendront plus, j'irais me tourmenter pour savoir à qui je les dois ! tant pis pour qui s'en inquiète. Passer ainsi la vie à chamailler, c'est peser sur le collier sans relâche, comme les malheureux chevaux de la remonte des fleuves qui ne reposent pas, même quand ils s'arrêtent, et qui tirent toujours quoiqu'ils cessent de marcher. Nous attendrons[1].

J'ai bien regretté ce morceau; et maintenant que la pièce est connue, si les Comédiens avaient le courage de le restituer à ma prière, je pense que le public leur en saurait beaucoup de gré. Ils

1. *Le Mariage de Figaro*, acte III, scène 16.

n'auraient plus même à répondre, comme je fus forcé de le faire à certains censeurs du beau monde, qui me reprochaient, à la lecture, de les intéresser pour une femme de mauvaises mœurs : «Non, messieurs, je n'en parle pas pour excuser ses mœurs, mais pour vous faire rougir des vôtres sur le point le plus destructeur de toute honnêteté publique : *la corruption des jeunes personnes*; et j'avais raison de le dire, que vous trouvez ma pièce trop gaie, parce qu'elle est souvent trop sévère. Il n'y a que façon de s'entendre.

– Mais votre Figaro est un soleil tournant[1], qui brûle, en jaillissant, les manchettes[2] de tout le monde. – Tout le monde est exagéré. Qu'on me sache gré du moins s'il ne brûle pas aussi les doigts de ceux qui croient s'y reconnaître : au temps qui court on a beau jeu sur cette matière au théâtre. M'est-il permis de composer en auteur qui sort du collège, de toujours faire rire des enfants, sans jamais rien dire à des hommes ? Et ne devez-vous pas me passer un peu de morale, en faveur de ma gaieté, comme on passe aux Français un peu de folie, en faveur de leur raison ?»

Si je n'ai versé sur nos sottises qu'un peu de critique badine, ce n'est pas que je ne sache en former de plus sévères : quiconque a dit tout ce qu'il sait dans son ouvrage y a mis plus que moi dans le mien. Mais je garde une foule d'idées qui me pressent pour un des sujets les plus moraux du théâtre, aujourd'hui sur mon chantier : *La Mère coupable*[3]; et si le dégoût dont on m'abreuve me permet jamais[4] de l'achever, mon projet étant d'y faire verser des larmes à toutes les femmes sensibles, j'élèverai mon langage à la hauteur de mes situations, j'y prodiguerai les traits de la plus

1. ***Soleil tournant*** : élément de feu d'artifice (roue que font tourner plusieurs fusées qui y sont attachées).

2. ***Manchettes*** : ornements de mousseline ou de dentelle qui terminent les manches de la chemise

3. ***La Mère coupable*** : dernier volet de la trilogie formée par *Le Barbier de Séville* et *Le Mariage de Figaro*. La pièce sera représentée en 1792.

4. ***Jamais*** : un jour.

austère morale, et je tonnerai fortement sur les vices que j'ai trop ménagés. Apprêtez-vous donc bien, messieurs, à me tourmenter de nouveau : ma poitrine a déjà grondé; j'ai noirci beaucoup de papier au service de votre colère.

Et vous, honnêtes indifférents, qui jouissez de tout sans prendre parti sur rien, jeunes personnes modestes et timides, qui vous plaisez à ma *Folle Journée* (et je n'entreprends sa défense que pour justifier votre goût), lorsque vous verrez dans le monde un de ces hommes tranchants critiquer vaguement la pièce, tout blâmer sans rien désigner, surtout la trouver indécente, examinez bien cet homme-là; sachez son rang, son état, son caractère, et vous connaîtrez sur-le-champ le mot qui l'a blessé dans l'ouvrage.

On sent bien que je ne parle pas de ces écumeurs littéraires[1] qui vendent leurs bulletins ou leurs affiches à tant de liards[2] le paragraphe. Ceux-là, comme l'abbé Bazile, peuvent calomnier : *ils médiraient qu'on ne les croirait pas*[3].

Je parle moins encore de ces libellistes[4] honteux qui n'ont trouvé d'autre moyen de satisfaire leur rage, l'assassinat étant trop dangereux, que de lancer, du cintre[5] de nos salles, des vers infâmes contre l'auteur, pendant que l'on jouait sa pièce. Ils savent que je les connais; si j'avais eu dessein de les nommer, ç'aurait été au ministère public; leur supplice est de l'avoir craint, il suffit à mon ressentiment. Mais on n'imaginera jamais jusqu'où ils ont osé élever les soupçons du public sur une aussi lâche épigramme[6]! semblables à ces vils charlatans[7] du Pont-Neuf, qui,

---

1. ***Écumeurs littéraires*** : plagiaires.

2. ***Liard*** : ancienne monnaie de cuivre, de très petite valeur.

3. ***Le Barbier de Séville***, acte II, scène 9.

4. ***Libellistes*** : auteurs de libelles, écrits satiriques et injurieux.

5. ***Cintre*** : ici, loges du cintre, c'est-à-dire celles du rang le plus élevé dans un théâtre.

6. ***Épigramme*** : courte pièce en vers qui se termine par un trait piquant.

7. ***Charlatans*** : vendeurs de drogues (préparations médicamenteuses) sur les places publiques, plus généralement tous ceux qui exploitent la crédulité publique.

pour accréditer[1] leurs drogues, farcissent d'ordres, de cordons[2] le tableau qui leur sert d'enseigne.

Non, je cite nos importants, qui, blessés, on ne sait pourquoi, des critiques semées dans l'ouvrage, se chargent d'en dire du mal, sans cesser de venir aux noces.

C'est un plaisir assez piquant de les voir d'en bas au spectacle, dans le très plaisant embarras de n'oser montrer ni satisfaction ni colère; s'avançant sur le bord des loges, prêts à se moquer de l'auteur, et se retirant aussitôt pour celer[3] un peu de grimace; emportés par un mot de la scène, et soudainement rembrunis[4] par le pinceau du moraliste; au plus léger trait de gaieté, jouer tristement les étonnés, prendre un air gauche en faisant les pudiques, et regardant les femmes dans les yeux, comme pour leur reprocher de soutenir un tel scandale; puis, aux grands applaudissements, lancer sur le public un regard méprisant, dont il est écrasé; toujours prêts à lui dire, comme ce courtisan dont parle Molière, lequel outré du succès de *L'École des femmes* criait des balcons au public : «Ris donc, public, ris donc[5] !» En vérité c'est un plaisir, et j'en ai joui bien des fois.

Celui-là m'en rappelle un autre. Le premier jour de *La Folle Journée*, on s'échauffait dans le foyer (même d'honnêtes plébéiens[6]) sur ce qu'ils nommaient spirituellement «mon audace». Un petit vieillard sec et brusque, impatienté de tous ces cris, frappe le plancher de sa canne, et dit en s'en allant : «Nos Français sont comme les enfants qui braillent quand on les éberne[7].» Il avait du sens, ce vieillard. Peut-être on pouvait mieux parler, mais pour mieux penser, j'en défie.

---

1. ***Accréditer*** : donner du crédit, de la réputation à.
2. ***Ordres***, ***cordons*** : décorations.
3. ***Celer*** : cacher.
4. ***Rembrunis*** : attristés, assombris.
5. Molière, *Critique de l'École des femmes*.
6. ***Plébéiens*** : hommes du peuple.
7. ***Quand on les éberne*** : quand on essuie leurs fesses.

Avec cette intention de tout blâmer, on conçoit que les traits les plus sensés ont été pris en mauvaise part. N'ai-je pas entendu vingt fois un murmure descendre des loges à cette réponse de Figaro :

> LE COMTE. – Une réputation détestable !
> FIGARO. – Et si je vaux mieux qu'elle, y a-t-il beaucoup de seigneurs qui puissent en dire autant[1] ?

Je dis, moi, qu'il n'y en a point ; qu'il ne saurait y en avoir, à moins d'une exception bien rare. Un homme obscur ou peu connu peut valoir mieux que sa réputation, qui n'est que l'opinion d'autrui. Mais de même qu'un sot en place en paraît une fois plus sot, parce qu'il ne peut plus rien cacher, de même un grand seigneur, l'homme élevé en dignités, que la fortune et sa naissance ont placé sur le grand théâtre, et qui, en entrant dans le monde, eut toutes les préventions pour lui, vaut presque toujours moins que sa réputation s'il parvient à la rendre mauvaise. Une assertion si simple et si loin du sarcasme devait-elle exciter le murmure ? si son application paraît fâcheuse aux grands peu soigneux de leur gloire, en quel sens fait-elle épigramme sur ceux qui méritent nos respects ? et quelle maxime plus juste au théâtre peut servir de frein aux puissants, et tenir lieu de leçon à ceux qui n'en reçoivent point d'autres ?

Non qu'il faille oublier (a dit un écrivain sévère, et je me plais à le citer, parce que je suis de son avis), « non qu'il faille oublier, dit-il, ce qu'on doit aux rangs élevés ; il est juste au contraire que l'avantage de la naissance soit le moins contesté de tous, parce que ce bienfait gratuit de l'hérédité, relatif aux exploits, vertus, ou qualités des aïeux de qui le reçut, ne peut aucunement blesser l'amour-propre de ceux auxquels il fut refusé ; parce que dans une monarchie, si l'on ôtait les rangs intermédiaires, il y aurait trop loin du monarque aux sujets ; bientôt on n'y verrait qu'un despote et des esclaves ; le maintien d'une échelle graduée du

1. *Le Mariage de Figaro*, acte III, scène 5.

laboureur au potentat[1] intéresse également les hommes de tous les rangs, et peut-être est le plus ferme appui de la constitution monarchique».

Mais quel auteur parlait ainsi? qui faisait cette profession de foi sur la noblesse, dont on me suppose si loin? C'était PIERRE AUGUSTIN CARON DE BEAUMARCHAIS plaidant par écrit au parlement d'Aix, en 1778, une grande et sévère question, qui décida bientôt de l'honneur d'un noble et du sien[2]. Dans l'ouvrage que je défends on n'attaque point les états, mais les abus de chaque état; les gens seuls qui s'en rendent coupables ont intérêt à le trouver mauvais; voilà les rumeurs expliquées; mais quoi donc, les abus sont-ils devenus si sacrés qu'on n'en puisse attaquer aucun sans lui trouver vingt défenseurs?

Un avocat célèbre, un magistrat respectable iront-ils donc s'approprier le plaidoyer[3] d'un Bartholo, le jugement d'un Brid'oison? Ce mot de Figaro sur l'indigne abus des plaidoiries de nos jours («c'est dégrader le plus noble institut[4]») a bien montré le cas que je fais du noble métier d'avocat, et mon respect pour la magistrature ne sera pas plus suspecté, quand on saura dans quelle école j'en ai recherché la leçon, quand on lira le morceau suivant, aussi tiré d'un moraliste, lequel, parlant des magistrats, s'exprime en ces termes formels :

«Quel homme aisé voudrait, pour le plus modique honoraire, faire le métier cruel de se lever à quatre heures pour aller au Palais tous les jours s'occuper, sous des formes prescrites, d'intérêts qui ne sont jamais les siens; d'éprouver sans cesse l'ennui de l'importunité, le dégoût des sollicitations, le bavardage des plaideurs, la monotonie des audiences, la fatigue des délibérations, et la

1. ***Potentat*** : souverain absolu.
2. Beaumarchais fait ici allusion au procès qui l'opposa au comte de La Blache (voir présentation, p. 9-10).
3. ***Plaidoyer*** : discours prononcé devant un tribunal pour défendre les droits de quelqu'un.
4. *Le Mariage de Figaro*, acte III, scène 15.

contention d'esprit[1] nécessaire aux prononcés des arrêts, s'il ne se croyait pas payé de cette vie laborieuse et pénible par l'estime et la considération publique ? et cette estime est-elle autre chose qu'un jugement, qui n'est même aussi flatteur pour les bons magistrats, qu'en raison de sa rigueur excessive contre les mauvais ? »

Mais quel écrivain m'instruisait ainsi par ses leçons ? Vous allez croire encore que c'est PIERRE AUGUSTIN ; vous l'avez dit, c'est lui, en 1773, dans son quatrième Mémoire[2], en défendant jusqu'à la mort sa triste existence attaquée par un soi-disant magistrat. Je respecte donc hautement ce que chacun doit honorer ; et je blâme ce qui peut nuire.

« Mais dans cette *Folle Journée*, au lieu de saper les abus, vous vous donnez des libertés très répréhensibles au théâtre ; votre monologue, surtout, contient, sur les gens disgraciés, des traits qui passent la licence[3] ! – Eh ! croyez-vous, messieurs, que j'eusse un talisman[4] pour tromper, séduire, enchaîner la censure et l'autorité, quand je leur soumis mon ouvrage ? que je n'aie pas dû justifier ce que j'avais osé écrire ? » Que fais-je dire à Figaro, parlant à l'homme déplacé ? « Que les sottises imprimées n'ont d'importance qu'aux lieux où l'on en gêne le cours[5]. » Est-ce donc là une vérité d'une conséquence dangereuse ? Au lieu de ces inquisitions puériles et fatigantes et qui seules donnent de l'importance à ce qui n'en aurait jamais, si, comme en Angleterre, on était assez sage ici pour traiter les sottises avec ce mépris qui les tue, loin de sortir du vil fumier qui les enfante, elles y pourriraient en germant, et ne se propageraient point. Ce qui multiplie les libelles est la faiblesse de les craindre ; ce qui fait vendre les sottises est la sottise de les défendre.

---

1. ***Contention d'esprit*** : concentration.

2. Il s'agit du quatrième *Mémoire* contre Goëzman (voir présentation, p. 9-10).

3. ***Qui passent la licence*** : qui sont impudents, provoquants.

4. ***Talisman*** : objet auquel on attribue des vertus magiques de protection, de pouvoir.

5. *Le Mariage de Figaro*, acte V, scène 3.

Et comment conclut Figaro ? « Que sans la liberté de blâmer, il n'est point d'éloge flatteur ; et qu'il n'y a que les petits hommes qui redoutent les petits écrits[1]. » Sont-ce là des hardiesses coupables, ou bien des aiguillons[2] de gloire ? des moralités insidieuses, ou des maximes réfléchies, aussi justes qu'encourageantes ?

Supposez-les le fruit des souvenirs. Lorsque, satisfait du présent, l'auteur veille pour l'avenir, dans la critique du passé, qui peut avoir droit de s'en plaindre ? et si, ne désignant ni temps, ni lieu, ni personnes, il ouvre la voie, au théâtre, à des réformes désirables, n'est-ce pas aller à son but ?

La Folle Journée explique donc comment, dans un temps prospère, sous un roi juste et des ministres modérés, l'écrivain peut tonner sur les oppresseurs sans craindre de blesser personne. C'est pendant le règne d'un bon prince qu'on écrit sans danger l'histoire des méchants rois ; et, plus le gouvernement est sage, est éclairé, moins la liberté de dire est en presse[3] ; chacun y faisant son devoir, on n'y craint pas les allusions ; nul homme en place ne redoutant ce qu'il est forcé d'estimer, on n'affecte point alors d'opprimer chez nous cette même littérature, qui fait notre gloire au-dehors et nous y donne une sorte de primauté que nous ne pouvons tirer d'ailleurs.

En effet, à quel titre y prétendrions-nous ? Chaque peuple tient à son culte et chérit son gouvernement. Nous ne sommes pas restés plus braves que ceux qui nous ont battus à leur tour. Nos mœurs plus douces, mais non meilleures, n'ont rien qui nous élève au-dessus d'eux. Notre littérature seule, estimée de toutes les nations, étend l'empire de la langue française et nous obtient de l'Europe entière une prédilection avouée qui justifie, en l'honorant, la protection que le gouvernement lui accorde.

Et comme chacun cherche toujours le seul avantage qui lui manque, c'est alors qu'on peut voir dans nos académies l'homme

---

1. *Le Mariage de Figaro*, acte V, scène 3.

2. ***Aiguillons*** : tout ce qui pousse à faire quelque chose.

3. ***En presse*** : opprimée.

de la cour siéger avec les gens de lettres, les talents personnels et la considération héritée se disputer ce noble objet, et les archives académiques se remplir presque également de papiers et de parchemins.

Revenons à *La Folle Journée*.

Un monsieur de beaucoup d'esprit, mais qui l'économise un peu trop, me disait un soir au spectacle : « Expliquez-moi donc, je vous prie, pourquoi, dans votre pièce, on trouve autant de phrases négligées qui ne sont pas de votre style ? – De mon style, monsieur ? Si par malheur j'en avais un, je m'efforcerais de l'oublier quand je fais une comédie, ne connaissant rien d'insipide au théâtre comme ces fades camaïeux[1] où tout est bleu, où tout est rose, où tout est l'auteur, quel qu'il soit. »

Lorsque mon sujet me saisit, j'évoque tous mes personnages et les mets en situation : « Songe à toi, Figaro, ton maître va te deviner. Sauvez-vous vite, Chérubin, c'est le Comte que vous touchez. Ah ! Comtesse, quelle imprudence, avec un époux si violent ! » Ce qu'ils diront, je n'en sais rien ; c'est ce qu'ils feront qui m'occupe. Puis, quand ils sont bien animés, j'écris sous leur dictée rapide, sûr qu'ils ne me tromperont pas, que je reconnaîtrai Bazile, lequel n'a pas l'esprit de Figaro, qui n'a pas le ton noble du Comte, qui n'a pas la sensibilité de la Comtesse, qui n'a pas la gaieté de Suzanne, qui n'a pas l'espièglerie du page, et surtout aucun d'eux la sublimité de Brid'oison. Chacun y parle son langage : eh ! que le dieu du naturel les préserve d'en parler d'autre ! Ne nous attachons donc qu'à l'examen de leurs idées, et non à rechercher si j'ai dû leur prêter mon style.

Quelques malveillants ont voulu jeter de la défaveur sur cette phrase de Figaro : « Sommes-nous des soldats qui tuent, et se font tuer, pour des intérêts qu'ils ignorent ? Je veux savoir, moi, pourquoi je me fâche[2] ! » À travers le nuage d'une conception

1. ***Camaïeux*** : peintures où l'on n'emploie qu'une seule couleur, avec des nuances différentes.

2. *Le Mariage de Figaro*, acte V, scène 12.

indigeste ils ont feint d'apercevoir *que je répands une lumière décourageante sur l'état pénible du soldat, et il y a des choses qu'il ne faut jamais dire.* Voilà dans toute sa force l'argument de la méchanceté ; reste à en prouver la bêtise.

Si, comparant la dureté du service à la modicité de la paye, ou discutant tel autre inconvénient de la guerre et comptant la gloire pour rien, je versais de la défaveur sur ce plus noble des affreux métiers, on me demanderait justement compte d'un mot indiscrètement échappé. Mais, du soldat au colonel, au général exclusivement, quel imbécile homme de guerre a jamais eu la prétention qu'il dût pénétrer les secrets du cabinet pour lesquels il fait la campagne ? C'est de cela seul qu'il s'agit dans la phrase de Figaro. Que ce fou-là se montre, s'il existe ; nous l'enverrons étudier sous le philosophe Babouc[1], lequel éclaircit disertement ce point de discipline militaire.

En raisonnant sur l'usage que l'homme fait de sa liberté dans les occasions difficiles, Figaro pouvait également opposer à sa situation tout état qui exige une obéissance implicite ; et le cénobite[2] zélé, dont le devoir est de tout croire sans jamais rien examiner, comme le guerrier valeureux, dont la gloire est de tout affronter sur des ordres non motivés, de *tuer et se faire tuer pour des intérêts qu'il ignore.* Le mot de Figaro ne dit donc rien, sinon qu'un homme libre de ses actions doit agir sur d'autres principes que ceux dont le devoir est d'obéir aveuglément.

Qu'aurait-ce été, bon Dieu ! si j'avais fait usage d'un mot qu'on attribue au Grand Condé[3], et que j'entends louer à outrance par ces mêmes logiciens qui déraisonnent sur ma phrase ? À les croire, le Grand Condé montra la plus noble présence d'esprit, lorsque, arrêtant Louis XIV prêt à pousser son cheval dans le

1. ***Babouc*** : personnage d'un conte de Voltaire intitulé *Le monde comme il va* (1748).
2. ***Cénobite*** : moine vivant en communauté.
3. ***Grand Condé*** : Louis II de Condé (1621-1686).

Rhin, il dit à ce monarque : « Sire, avez-vous besoin du bâton de maréchal[1] ? »

Heureusement on ne prouve nulle part que ce grand homme ait dit cette grande sottise. C'eût été dire au roi, devant toute son armée : «Vous moquez-vous donc, Sire, de vous exposer dans un fleuve ? Pour courir de pareils dangers, il faut avoir besoin d'avancement ou de fortune ! »

Ainsi l'homme le plus vaillant, le plus grand général du siècle, aurait compté pour rien l'honneur, le patriotisme et la gloire ! un misérable calcul d'intérêt eût été, selon lui, le seul principe de la bravoure ! il eût dit là un affreux mot ! et si j'en avais pris le sens pour l'enfermer dans quelque trait, je mériterais le reproche qu'on fait gratuitement au mien.

Laissons donc les cerveaux fumeux louer ou blâmer, au hasard, sans se rendre compte de rien, s'extasier sur une sottise qui n'a pu jamais être dite, et proscrire un mot juste et simple qui ne montre que du bon sens.

Un autre reproche assez fort, mais dont je n'ai pu me laver, est d'avoir assigné pour retraite à la Comtesse un certain couvent d'Ursulines[2]. « Ursulines ! » a dit un seigneur, joignant les mains avec éclat ; « Ursulines ! » a dit une dame en se renversant de surprise sur un jeune Anglais de sa loge ; «"Ursulines !" ah Milord ! si vous entendiez le français !... – Je sens, je sens beaucoup, madame, dit le jeune homme en rougissant. – C'est qu'on n'a jamais mis au théâtre aucune femme aux "Ursulines" ! Abbé, parlez-nous donc ! L'abbé (toujours appuyée sur l'Anglais), comment trouvez-vous "Ursulines" ? – Fort indécent », répond l'abbé sans cesser de lorgner Suzanne. Et tout le beau monde a répété : «"Ursulines" est fort indécent ». Pauvre auteur ! on te croit jugé, quand chacun songe à son affaire. En vain j'essayais

1. ***Du bâton de maréchal*** : de la dignité du maréchal (les maréchaux de France portent derrière leur écu deux bâtons fleurdelisés, passés en sautoir).
2. ***Ursulines*** : couvent de femmes, réputé pour ses mauvaises mœurs.

d'établir que, dans l'événement de la scène, moins la Comtesse a dessein de se cloîtrer, plus elle doit le feindre et faire croire à son époux que sa retraite est bien choisie ; ils ont proscrit mes « Ursulines » !

Dans le plus fort de la rumeur, moi, bon homme, j'avais été jusqu'à prier une des actrices qui font le charme de ma pièce de demander aux mécontents à quel autre couvent de filles ils estimaient qu'il fût *décent* que l'on fît entrer la Comtesse ? À moi, cela m'était égal, je l'aurais mise où l'on aurait voulu : aux *Augustines*, aux *Célestines*, aux *Clairettes*, aux *Visitandines*, même aux *Petites Cordelières*, tant je tiens peu aux *Ursulines* ! Mais on agit si durement !

Enfin, le bruit croissant toujours, pour arranger l'affaire avec douceur, j'ai laissé le mot « Ursulines » à la place où je l'avais mis : chacun alors, content de soi, de tout l'esprit qu'il avait montré, s'est apaisé sur « Ursulines », et l'on a parlé d'autre chose.

Je ne suis point, comme l'on voit, l'ennemi de mes ennemis. En disant bien du mal de moi ils n'en ont point fait à ma pièce, et s'ils sentaient seulement autant de joie à la déchirer que j'eus de plaisir à la faire, il n'y aurait personne d'affligé. Le malheur est qu'ils ne rient point ; et ils ne rient point à ma pièce parce qu'on ne rit point à la leur. Je connais plusieurs amateurs qui sont même beaucoup maigris depuis le succès du *Mariage* : excusons donc l'effet de leur colère.

À des moralités d'ensemble et de détail, répandues dans les flots d'une inaltérable gaieté, à un dialogue assez vif dont la facilité nous cache le travail, si l'auteur a joint une intrigue aisément filée, où l'art se dérobe sous l'art, qui se noue et se dénoue sans cesse à travers une foule de situations comiques, de tableaux piquants et variés qui soutiennent, sans la fatiguer, l'attention du public pendant les trois heures et demie que dure le même spectacle (essai que nul homme de lettres n'avait encore osé tenter !), que restait-il à faire à de pauvres méchants que tout cela irrite ? attaquer, poursuivre l'auteur par des injures verbales, manuscrites, imprimées : c'est ce qu'on a fait sans relâche. Ils ont même épuisé jusqu'à la calomnie pour tâcher de me perdre dans l'esprit de tout ce qui influe en France sur le repos d'un citoyen. Heureusement que mon ouvrage est sous les yeux de la nation, qui depuis dix grands mois le voit, le juge et l'apprécie. Le laisser jouer tant qu'il fera plaisir est la seule vengeance que je me sois permise. Je n'écris point ceci pour les lecteurs actuels ; le récit d'un mal trop connu touche peu ; mais dans quatre-vingts ans il portera son fruit. Les auteurs de ce temps-là compareront leur sort au nôtre, et nos enfants sauront à quel prix on pouvait amuser leurs pères.

Allons au fait ; ce n'est pas tout cela qui blesse. Le vrai motif qui se cache et qui dans les replis du cœur produit tous les autres reproches est renfermé dans ce quatrain :

Pourquoi ce Figaro qu'on va tant écouter
Est-il avec fureur déchiré par les sots ?
Recevoir, prendre et demander :
Voilà le secret en trois mots[1].

En effet, Figaro, parlant du métier de courtisan, le définit dans ces termes sévères. Je ne puis le nier, je l'ai dit. Mais reviendrai-je sur ce point ? Si c'est un mal, le remède serait pire : il faudrait poser méthodiquement ce que je n'ai fait qu'indiquer, revenir à montrer qu'il n'y a point de synonyme en français entre *l'homme de la cour, l'homme de cour* et *le courtisan par métier.*

Il faudrait répéter qu'*homme de la cour* peint seulement un noble état ; qu'il s'entend de l'homme de qualité vivant avec la noblesse et l'éclat que son rang lui impose ; que, si cet *homme de la cour* aime le bien par goût, sans intérêt, si, loin de jamais nuire à personne, il se fait estimer de ses maîtres, aimer de ses égaux et respecter des autres, alors cette acception reçoit un nouveau

1. Réplique de Figaro dans la scène 2 de l'acte II.

lustre[1], et j'en connais plus d'un que je nommerais avec plaisir s'il en était question.

Il faudrait montrer qu'*homme de cour*, en bon français, est moins l'énoncé d'un état que le résumé d'un caractère adroit, liant, mais réservé, pressant la main de tout le monde en glissant chemin à travers, menant finement son intrigue avec l'air de toujours servir, ne se faisant point d'ennemis, mais donnant, près d'un fossé, dans l'occasion, de l'épaule au meilleur ami pour assurer sa chute et le remplacer sur la crête, laissant à part tout préjugé qui pourrait ralentir sa marche, souriant à ce qui lui déplaît et critiquant ce qu'il approuve, selon les hommes qui l'écoutent; dans les liaisons utiles de sa femme ou de sa maîtresse, ne voyant que ce qu'il doit voir, enfin…

Prenant tout, pour le faire court,
En véritable homme de cour.

La Fontaine[2].

Cette acception n'est pas aussi défavorable que celle du *courtisan par métier*, et c'est l'homme dont parle Figaro.

Mais, quand j'étendrais la définition de ce dernier, quand, parcourant tous les possibles, je le montrerais avec son maintien équivoque, haut et bas à la fois, rampant avec orgueil, ayant toutes les prétentions sans en justifier une, se donnant l'air du *protègement*[3] pour se faire chef de parti, dénigrant tous les concurrents qui balanceraient son crédit, faisant un métier lucratif de ce qui ne devrait qu'honorer, vendant ses maîtresses à son maître, lui faisant payer ses plaisirs, etc., etc., et quatre pages d'etc., il faudrait toujours revenir au distique[4] de Figaro : «Recevoir, prendre et demander :/ voilà le secret en trois mots.»

---

1. ***Lustre*** : éclat.
2. ***La Joconde*** (1665-1666), conte en vers de La Fontaine (1621-1695).
3. ***Protègement*** : protection que le courtisan paraît promettre à ceux qui se rallient à sa cause (néologisme de Beaumarchais).
4. ***Distique*** : strophe de deux vers.

Pour ceux-ci, je n'en connais point; il y en eut, dit-on, sous Henri III, sous d'autres rois encore, mais c'est l'affaire de l'historien; et, quant à moi, je suis d'avis que les vicieux du siècle en sont comme les saints : qu'il faut cent ans pour les canoniser. Mais, puisque j'ai promis la critique de ma pièce, il faut enfin que je la donne.

En général son grand défaut est « que je ne l'ai point faite en observant le monde; qu'elle ne peint rien de ce qui existe et ne rappelle jamais l'image de la société où l'on vit; que ses mœurs basses et corrompues n'ont pas même le mérite d'être vraies[1] ». Et c'est ce qu'on lisait dernièrement dans un beau discours imprimé, composé par un homme de bien, auquel il n'a manqué qu'un peu d'esprit pour être un écrivain médiocre. Mais, médiocre ou non, moi qui ne fis jamais usage de cette allure oblique et torse[2] avec laquelle un sbire[3] qui n'a pas l'air de vous regarder vous donne du stylet[4] au flanc, je suis de l'avis de celui-ci. Je conviens qu'à la vérité, la génération passée ressemblait beaucoup à ma pièce, que la génération future lui ressemblera beaucoup aussi; mais que, pour la génération présente, elle ne lui ressemble aucunement; que je n'ai jamais rencontré ni mari suborneur, ni seigneur libertin, ni courtisan avide, ni juge ignorant ou passionné, ni avocat injuriant, ni gens médiocres avancés, ni traducteur bassement jaloux; et que, si des âmes pures, qui ne s'y reconnaissent point du tout, s'irritent contre ma pièce et la déchirent sans relâche, c'est uniquement par respect pour leurs grands-pères et sensibilité pour leurs petits-enfants. J'espère, après cette déclaration, qu'on me laissera bien tranquille; ET J'AI FINI.

---

1. Discours prononcé par le censeur Suard le 15 juin 1784.
2. ***Torse*** : tordue.
3. ***Sbire*** : policier sans scrupule, homme de main.
4. ***Stylet*** : sorte de poignard.

Caractères et habillements de la pièce

Le Comte Almaviva doit être joué très noblement, mais avec grâce et liberté. La corruption du cœur ne doit rien ôter au *bon ton* de ses manières. Dans les mœurs *de ce temps-là*, les grands traitaient en badinant toute entreprise sur les femmes. Ce rôle est d'autant plus pénible à bien rendre que le personnage est toujours sacrifié. Mais, joué par un comédien excellent (M. Molé[1]), il a fait ressortir tous les rôles et assuré le succès de la pièce.

Son vêtement du premier et second acte est un habit de chasse, avec des bottines à mi-jambe de l'ancien costume espagnol. Du troisième acte jusqu'à la fin, un habit superbe de ce costume.

La Comtesse, agitée de deux sentiments contraires, ne doit montrer qu'une sensibilité réprimée, ou une colère très modérée ; rien surtout qui dégrade aux yeux du spectateur son caractère aimable et vertueux. Ce rôle, un des plus difficiles de la pièce, a fait infiniment d'honneur au grand talent de Mlle Saint-Val cadette.

Son vêtement du premier, second et quatrième acte est une lévite[2] commode, et nul ornement sur la tête : elle est chez elle et censée incommodée[3]. Au cinquième acte, elle a l'habillement et la haute coiffure de Suzanne.

Figaro. L'on ne peut trop recommander à l'acteur qui jouera ce rôle de bien se pénétrer de son esprit, comme l'a fait M. Dazincourt.

---

1. ***M. Molé***, ainsi que ***Mlle Saint-Val cadette***, ***M. Dazincourt***, ***M. Préville***, ***Mlle Contat*** : acteurs de la Comédie-Française (qui interprétèrent les rôles de la pièce au moment de sa création).
2. ***Lévite*** : longue robe d'intérieur.
3. ***Incommodée*** : indisposée, souffrant d'une maladie légère.

S'il y voyait autre chose que de la raison assaisonnée de gaieté et de saillies[1], surtout s'il y mettait la moindre charge, il avilirait un rôle que le premier comique du théâtre, M. Préville, a jugé devoir honorer le talent de tout comédien qui saurait en saisir les nuances multipliées et pourrait s'élever à son entière conception.

Son vêtement comme dans *Le Barbier de Séville*.

SUZANNE. Jeune personne adroite, spirituelle et rieuse, mais non de cette gaieté presque effrontée de nos soubrettes[2] corruptrices ; son joli caractère est dessiné dans la préface, et c'est là que l'actrice qui n'a point vu Mlle Contat doit l'étudier pour le bien rendre.

Son vêtement des quatre premiers actes est un juste blanc à basquines[3], très élégant, la jupe de même, avec une toque appelée depuis par nos marchandes : « à la Suzanne ». Dans la fête du quatrième acte, le Comte lui pose sur la tête une toque à long voile, à hautes plumes et à rubans blancs. Elle porte au cinquième acte la lévite de sa maîtresse, et nul ornement sur la tête.

MARCELINE est une femme d'esprit, née un peu vive, mais dont les fautes et l'expérience ont réformé[4] le caractère. Si l'actrice qui le joue s'élève avec une fierté bien placée à la hauteur très morale qui suit la reconnaissance du troisième acte, elle ajoutera beaucoup à l'intérêt de l'ouvrage.

Son vêtement est celui des duègnes[5] espagnoles, d'une couleur modeste, un bonnet noir sur la tête.

ANTONIO ne doit montrer qu'une demi-ivresse qui se dissipe par degrés, de sorte qu'au cinquième acte on n'en aperçoive presque plus.

Son vêtement est celui d'un paysan espagnol, où les manches pendent par-derrière ; un chapeau et des souliers blancs.

---

1. ***Saillies*** : traits d'esprit.
2. ***Soubrettes*** : terme de théâtre, femmes de chambre dans les comédies.
3. ***Un juste blanc à basquines*** : une veste moulante à la taille et descendant sur les hanches, de couleur blanche.
4. ***Réformé*** : amélioré.
5. ***Duègnes*** : gouvernantes chargées de veiller sur la conduite d'une jeune personne.

FANCHETTE est une enfant de douze ans, très naïve. Son petit habit est un juste brun avec des ganses[1] et des boutons d'argent, la jupe de couleur tranchante, et une toque noire à plumes sur la tête. Il sera celui des autres paysannes de la noce.

CHÉRUBIN. Ce rôle ne peut être joué, comme il l'a été, que par une jeune et très jolie femme ; nous n'avons point à nos théâtres de très jeune homme assez formé pour en bien sentir les finesses. Timide à l'excès devant la Comtesse, ailleurs un charmant polisson, un désir inquiet et vague est le fond de son caractère. Il s'élance à la puberté, mais sans projet, sans connaissances, et tout entier à chaque événement ; enfin il est ce que toute mère, au fond du cœur, voudrait peut-être que fût son fils, quoiqu'elle dût beaucoup en souffrir.

Son riche vêtement, aux premier et second actes, est celui d'un page de cour espagnol, blanc et brodé d'argent ; le léger manteau bleu sur l'épaule, et un chapeau chargé de plumes. Au quatrième acte, il a le corset, la jupe et la toque des jeunes paysannes qui l'amènent. Au cinquième acte, un habit uniforme d'officier, une cocarde et une épée.

BARTHOLO. Le caractère et l'habit comme dans *Le Barbier de Séville* ; il n'est ici qu'un rôle secondaire.

BAZILE. Caractère et vêtement comme dans *Le Barbier de Séville* ; il n'est aussi qu'un rôle secondaire.

BRID'OISON doit avoir cette bonne et franche assurance des bêtes qui n'ont plus leur timidité. Son bégaiement n'est qu'une grâce de plus qui doit être à peine sentie, et l'acteur se tromperait lourdement et jouerait à contresens s'il y cherchait le plaisant de son rôle. Il est tout entier dans l'opposition de la gravité de son état au ridicule du caractère ; et moins l'acteur le chargera, plus il montrera de vrai talent.

Son habit est une robe de juge espagnol, moins ample que celle de nos procureurs, presque une soutane ; une grosse perruque,

1. ***Ganses*** : cordonnets qui servent ordinairement à attacher un bouton.

une gonille ou rabat[1] espagnol au col, et une longue baguette[2] blanche à la main.

DOUBLE-MAIN. Vêtu comme le juge, mais la baguette blanche plus courte.

L'HUISSIER OU ALGUAZIL[3]. Habit, manteau, épée de Crispin[4], mais portée à son côté sans ceinture de cuir. Point de bottines, une chaussure noire, une perruque blanche naissante et longue à mille boucles, une courte baguette blanche.

GRIPPE-SOLEIL. Habit de paysan, les manches pendantes ; veste de couleur tranchée, chapeau blanc.

UNE JEUNE BERGÈRE. Son vêtement comme celui de Fanchette.

PÉDRILLE. En veste, gilet, ceinture, fouet et bottes de poste, une résille[5] sur la tête, chapeau de courrier[6].

PERSONNAGES MUETS, les uns en habits de juges, d'autres en habits de paysans, les autres en habits de livrée[7].

---

1. ***Rabat*** : pièce de toile, parfois garnie de dentelle, qui tombe sur le devant de la poitrine.

2. ***Baguette*** : petit bâton mince et flexible, porté par les officiers de certains pays.

3. ***Alguazil*** : officier de police.

4. ***Crispin*** : valet de la comédie-italienne.

5. ***Résille*** : espèce de filet qui enveloppe les cheveux.

6. ***Courrier*** : porteur de dépêches, de lettres.

7. ***Livrée*** : vêtement de couleur dont on habille les pages, les laquais, les palefreniers, etc.

Placement des acteurs

Pour faciliter les jeux du théâtre, on a eu l'attention d'écrire au commencement de chaque scène le nom des personnages dans l'ordre où le spectateur les voit. S'ils font quelque mouvement grave dans la scène, il est désigné par un nouvel ordre de noms, écrit en marge à l'instant qu'il arrive[1]. Il est important de conserver les bonnes positions théâtrales ; le relâchement dans la tradition donnée par les premiers acteurs en produit bientôt un total dans le jeu des pièces, qui finit par assimiler les troupes négligentes aux plus faibles comédiens de société.

1. Dans le volume, ces changements sont signalés en notes de bas de page et suivis de la mention « note de Beaumarchais ».

Personnages

Le Comte Almaviva, grand corrégidor[1] d'Andalousie
La Comtesse, sa femme
Figaro, valet de chambre du Comte, et concierge du château
Suzanne, première camariste[2] de la Comtesse, et fiancée de Figaro
Marceline, femme de charge[3]
Antonio, jardinier du château, oncle de Suzanne et père de Fanchette
Fanchette, fille d'Antonio
Chérubin, premier page[4] du Comte
Bartholo, médecin de Séville
Bazile, maître de clavecin de la Comtesse
Don Gusman Brid'oison, lieutenant du siège[5]
Double-Main, greffier[6], secrétaire de don Gusman
Un huissier-audiencier[7]
Grippe-Soleil, jeune pastoureau[8]
Une jeune bergère
Pédrille, piqueur[9] du Comte

Personnages muets
Troupe de valets
Troupe de paysannes
Troupe de paysans

La scène est au château d'Aguas-Frescas, à trois lieues[10] de Séville[11].

---

1. ***Corrégidor*** : en Espagne, le premier officier de justice d'une ville, d'une province.
2. ***Camariste*** ou caméristе : femme de chambre d'une princesse ou d'une femme titrée.
3. ***Femme de charge*** : femme chargée de la garde, du soin de la vaisselle, du linge, etc.
4. ***Page*** : jeune noble attaché au service d'un roi, d'un prince, d'un seigneur.
5. ***Lieutenant du siège*** : officier de justice ; le siège est le lieu où l'on rendait la justice dans les petites juridictions.
6. ***Greffier*** : officier public de justice.
7. ***Huissier-audiencier*** : huissier chargé d'appeler les causes.
8. ***Pastoureau*** : petit berger.
9. ***Piqueur*** : valet à cheval, qui, lors d'une chasse, suit la bête et règle la course des chiens.
10. ***Trois lieues*** : environ 12 kilomètres (voir note 3, p. 57).
11. ***Séville*** : ville d'Andalousie, province du sud de l'Espagne.

Acte premier

Le théâtre représente une chambre à demi démeublée, un grand fauteuil de malade est au milieu. Figaro, avec une toise[1]*, mesure le plancher. Suzanne attache à sa tête, devant une glace, le petit bouquet de fleurs d'orange, appelé chapeau de la mariée*[2].

Scène première

FIGARO, SUZANNE

FIGARO. – Dix-neuf pieds[3] sur vingt-six.

SUZANNE. – Tiens, Figaro, voilà mon petit chapeau ; le trouves-tu mieux ainsi ?

FIGARO *lui prend les mains*. – Sans comparaison, ma charmante. Oh ! que ce joli bouquet virginal[4], élevé sur la tête d'une belle fille, est doux, le matin des noces, à l'œil amoureux d'un époux !...

SUZANNE *se retire*. – Que mesures-tu donc là, mon fils[5] ?

---

1. ***Toise*** : tige verticale graduée, servant à mesurer.

2. ***Chapeau de la mariée*** : bouquet qu'on met sur la tête d'une jeune fille le jour de ses noces.

3. Le pied est une ancienne mesure de longueur valant environ 33 centimètres. La pièce fait un peu plus de 6 mètres sur 8 mètres.

4. ***Virginal*** : propre à une jeune fille vierge.

5. ***Mon fils*** : désignation affectueuse.

FIGARO. – Je regarde, ma petite Suzanne, si ce beau lit que Monseigneur nous donne aura bonne grâce ici.

SUZANNE. – Dans cette chambre ?

FIGARO. – Il nous la cède.

SUZANNE. – Et moi je n'en veux point.

FIGARO. – Pourquoi ?

SUZANNE. – Je n'en veux point.

FIGARO. – Mais encore ?

SUZANNE. – Elle me déplaît.

FIGARO. – On dit une raison.

SUZANNE. – Si je n'en veux pas dire ?

FIGARO. – Oh ! quand elles sont sûres de nous !

SUZANNE. – Prouver que j'ai raison serait accorder que je puis avoir tort. Es-tu mon serviteur, ou non ?

FIGARO. – Tu prends de l'humeur contre la chambre du château la plus commode, et qui tient le milieu des deux appartements. La nuit, si Madame est incommodée[1], elle sonnera de son côté ; zeste ! en deux pas, tu es chez elle. Monseigneur veut-il quelque chose ? il n'a qu'à tinter du sien ; crac[2] ! en trois sauts me voilà rendu.

SUZANNE. – Fort bien ! mais, quand il aura « tinté » le matin pour te donner quelque bonne et longue commission, zeste ! en deux pas il est à ma porte, et crac ! en trois sauts…

FIGARO. – Qu'entendez-vous par ces paroles ?

SUZANNE. – Il faudrait m'écouter tranquillement.

FIGARO. – Eh qu'est-ce qu'il y a ? Bon Dieu !

SUZANNE. – Il y a, mon ami, que las de courtiser les beautés des environs, monsieur le comte Almaviva veut rentrer au château, mais non pas chez sa femme ; c'est sur la tienne, entends-tu, qu'il a jeté ses vues, auxquelles il espère que ce logement ne nuira pas. Et c'est ce que le loyal Bazile, honnête agent de ses

---

1. ***Incommodée*** : indisposée, légèrement malade.
2. ***Zeste***, ***crac*** : onomatopées.

plaisirs, et mon noble maître à chanter, me répète chaque jour, en me donnant leçon.

FIGARO. – Bazile ! ô mon mignon ! si jamais volée de bois vert appliquée sur une échine a dûment redressé la moelle épinière à quelqu'un…

SUZANNE. – Tu croyais, bon garçon ! que cette dot qu'on me donne était pour les beaux yeux de ton mérite ?

FIGARO. – J'avais assez fait pour l'espérer[1].

SUZANNE. – Que les gens d'esprit sont bêtes !

FIGARO. – On le dit.

SUZANNE. – Mais c'est qu'on ne veut pas le croire.

FIGARO. – On a tort.

SUZANNE. – Apprends qu'il la[2] destine à obtenir de moi, secrètement, certain quart d'heure, seul à seule, qu'un ancien droit du seigneur…[3]. Tu sais s'il était triste[4] !

FIGARO. – Je le sais tellement que, si monsieur le Comte, en se mariant, n'eût pas aboli ce droit honteux, jamais je ne t'eusse épousée dans ses domaines.

SUZANNE. – Eh bien ! s'il l'a détruit, il s'en repent ; et c'est de ta fiancée qu'il veut le racheter en secret aujourd'hui.

FIGARO, *se frottant la tête*. – Ma tête s'amollit de surprise ; et mon front fertilisé…[5].

SUZANNE. – Ne le frotte donc pas !

FIGARO. – Quel danger ?

---

1. Allusion au *Barbier de Séville*. Figaro a aidé le Comte à enlever Rosine, alors que Bartholo devait l'épouser.

2. ***La*** : le pronom désigne la dot promise par le Comte.

3. ***Droit du seigneur*** (ou droit de cuissage) : au Moyen Âge, droit permettant à un seigneur de partager la première nuit de noces de la femme de son serviteur.

4. ***Triste*** : sinistre, affligeant.

5. ***Fertilisé*** : rendu fertile. Le mot est ici employé par Beaumarchais dans un sens figuré : qui produit beaucoup d'idées.

SUZANNE, *riant.* – S'il y venait un petit bouton[1] ; des gens superstitieux…

FIGARO. – Tu ris, friponne[2] ! Ah ! s'il y avait moyen d'attraper ce grand trompeur, de le faire donner dans un bon piège, et d'empocher son or !

SUZANNE. – De l'intrigue, et de l'argent ; te voilà dans ta sphère.

FIGARO. – Ce n'est pas la honte qui me retient.

SUZANNE. – La crainte ?

FIGARO. – Ce n'est rien d'entreprendre une chose dangereuse, mais d'échapper au péril en la menant à bien : car, d'entrer chez quelqu'un la nuit, de lui souffler sa femme, et d'y recevoir cent coups de fouet pour la peine, il n'est rien plus aisé ; mille sots coquins l'on fait. Mais…

On sonne de l'intérieur.

SUZANNE. – Voilà Madame éveillée ; elle m'a bien recommandé d'être la première à lui parler le matin de mes noces.

FIGARO. – Y a-t-il encore quelque chose là-dessous ?

SUZANNE. – Le berger dit que cela porte bonheur aux épouses délaissées. Adieu, mon petit Fi, Fi, Figaro, rêve à notre affaire.

FIGARO. – Pour m'ouvrir l'esprit, donne un petit baiser.

SUZANNE. – À mon amant[3] aujourd'hui ? Je t'en souhaite ! Et qu'en dirait demain mon mari ?

Figaro l'embrasse.

SUZANNE. – Hé bien ! hé bien !

FIGARO. – C'est que tu n'as pas d'idée de mon amour.

SUZANNE, *se défripant.* – Quand cesserez-vous, importun, de m'en parler du matin au soir ?

FIGARO, *mystérieusement.* – Quand je pourrai te le prouver, du soir jusqu'au matin.

---

1. Le bouton en question pourrait évoquer les cornes que portent traditionnellement les maris cocus et susciter ainsi les rires.
2. ***Friponne*** : ici, personne espiègle, malicieuse.
3. ***Amant*** : amoureux.

On sonne une seconde fois.

SUZANNE, *de loin, les doigts unis sur sa bouche.* – Voilà votre baiser, Monsieur ; je n'ai plus rien à vous[1].

FIGARO *court après elle.* – Oh ! mais ce n'est pas ainsi que vous l'avez reçu.

Scène 2

FIGARO, *seul.* – La charmante fille ! toujours riante, verdissante[2], pleine de gaieté, d'esprit, d'amour et de délices ! mais sage !... *(Il marche vivement en se frottant les mains.)* Ah, Monseigneur ! mon cher Monseigneur ! vous voulez m'en donner... à garder[3] ? Je cherchais aussi pourquoi, m'ayant nommé concierge[4], il m'emmène à son ambassade, et m'établit courrier de dépêches[5]. J'entends, Monsieur le Comte : trois promotions à la fois ; vous, compagnon ministre ; moi, casse-cou politique, et Suzon, dame du lieu, l'ambassadrice de poche ; et puis fouette courrier ! pendant que je galoperais d'un côté, vous feriez faire de l'autre à ma belle un joli chemin ! Me crottant, m'échinant pour la gloire de votre famille ; vous, daignant concourir à l'accroissement de la mienne[6] ! quelle douce réciprocité ! Mais, Monseigneur, il y a de l'abus. Faire à Londres, en même

---

1. ***Je n'ai plus rien à vous*** : je vous rends votre baiser, donc je ne vous dois plus rien.

2. ***Verdissante*** : qui verdit. Ici, le mot est employé au sens figuré et signifie « vive ».

3. ***M'en donner... à garder*** : me duper, me tromper.

4. ***Concierge*** : gardien du château, à Aguas Frescas.

5. ***Courrier de dépêches*** : porteur de lettres officielles. Couplée à celle de concierge du château, cette charge obligera Figaro à faire de nombreux allers-retours entre l'Angleterre et l'Espagne.

6. De façon ironique, Figaro suggère que le Comte aura des enfants avec Suzanne, qu'il courtisera en son absence...

temps, les affaires de votre maître et celles de votre valet! représenter, à la fois, le roi et moi, dans une cour étrangère, c'est trop de moitié, c'est trop. Pour toi, Bazile! fripon[1] mon cadet[2]! je veux t'apprendre à clocher devant les boiteux[3]; je veux... non, dissimulons avec eux pour les enferrer[4] l'un par l'autre. Attention sur la journée, Monsieur Figaro! D'abord avancer l'heure de votre petite fête, pour épouser plus sûrement; écarter une Marceline, qui de vous est friande[5] en diable; empocher l'or et les présents; donner le change aux petites passions[6] de Monsieur le Comte; étriller[7] rondement monsieur du Bazile et...

Scène 3

MARCELINE, BARTHOLO, FIGARO

FIGARO *s'interrompt*. – ... Hééé, voilà le gros docteur, la fête sera complète. Hé, bonjour, cher docteur de mon cœur. Est-ce ma noce avec Suzon qui vous attire au château?

BARTHOLO, *avec dédain*. – Ah! mon cher Monsieur, point du tout.

FIGARO. – Cela serait bien généreux!

BARTHOLO. – Certainement, et par trop sot.

---

1. ***Fripon*** : ici, fourbe, qui n'a ni honneur, ni probité.
2. ***Mon cadet*** : expression par laquelle on désigne quelqu'un de moins âgé. Ici, emploi familier qui traduit de l'ironie et de la supériorité.
3. ***Clocher devant les boiteux*** : jouer au plus fort.
4. ***Enferrer*** : prendre à leur propre piège.
5. ***De vous est friande*** : qui vous aime.
6. ***Donner le change aux petites passions*** : détourner adroitement les petites passions.
7. ***Étriller*** : battre.

FIGARO. – Moi qui eus le malheur de troubler la vôtre[1] !

BARTHOLO. – Avez-vous autre chose à nous dire ?

FIGARO. – On n'aura pas pris soin de votre mule[2] !

BARTHOLO, *en colère*. – Bavard enragé ! laissez-nous.

FIGARO. – Vous vous fâchez, docteur ? les gens de votre état sont bien durs ! pas plus de pitié des pauvres animaux... en vérité... que si c'était des hommes ! Adieu, Marceline : avez-vous toujours envie de plaider contre moi ?

Pour n'aimer pas, faut-il qu'on se haïsse[3] *?*

Je m'en rapporte au docteur.

BARTHOLO. – Qu'est-ce que c'est ?

FIGARO. – Elle vous le contera de reste[4].

Il sort.

Scène 4

MARCELINE, BARTHOLO

BARTHOLO *le regarde aller*. – Ce drôle est toujours le même ! et à moins qu'on ne l'écorche vif, je prédis qu'il mourra dans la peau du plus fier insolent...

MARCELINE *le retourne*. – Enfin vous voilà donc, éternel docteur ? toujours si grave et compassé[5] qu'on pourrait mourir en attendant vos secours, comme on s'est marié, jadis, malgré vos précautions.

---

1. Rappelons que, dans *Le Barbier de Séville*, Figaro a empêché Bartholo d'épouser Rosine, qui s'est mariée au Comte.

2. Autre allusion au *Barbier de Séville*, où Figaro prend grand soin de la mule de Bartholo, afin de s'acquitter d'une dette qu'il a à l'égard du docteur.

3. Citation de *Nanine* (1749), pièce de Voltaire.

4. ***De reste*** : plus qu'il ne faut.

5. ***Compassé*** : guindé.

BARTHOLO. – Toujours amère et provocante ! Eh bien, qui rend donc ma présence au château si nécessaire ? Monsieur le Comte a-t-il eu quelque accident ?

MARCELINE. – Non, docteur.

BARTHOLO. – La Rosine, sa trompeuse comtesse, est-elle incommodée, Dieu merci ?

MARCELINE. – Elle languit[1].

BARTHOLO. – Et de quoi ?

MARCELINE. – Son mari la néglige.

BARTHOLO, *avec joie*. – Ah, le digne époux qui me venge !

MARCELINE. – On ne sait comment définir le Comte ; il est jaloux, et libertin[2].

BARTHOLO. – Libertin par ennui, jaloux par vanité ; cela va sans dire.

MARCELINE. – Aujourd'hui, par exemple, il marie notre Suzanne à son Figaro qu'il comble en faveur de cette union…

BARTHOLO. – Que Son Excellence a rendue nécessaire !

MARCELINE. – Pas tout à fait ; mais dont Son Excellence voudrait égayer en secret l'événement avec l'épousée…

BARTHOLO. – De Monsieur Figaro ? C'est un marché qu'on peut conclure avec lui.

MARCELINE. – Bazile assure que non.

BARTHOLO. – Cet autre maraud[3] loge ici ? C'est une caverne[4] ! Eh, qu'y fait-il ?

MARCELINE. – Tout le mal dont il est capable. Mais le pis que j'y trouve est cette ennuyeuse passion qu'il a pour moi, depuis si longtemps.

BARTHOLO. – Je me serais débarrassé vingt fois de sa poursuite.

MARCELINE. – De quelle manière ?

BARTHOLO. – En l'épousant.

---

1. ***Languit*** : dépérit.

2. ***Libertin*** : qui s'adonne sans retenue aux plaisirs charnels.

3. ***Maraud*** : coquin, fripon (terme injurieux et méprisant).

4. ***Caverne*** : rendez-vous de malfaiteurs.

MARCELINE. – Railleur fade et cruel, que ne vous débarrassez-vous de la mienne à ce prix ? ne le devez-vous pas ? où est le souvenir de vos engagements ? qu'est devenu celui de notre petit Emmanuel, ce fruit d'un amour oublié, qui devait nous conduire à des noces ?

BARTHOLO, *ôtant son chapeau.* – Est-ce pour écouter ces sornettes que vous m'avez fait venir de Séville ? Et cet accès d'hymen[1] qui vous reprend si vif...

MARCELINE. – Eh bien ! n'en parlons plus. Mais si rien n'a pu vous porter à la justice de m'épouser, aidez-moi donc du moins à en épouser un autre.

BARTHOLO. – Ah ! volontiers : parlons. Mais quel mortel abandonné du Ciel et des femmes ?...

MARCELINE. – Eh ! qui pourrait-ce être, docteur, sinon le beau, le gai, l'aimable Figaro ?

BARTHOLO. – Ce fripon-là ?

MARCELINE. – Jamais fâché ; toujours en belle humeur ; donnant le présent à la joie, et s'inquiétant de l'avenir tout aussi peu que du passé ; sémillant[2], généreux ! généreux...

BARTHOLO. – Comme un voleur.

MARCELINE. – Comme un seigneur. Charmant enfin ; mais c'est le plus grand monstre !

BARTHOLO. – Et sa Suzanne ?

MARCELINE. – Elle ne l'aurait pas, la rusée, si vous vouliez m'aider, mon petit docteur, à faire valoir un engagement que j'ai de lui.

BARTHOLO. – Le jour de son mariage ?

MARCELINE. – On en rompt de plus avancés : et si je ne craignais d'éventer un petit secret des femmes !...

BARTHOLO. – En ont-elles pour le médecin du corps ?

---

1. ***Hymen*** : mariage.
2. ***Sémillant*** : extrêmement vif.

MARCELINE. – Ah, vous savez que je n'en ai pas pour vous ! Mon sexe[1] est ardent, mais timide : un certain charme a beau nous attirer vers le plaisir, la femme la plus aventurée[2] sent en elle une voix qui lui dit : sois belle si tu peux, sage si tu veux ; mais sois considérée, il le faut. Or, puisqu'il faut être au moins considérée, que toute femme en sent l'importance, effrayons d'abord la Suzanne sur la divulgation des offres qu'on lui fait.

BARTHOLO. – Où cela mènera-t-il ?

MARCELINE. – Que la honte la prenant au collet, elle continuera de refuser le Comte, lequel, pour se venger, appuiera l'opposition que j'ai faite à son mariage ; alors le mien devient certain.

BARTHOLO. – Elle a raison. Parbleu, c'est un bon tour que de faire épouser ma vieille gouvernante au coquin qui fit enlever ma jeune maîtresse.

MARCELINE, *vite*. – Et qui croit ajouter à ses plaisirs en trompant mes espérances.

BARTHOLO, *vite*. – Et qui m'a volé, dans le temps, cent écus que j'ai sur le cœur[3].

MARCELINE. – Ah ! quelle volupté !...

BARTHOLO. – De punir un scélérat...[4].

MARCELINE. – De l'épouser, docteur, de l'épouser !

---

1. ***Mon sexe*** : le sexe féminin.

2. ***Aventurée*** : audacieuse.

3. Nouvelle allusion à la dette de Figaro à l'égard du docteur dans *Le Barbier de Séville*.

4. ***Scélérat*** : coupable ou capable de grands crimes.

Scène 5

MARCELINE, BARTHOLO, SUZANNE

SUZANNE, *un bonnet de femme avec un large ruban dans la main, une robe de femme sur le bras.* – L'épouser ! l'épouser ! qui donc ? Mon Figaro ?

MARCELINE, *aigrement.* – Pourquoi non ? Vous l'épousez bien !

BARTHOLO, *riant.* – Le bon argument de femme en colère ! Nous parlions, belle Suzon, du bonheur qu'il aura de vous posséder.

MARCELINE. – Sans compter Monseigneur dont on ne parle pas.

SUZANNE, *une révérence.* – Votre servante, Madame ; il y a toujours quelque chose d'amer dans vos propos.

MARCELINE, *une révérence.* – Bien la vôtre, Madame ; où donc est l'amertume ? N'est-il pas juste qu'un libéral[1] seigneur partage un peu la joie qu'il procure à ses gens ?

SUZANNE. – Qu'il procure ?

MARCELINE. – Oui, Madame.

SUZANNE. – Heureusement la jalousie de Madame est aussi connue que ses droits sur Figaro sont légers.

MARCELINE. – On eût pu les rendre plus forts en les cimentant à la façon de Madame.

SUZANNE. – Oh ! cette façon, Madame, est celle des dames savantes.

MARCELINE. – Et l'enfant ne l'est pas du tout ! Innocente[2] comme un vieux juge !

BARTHOLO, *attirant Marceline.* – Adieu, jolie fiancée de notre Figaro.

MARCELINE, *une révérence.* – L'accordée[3] secrète de Monseigneur.

SUZANNE, *une révérence.* – Qui vous estime beaucoup, Madame.

---

1. ***Libéral*** : généreux.
2. ***Innocente*** : naïve (emploi ironique).
3. ***Accordée*** : fiancée (on appelle « accordés » un homme et une femme liés réciproquement par un engagement de mariage) ; Marceline laisse entendre que le Comte et Suzane ont prévu de tromper Figaro.

MARCELINE, *une révérence.* – Me fera-t-elle aussi l'honneur de me chérir un peu, Madame ?

SUZANNE, *une révérence.* – À cet égard, Madame n'a rien à désirer.

MARCELINE, *une révérence.* – C'est une si jolie personne que Madame !

SUZANNE, *une révérence.* – Eh ! mais assez pour désoler Madame.

MARCELINE, *une révérence.* – Surtout bien respectable !

SUZANNE, *une révérence.* – C'est aux duègnes[1] à l'être.

MARCELINE, *outrée.* – Aux duègnes ! aux duègnes !

BARTHOLO, *l'arrêtant.* – Marceline !

MARCELINE. – Allons, docteur ; car je n'y tiendrais pas. Bonjour[2], Madame. *(Une révérence.)*

Scène 6

SUZANNE, *seule.* – Allez, Madame ! allez, pédante[3] ! je crains aussi peu vos efforts que je méprise vos outrages. Voyez cette vieille sibylle[4] ! parce qu'elle a fait quelques études et tourmenté la jeunesse de Madame, elle veut tout dominer au château ! *(Elle jette la robe qu'elle tient sur une chaise.)* Je ne sais plus ce que je venais prendre.

1. ***Duègnes*** : gouvernantes chargées de veiller sur la conduite d'une jeune personne.
2. ***Bonjour*** : au revoir.
3. ***Pédante*** : une femme qui fait la savante, et qui est sérieuse jusque dans les moindres choses.
4. ***Sibylle*** : devineresse de l'Antiquité. Le mot est ici employé au sens figuré et désigne une femme âgée, qui veut montrer son esprit et sa science.

Scène 7

SUZANNE, CHÉRUBIN

CHÉRUBIN, *accourant*. – Ah, Suzon ! depuis deux heures j'épie le moment de te trouver seule. Hélas ! tu te maries, et moi je vais partir.

SUZANNE. – Comment mon mariage éloigne-t-il du château le premier page de Monseigneur ?

CHÉRUBIN, *piteusement*. – Suzanne, il me renvoie.

SUZANNE *le contrefait*[1]. – Chérubin, quelque sottise !

CHÉRUBIN. – Il m'a trouvé hier au soir chez ta cousine Fanchette, à qui je faisais répéter son petit rôle d'innocente, pour la fête de ce soir : il s'est mis dans une fureur en me voyant ! « Sortez, m'a-t-il dit, petit... » Je n'ose pas prononcer devant une femme le gros mot qu'il a dit... « Sortez ; et demain vous ne coucherez pas au château. » Si Madame, si ma belle marraine ne parvient pas à l'apaiser, c'est fait, Suzon, je suis à jamais privé du bonheur de te voir.

SUZANNE. – De me voir ! moi ? c'est mon tour ! Ce n'est donc plus pour ma maîtresse que vous soupirez en secret ?

CHÉRUBIN. – Ah ! Suzon, qu'elle est noble et belle ! mais qu'elle est imposante !

SUZANNE. – C'est-à-dire que je ne le suis pas, et qu'on peut oser avec moi...

CHÉRUBIN. – Tu sais trop bien, méchante, que je n'ose pas oser. Mais que tu es heureuse ! à tous moments la voir, lui parler, l'habiller le matin et la déshabiller le soir, épingle à épingle... ah ! Suzon ! je donnerais... Qu'est-ce que tu tiens donc là ?

SUZANNE, *raillant*. – Hélas ! l'heureux bonnet et le fortuné ruban qui renferment la nuit les cheveux de cette belle marraine...

1. ***Le contrefait*** : l'imite (par moquerie).

CHÉRUBIN, *vivement*. – Son ruban de nuit ! donne-le-moi, mon cœur.

SUZANNE, *le retirant*. – Eh ! que non pas ; « son cœur ! » Comme il est familier donc ! si ce n'était pas un morveux[1] sans conséquence[2]… *(Chérubin arrache le ruban.)* Ah ! le ruban !

CHÉRUBIN *tourne autour du grand fauteuil*. – Tu diras qu'il est égaré, gâté[3] ; qu'il est perdu. Tu diras tout ce que tu voudras.

SUZANNE *tourne après lui*. – Oh ! dans trois ou quatre ans, je prédis que vous serez le plus grand petit vaurien !… Rendez-vous le ruban ?

Elle veut le reprendre.

CHÉRUBIN *tire une romance*[4] *de sa poche*. – Laisse, ah, laisse-le-moi, Suzon ; je te donnerai ma romance, et pendant que le souvenir de ta belle maîtresse attristera tous mes moments, le tien y versera le seul rayon de joie qui puisse encore amuser mon cœur.

SUZANNE *arrache la romance*. – Amuser votre cœur, petit scélérat ! vous croyez parler à votre Fanchette ; on vous surprend chez elle ; et vous soupirez pour Madame ; et vous m'en contez à moi[5], par-dessus le marché !

CHÉRUBIN, *exalté*. – Cela est vrai, d'honneur[6] ! je ne sais plus ce que je suis ; mais depuis quelque temps je sens ma poitrine agitée ; mon cœur palpite au seul aspect d'une femme ; les mots *amour* et *volupté* le font tressaillir et le troublent. Enfin le besoin de dire à quelqu'un *je vous aime* est devenu pour moi si pressant que je le dis tout seul, en courant dans le parc, à ta maîtresse, à toi, aux arbres, aux nuages, au vent

---

1. ***Morveux*** : jeune enfant, fille ou garçon (terme un peu méprisant).
2. ***Sans conséquence*** : sans importance, que le jeune âge innocente.
3. ***Gâté*** : abîmé.
4. ***Romance*** : poésie en vers sur un sujet tendre, mise en musique.
5. ***Vous m'en contez à moi*** : vous me contez fleurette, c'est-à-dire me tenez des propos galants.
6. ***D'honneur*** : sur mon honneur (style familier).

qui les emporte avec mes paroles perdues. Hier je rencontrai Marceline…

SUZANNE, *riant.* – Ah, ah, ah, ah !

CHÉRUBIN. – Pourquoi non ? elle est femme ! elle est fille[1] ! une fille ! une femme ! ah que ces noms sont doux ! qu'ils sont intéressants !

SUZANNE. – Il devient fou !

CHÉRUBIN. – Fanchette est douce ; elle m'écoute au moins ; tu ne l'es pas, toi !

SUZANNE. – C'est bien dommage ; écoutez donc Monsieur !

Elle veut arracher le ruban.

CHÉRUBIN *tourne en fuyant.* – Ah ! ouiche[2] ! on ne l'aura, vois-tu, qu'avec ma vie. Mais, si tu n'es pas contente du prix, j'y joindrai mille baisers.

Il lui donne chasse à son tour.

SUZANNE *tourne en fuyant.* – Mille soufflets, si vous approchez. Je vais m'en plaindre à ma maîtresse ; et, loin de supplier pour vous, je dirai moi-même à Monseigneur : C'est bien fait, Monseigneur ; chassez-nous ce petit voleur ; renvoyez à ses parents un petit mauvais sujet qui se donne les airs d'aimer Madame, et qui veut toujours m'embrasser par contrecoup.

CHÉRUBIN *voit le Comte entrer ; il se jette derrière le fauteuil avec effroi.* – Je suis perdu.

SUZANNE. – Quelle frayeur ?

---

1. ***Fille*** : se dit d'une jeune femme ou d'une femme qui n'est pas mariée.
2. ***Ouiche*** : interjection de registre familier qui marque le doute et l'incrédulité.

Scène 8

SUZANNE, LE COMTE, CHÉRUBIN *caché.*

SUZANNE *aperçoit le Comte.* – Ah !… *(Elle s'approche du fauteuil pour masquer Chérubin.)*

LE COMTE *s'avance.* – Tu es émue, Suzon ! tu parlais seule, et ton petit cœur paraît dans une agitation… bien pardonnable, au reste, un jour comme celui-ci.

SUZANNE, *troublée.* – Monseigneur, que me voulez-vous ? Si l'on vous trouvait avec moi…

LE COMTE. – Je serais désolé qu'on m'y surprît ; mais tu sais tout l'intérêt que je prends à toi. Bazile ne t'a pas laissé ignorer mon amour. Je n'ai rien qu'un instant pour t'expliquer mes vues ; écoute.

Il s'assied dans le fauteuil.

SUZANNE, *vivement.* – Je n'écoute rien.

LE COMTE *lui prend la main.* – Un seul mot. Tu sais que le roi m'a nommé son ambassadeur à Londres. J'emmène avec moi Figaro : je lui donne un excellent poste ; et comme le devoir d'une femme est de suivre son mari…

SUZANNE. – Ah ! si j'osais parler !

LE COMTE *la rapproche de lui.* – Parle, parle, ma chère ; use aujourd'hui d'un droit que tu prends sur moi pour la vie.

SUZANNE, *effrayée.* – Je n'en veux point, Monseigneur, je n'en veux point. Quittez-moi, je vous prie.

LE COMTE. – Mais dis auparavant.

SUZANNE, *en colère.* – Je ne sais plus ce que je disais.

LE COMTE. – Sur le devoir des femmes.

SUZANNE. – Eh bien ! lorsque Monseigneur enleva la sienne de chez le docteur, et qu'il l'épousa par amour, lorsqu'il abolit pour elle un certain affreux droit du seigneur…

© Brigitte Enguérand

■ Le Comte (Didier Sandre), assis dans le fauteuil derrière lequel s'est caché Chérubin (Roch Leibovici), essaie d'attirer à lui Suzanne (Dominique Blanc) avec qui il se croit seul. Mise en scène de Jean-Pierre Vincent au théâtre de Chaillot en 1987.

LE COMTE, *gaiement*. – Qui faisait bien de la peine aux filles ! Ah Suzette ! ce droit charmant ! si tu venais en jaser[1] sur la brune[2] au jardin, je mettrais un tel prix à cette légère faveur…

BAZILE *parle en dehors*. – Il n'est pas chez lui, Monseigneur.

LE COMTE *se lève*. – Quelle est cette voix ?

SUZANNE. – Que je suis malheureuse !

LE COMTE. – Sors, pour qu'on n'entre pas.

SUZANNE, *troublée*. – Que je vous laisse ici ?

BAZILE *crie en dehors*. – Monseigneur était chez Madame, il en est sorti : je vais voir.

LE COMTE. – Et pas un lieu pour se cacher ! ah ! derrière ce fauteuil… assez mal ; mais renvoie-le bien vite.

Suzanne lui barre le chemin, il la pousse doucement, elle recule, et se met ainsi entre lui et le petit page ; mais pendant que le Comte s'abaisse et prend sa place, Chérubin tourne et se jette effrayé sur le fauteuil à genoux, et s'y blottit. Suzanne prend la robe qu'elle apportait, en couvre le page, et se met devant le fauteuil.

Scène 9

LE COMTE ET CHÉRUBIN *cachés*, SUZANNE, BAZILE

BAZILE. – N'auriez-vous pas vu Monseigneur, Mademoiselle ?

SUZANNE, *brusquement*. – Hé ! pourquoi l'aurais-je vu ? Laissez-moi.

BAZILE *s'approche*. – Si vous étiez plus raisonnable, il n'y aurait rien d'étonnant à ma question. C'est Figaro qui le cherche.

SUZANNE. – Il cherche donc l'homme qui lui veut le plus de mal après vous ?

---

1. ***Jaser*** : parler.
2. ***Sur la brune*** : au crépuscule.

LE COMTE, *à part*. – Voyons un peu comme il me sert.

BAZILE. – Désirer du bien à une femme, est-ce vouloir du mal à son mari ?

SUZANNE. – Non, dans vos affreux principes, agent de corruption.

BAZILE. – Que vous demande-t-on ici que vous n'alliez prodiguer à un autre ? Grâce à la douce cérémonie, ce qu'on vous défendait hier, on vous le prescrira demain.

SUZANNE. – Indigne !

BAZILE. – De toutes les choses sérieuses, le mariage étant la plus bouffonne, j'avais pensé...

SUZANNE, *outrée*. – Des horreurs. Qui vous permet d'entrer ici ?

BAZILE. – Là, là, mauvaise ! Dieu vous apaise ! il n'en sera que ce que vous voulez ; mais ne croyez pas non plus que je regarde Monsieur Figaro comme l'obstacle qui nuit à Monseigneur ; et sans le petit page...

SUZANNE, *timidement*. – Don Chérubin ?

BAZILE *la contrefait*. – *Cherubino di amore*[1], qui tourne autour de vous sans cesse, et qui, ce matin encore, rôdait ici pour y entrer, quand je vous ai quittée ; dites que cela n'est pas vrai ?

SUZANNE. – Quelle imposture ! Allez-vous-en, méchant homme !

BAZILE. – On est un méchant homme parce qu'on y voit clair. N'est-ce pas pour vous aussi cette romance dont il fait mystère ?

SUZANNE, *en colère*. – Ah ! oui, pour moi !...

BAZILE. – À moins qu'il ne l'ait composée pour Madame ! en effet, quand il sert à table on dit qu'il la regarde avec des yeux !... mais, peste, qu'il ne s'y joue pas[2] ; Monseigneur est *brutal* sur l'article[3].

---

1. ***Cherubino di amore*** : Chérubin d'amour (en italien).

2. ***Qu'il ne s'y joue pas*** : qu'il ne s'y risque pas.

3. ***Sur l'article*** : sur le sujet.

SUZANNE, *outrée*. – Et vous bien scélérat, d'aller semant de pareils bruits pour perdre un malheureux enfant tombé dans la disgrâce de son maître.

BAZILE. – L'ai-je inventé ? Je le dis parce que tout le monde en parle.

LE COMTE *se lève*. – Comment, tout le monde en parle !

SUZANNE[1]. – Ah Ciel !

BAZILE. – Ah ! ah !

LE COMTE. – Courez, Bazile, et qu'on le chasse.

BAZILE. – Ah ! que je suis fâché d'être entré !

SUZANNE, *troublée*. – Mon Dieu ! Mon Dieu !

LE COMTE, *à Bazile*. – Elle est saisie[2]. Asseyons-la dans ce fauteuil.

SUZANNE *le repousse vivement*. – Je ne veux pas m'asseoir. Entrer ainsi librement, c'est indigne !

LE COMTE. – Nous sommes deux avec toi, ma chère. Il n'y a plus le moindre danger !

BAZILE. – Moi je suis désolé de m'être égayé sur le page puisque vous l'entendiez ; je n'en usais ainsi que pour pénétrer[3] ses sentiments ; car au fond...

LE COMTE. – Cinquante pistoles[4], un cheval, et qu'on le renvoie à ses parents.

BAZILE. – Monseigneur, pour un badinage[5] ?

LE COMTE. – Un petit libertin que j'ai surpris encore hier avec la fille du jardinier.

BAZILE. – Avec Fanchette ?

LE COMTE. – Et dans sa chambre.

---

1. Chérubin, *dans le fauteuil*, le Comte, Suzanne, Bazile. (Note de Beaumarchais.)

2. ***Saisie*** : émue.

3. ***Pénétrer*** : connaître.

4. ***Pistoles*** : ancienne monnaie d'or.

5. ***Badinage*** : jeu, plaisanterie.

SUZANNE, *outrée*. – Où Monseigneur avait sans doute affaire aussi !

LE COMTE, *gaiement*. – J'en aime assez la remarque.

BAZILE. – Elle est d'un bon augure.

LE COMTE, *gaiement*. – Mais non ; j'allais chercher ton oncle Antonio, mon ivrogne de jardinier, pour lui donner des ordres. Je frappe, on est longtemps à m'ouvrir ; ta cousine a l'air empêtré[1], je prends un soupçon, je lui parle, et, tout en causant, j'examine. Il y avait derrière la porte une espèce de rideau, de portemanteau, de je ne sais pas quoi, qui couvrait des hardes[2] ; sans faire semblant de rien, je vais doucement, doucement lever ce rideau[3] *(pour imiter le geste il lève la robe du fauteuil)*, et je vois… *(Il aperçoit le page.)* Ah…

BAZILE. – Ha ! ha !

LE COMTE. – Ce tour-ci vaut l'autre.

BAZILE. – Encore mieux.

LE COMTE, *à Suzanne*. – À merveille, Mademoiselle : à peine fiancée vous faites de ces apprêts[4] ? C'était pour recevoir mon page que vous désiriez d'être seule ? Et vous, Monsieur, qui ne changez point de conduite, il vous manquait de vous adresser, sans respect pour votre marraine, à sa première camariste, à la femme de votre ami ! mais je ne souffrirai pas que Figaro, qu'un homme que j'estime, et que j'aime, soit victime d'une pareille tromperie : était-il avec vous, Bazile ?

SUZANNE, *outrée*. – Il n'y a tromperie, ni victime ; il était là lorsque vous me parliez.

LE COMTE, *emporté*. – Puisses-tu mentir en le disant ! son plus cruel ennemi n'oserait lui souhaiter ce malheur.

---

1. ***Empêtré*** : embarrassé.
2. ***Hardes*** : vêtements.
3. Suzanne, Chérubin *dans le fauteuil*, le Comte, Bazile. (Note de Beaumarchais.)
4. ***Apprêts*** : préparatifs.

SUZANNE. – Il me priait d'engager Madame à vous demander sa grâce. Votre arrivée l'a si fort troublé qu'il s'est masqué de ce fauteuil.

LE COMTE, *en colère*. – Ruse d'enfer ! je m'y suis assis en entrant.

CHÉRUBIN. – Hélas, Monseigneur, j'étais tremblant derrière.

LE COMTE. – Autre fourberie ! je viens de m'y placer moi-même.

CHÉRUBIN. – Pardon, mais c'est alors que je me suis blotti dedans.

LE COMTE, *plus outré*. – C'est donc une couleuvre, que ce petit... serpent-là ! il nous écoutait !

CHÉRUBIN. – Au contraire, Monseigneur, j'ai fait ce que j'ai pu pour ne rien entendre.

LE COMTE. – Ô perfidie ! *(À Suzanne.)* Tu n'épouseras pas Figaro.

BAZILE. – Contenez-vous, on vient.

LE COMTE, *tirant Chérubin du fauteuil et le mettant sur ses pieds*. – Il resterait là devant toute la terre !

Scène 10

CHÉRUBIN, SUZANNE, FIGARO, LA COMTESSE, LE COMTE, FANCHETTE, BAZILE ;
beaucoup de valets, paysannes, paysans vêtus de blanc.

FIGARO, *tenant une toque*[1] *de femme, garnie de plumes blanches et de rubans blancs, parle à la Comtesse*. – Il n'y a que vous, Madame, qui puissiez nous obtenir cette faveur.

LA COMTESSE. – Vous les voyez, Monsieur le Comte, ils me supposent un crédit[2] que je n'ai point : mais comme leur demande n'est pas déraisonnable...

1. ***Toque*** : chapeau à petits bords.
2. ***Crédit*** : considération, influence.

Le Comte, *embarrassé*. – Il faudrait qu'elle le fût beaucoup...

Figaro, *bas à Suzanne*. – Soutiens bien mes efforts.

Suzanne, *bas à Figaro*. – Qui ne mèneront à rien.

Figaro, *bas*. – Va toujours.

Le Comte, *à Figaro*. – Que voulez-vous ?

Figaro. – Monseigneur, vos vassaux[1], touchés de l'abolition d'un certain droit fâcheux[2], que votre amour pour Madame...

Le Comte. – Eh bien, ce droit n'existe plus, que veux-tu dire ?

Figaro, *malignement*[3]. – Qu'il est bien temps que la vertu d'un si bon maître éclate ; elle m'est d'un tel avantage, aujourd'hui, que je désire être le premier à la célébrer à mes noces.

Le Comte, *plus embarrassé*. – Tu te moques, ami ! l'abolition d'un droit honteux n'est que l'acquit[4] d'une dette envers l'honnêteté. Un Espagnol peut vouloir conquérir la beauté par des soins[5] ; mais en exiger le premier, le plus doux emploi, comme une servile redevance[6], ah ! c'est la tyrannie d'un Vandale[7], et non le droit avoué d'un noble Castillan[8].

Figaro, *tenant Suzanne par la main*. – Permettez donc que cette jeune créature, de qui votre sagesse a préservé l'honneur, reçoive de votre main publiquement la toque virginale, ornée de plumes et de rubans blancs, symbole de la pureté de vos

---

1. ***Vassaux*** : ceux qui tiennent les terres d'un seigneur, qui habitent sur ses domaines (le mot est ici employé dans un sens large).

2. Il s'agit du droit du seigneur.

3. ***Malignement*** : malicieusement.

4. ***L'acquit*** : le paiement.

5. ***Soins*** : attentions, galanteries.

6. ***Servile redevance*** : devoir obligatoire d'un subordonné envers son maître.

7. ***Vandale*** : barbare.

8. ***Castillan*** : originaire de la Castille (région d'Espagne). Dans cette réplique, le Comte explique qu'un Espagnol de sang noble a le droit de chercher à séduire une femme par ses galanteries, mais qu'il serait indigne qu'il profite de son autorité sur elle pour obtenir ses faveurs. Il prend ainsi ouvertement parti contre le droit du seigneur : Beaumarchais introduit un décalage ironique entre les actes du Comte et ses discours...

intentions ; adoptez-en la cérémonie pour tous les mariages, et qu'un quatrain chanté en chœur rappelle à jamais le souvenir…

LE COMTE, *embarrassé*. – Si je ne savais pas qu'amoureux, poète et musicien sont trois titres d'indulgence pour toutes les folies…

FIGARO. – Joignez-vous à moi, mes amis.

TOUS ENSEMBLE. – Monseigneur ! Monseigneur !

SUZANNE, *au Comte*. – Pourquoi fuir un éloge que vous méritez si bien ?

LE COMTE, *à part*. – La perfide[1] !

FIGARO. – Regardez-la donc, Monseigneur ; jamais plus jolie fiancée ne montrera mieux la grandeur de votre sacrifice.

SUZANNE. – Laissez là ma figure, et ne vantons que sa vertu.

LE COMTE, *à part*. – C'est un jeu que tout ceci.

LA COMTESSE. – Je me joins à eux, Monsieur le Comte ; et cette cérémonie me sera toujours chère, puisqu'elle doit son motif à l'amour charmant que vous aviez pour moi.

LE COMTE. – Que j'ai toujours, Madame ; et c'est à ce titre que je me rends.

TOUS ENSEMBLE. – Vivat[2] !

LE COMTE, *à part*. – Je suis pris. *(Haut.)* Pour que la cérémonie eût un peu plus d'éclat, je voudrais seulement qu'on la remît à tantôt[3]. *(À part.)* Faisons vite chercher Marceline.

FIGARO, *à Chérubin*. – Eh bien, espiègle ! vous n'applaudissez pas ?

SUZANNE. – Il est au désespoir ; Monseigneur le renvoie.

LA COMTESSE. – Ah ! Monsieur, je demande sa grâce.

LE COMTE. – Il ne la mérite point.

LA COMTESSE. – Hélas ! il est si jeune !

---

1. ***Perfide*** : qui trahit, qui manque à sa parole.

2. ***Vivat !*** : s'emploie pour applaudir une personne ou une chose.

3. ***Tantôt*** : plus tard.

LE COMTE. – Pas tant que vous le croyez.

CHÉRUBIN, *tremblant.* – Pardonner généreusement n'est pas le droit du seigneur auquel vous avez renoncé en épousant Madame.

LA COMTESSE. – Il n'a renoncé qu'à celui qui vous affligeait tous.

SUZANNE. – Si Monseigneur avait cédé le droit de pardonner, ce serait sûrement le premier qu'il voudrait racheter en secret.

LE COMTE, *embarrassé.* – Sans doute.

LA COMTESSE. – Eh ! pourquoi le racheter ?

CHÉRUBIN, *au Comte.* – Je fus léger dans ma conduite, il est vrai, Monseigneur ; mais jamais la moindre indiscrétion dans mes paroles...

LE COMTE, *embarrassé.* – Eh bien, c'est assez...

FIGARO. – Qu'entend-il ?

LE COMTE, *vivement.* – C'est assez, c'est assez, tout le monde exige son pardon, je l'accorde, et j'irai plus loin : je lui donne une compagnie dans ma légion.

TOUS ENSEMBLE. – Vivat !

LE COMTE. – Mais c'est à condition qu'il partira sur-le-champ pour joindre en Catalogne[1].

FIGARO. – Ah ! Monseigneur, demain.

LE COMTE *insiste.* – Je le veux.

CHÉRUBIN. – J'obéis.

LE COMTE. – Saluez votre marraine, et demandez sa protection.

Chérubin met un genou en terre devant la Comtesse, et ne peut parler.

LA COMTESSE, *émue.* – Puisqu'on ne peut vous garder seulement aujourd'hui, partez, jeune homme. Un nouvel état vous appelle ; allez le remplir dignement. Honorez votre bienfaiteur. Souvenez-vous de cette maison, où votre jeunesse a trouvé tant d'indulgence. Soyez soumis, honnête et brave ; nous prendrons part à vos succès.

Chérubin se relève, et retourne à sa place.

---

1. ***Joindre en Catalogne*** : rejoindre sa compagnie en Catalogne (région du nord de l'Espagne).

LE COMTE. – Vous êtes bien émue, Madame !

LA COMTESSE. – Je ne m'en défends pas. Qui sait le sort d'un enfant jeté dans une carrière aussi dangereuse ? Il est allié de mes parents ; et de plus, il est mon filleul.

LE COMTE, *à part*. – Je vois que Bazile avait raison. *(Haut.)* Jeune homme, embrassez Suzanne… pour la dernière fois.

FIGARO. – Pourquoi cela, Monseigneur ? Il viendra passer ses hivers. Baise-moi donc aussi, capitaine ! *(Il l'embrasse.)* Adieu, mon petit Chérubin. Tu vas mener un train de vie bien différent, mon enfant : dame ! tu ne rôderas plus tout le jour au quartier des femmes : plus d'échaudés[1], de goûters à la crème ; plus de main chaude, ou de colin-maillard[2]. De bons soldats, morbleu ! basanés, mal vêtus ; un grand fusil bien lourd ; tourne à droite, tourne à gauche, en avant, marche à la gloire ; et ne va pas broncher en chemin ; à moins qu'un bon coup de feu…

SUZANNE. – Fi donc, l'horreur !

LA COMTESSE. – Quel pronostic !

LE COMTE. – Où donc est Marceline ? Il est bien singulier qu'elle ne soit pas des vôtres.

FANCHETTE. – Monseigneur, elle a pris le chemin du bourg, par le petit sentier de la ferme.

LE COMTE. – Et elle en reviendra ?

BAZILE. – Quand il plaira à Dieu.

FIGARO. – S'il lui plaisait qu'il ne lui plût jamais…

FANCHETTE. – Monsieur le docteur lui donnait le bras.

LE COMTE, *vivement*. – Le docteur est ici ?

BAZILE. – Elle s'en est d'abord[3] emparée…

LE COMTE, *à part*. – Il ne pouvait venir plus à propos.

FANCHETTE. – Elle avait l'air bien échauffé, elle parlait tout haut en marchant, puis elle s'arrêtait, et faisait comme ça, de grands

1. ***Échaudés*** : gâteaux.

2. ***Main chaude, colin-maillard*** : jeux.

3. ***D'abord*** : tout de suite.

bras… et Monsieur le docteur lui faisait comme ça de la main, en l'apaisant : elle paraissait si courroucée[1] ! elle nommait mon cousin Figaro.

LE COMTE *lui prend le menton.* – Cousin… futur.

FANCHETTE, *montrant Chérubin.* – Monseigneur, nous avez-vous pardonné d'hier ?…

LE COMTE *interrompt.* – Bonjour, bonjour, petite.

FIGARO. – C'est son chien d'amour qui la berce ; elle aurait troublé notre fête.

LE COMTE, *à part.* – Elle la troublera, je t'en réponds. *(Haut.)* Allons, Madame, entrons. Bazile, vous passerez chez moi.

SUZANNE, *à Figaro.* – Tu me rejoindras, mon fils ?

FIGARO, *bas à Suzanne.* – Est-il bien enfilé[2] ?

SUZANNE, *bas.* – Charmant garçon !

Ils sortent tous.

Scène 11

CHÉRUBIN, FIGARO, BAZILE.

Pendant qu'on sort, Figaro les arrête tous deux et les ramène.

FIGARO. – Ah ça, vous autres ! la cérémonie adoptée, ma fête de ce soir en est la suite ; il faut bravement nous recorder[3] : ne faisons point comme ces acteurs qui ne jouent jamais si mal que le jour où la critique est le plus éveillée. Nous n'avons point de lendemain qui nous excuse, nous. Sachons bien nos rôles aujourd'hui.

---

1. ***Courroucée*** : en colère.
2. ***Enfilé*** : trompé (familier).
3. ***Nous recorder*** : répéter notre rôle.

BAZILE, *malignement*. – Le mien est plus difficile que tu ne crois.

FIGARO, *faisant, sans qu'il le voie, le geste de le rosser*[1]. – Tu es loin aussi de savoir tout le succès qu'il te vaudra.

CHÉRUBIN. – Mon ami, tu oublies que je pars.

FIGARO. – Et toi, tu voudrais bien rester !

CHÉRUBIN. – Ah ! si je le voudrais !

FIGARO. – Il faut ruser. Point de murmure à ton départ. Le manteau de voyage à l'épaule ; arrange ouvertement ta trousse[2], et qu'on voie ton cheval à la grille ; un temps de galop jusqu'à la ferme ; reviens à pied par les derrières ; Monseigneur te croira parti ; tiens-toi seulement hors de sa vue ; je me charge de l'apaiser après la fête.

CHÉRUBIN. – Mais Fanchette qui ne sait pas son rôle !

BAZILE. – Que diable lui apprenez-vous donc, depuis huit jours que vous ne la quittez pas ?

FIGARO. – Tu n'a rien à faire aujourd'hui, donne-lui par grâce une leçon.

BAZILE. – Prenez garde, jeune homme, prenez garde ! le père n'est pas satisfait ; la fille a été souffletée[3] ; elle n'étudie pas avec vous : Chérubin ! Chérubin ! vous lui causerez des chagrins ! «Tant va la cruche à l'eau» !...

FIGARO. – Ah ! voilà notre imbécile, avec ses vieux proverbes ! Eh bien ! pédant ! que dit la sagesse des nations ? «Tant va la cruche à l'eau qu'à la fin...»

BAZILE. – Elle s'emplit.

FIGARO, *en s'en allant*. – Pas si bête, pourtant, pas si bête !

FIN DU PREMIER ACTE

---

1. ***Rosser*** : battre.
2. ***Trousse*** : saccoche de selle.
3. ***Souffletée*** : giflée.

Acte II

Le théâtre représente une chambre à coucher superbe, un grand lit en alcôve[1], *une estrade au-devant. La porte pour entrer s'ouvre et se ferme à la troisième coulisse*[2] *à droite, celle d'un cabinet, à la première coulisse à gauche. Une porte, dans le fond, va chez les femmes. Une fenêtre s'ouvre de l'autre côté.*

Scène première

SUZANNE, LA COMTESSE
entrent par la porte à droite.

LA COMTESSE *se jette dans une bergère*[3]. – Ferme la porte, Suzanne, et conte-moi tout, dans le plus grand détail.

SUZANNE. – Je n'ai rien caché à Madame.

LA COMTESSE. – Quoi, Suzon, il voulait te séduire ?

SUZANNE. – Oh ! que non ! Monseigneur n'y met pas tant de façons avec sa servante : il voulait m'acheter.

LA COMTESSE. – Et le petit page était présent ?

---

1. ***Alcôve*** : enfoncement pratiqué dans une chambre pour y placer un lit.
2. ***Coulisse*** : à l'origine, rainure faite au plancher du théâtre, dans laquelle prend place un châssis de toile peinte qui sert à la décoration de la scène. Le mot désigne également le châssis lui-même, et, plus particulièrement, ici, l'espace qui sépare un châssis d'un autre.
3. ***Bergère*** : fauteuil large et profond.

SUZANNE. – C'est-à-dire, caché derrière le grand fauteuil. Il venait me prier de vous demander sa grâce.

LA COMTESSE. – Eh ! pourquoi ne pas s'adresser à moi-même ? est-ce que je l'aurais refusé[1], Suzon ?

SUZANNE. – C'est ce que j'ai dit : mais ses regrets de partir, et surtout de quitter Madame ! « Ah ! Suzon, qu'elle est noble et belle ! mais qu'elle est imposante ! »

LA COMTESSE. – Est-ce que j'ai cet air-là, Suzon ? moi qui l'ai toujours protégé.

SUZANNE. – Puis il a vu votre ruban de nuit que je tenais, il s'est jeté dessus…

LA COMTESSE, *souriant*. – Mon ruban ?… quelle enfance[2] !

SUZANNE. – J'ai voulu le lui ôter ; Madame, c'était un lion ; ses yeux brillaient… « Tu ne l'auras qu'avec ma vie », disait-il, en forçant sa petite voix douce et grêle[3].

LA COMTESSE, *rêvant*. – Eh bien, Suzon ?

SUZANNE. – Eh bien, Madame, est-ce qu'on peut faire finir ce petit démon-là ? Ma marraine par-ci ; je voudrais bien par l'autre ; et parce qu'il n'oserait seulement baiser la robe de Madame, il voudrait toujours m'embrasser, moi.

LA COMTESSE, *rêvant*. – Laissons… laissons ces folies… Enfin, ma pauvre Suzanne, mon époux a fini par te dire… ?

SUZANNE. – Que si je ne voulais pas l'entendre[4], il allait protéger Marceline.

LA COMTESSE *se lève et se promène, en se servant fortement de l'éventail.* – Il ne m'aime plus du tout.

SUZANNE. – Pourquoi tant de jalousie ?

LA COMTESSE. – Comme tous les maris, ma chère ! uniquement par orgueil. Ah ! je l'ai trop aimé ! je l'ai lassé de mes tendresses, et fatigué de mon amour ; voilà mon seul tort avec lui.

---

1. ***Refusé*** : repoussé, refoulé.
2. ***Enfance*** : enfantillage.
3. ***Grêle*** : fluette, fragile.
4. ***L'entendre*** : le comprendre ; ici, lui céder.

Mais je n'entends pas que cet honnête aveu te nuise, et tu épouseras Figaro. Lui seul peut nous y aider : viendra-t-il ?

SUZANNE. – Dès qu'il verra partir la chasse.

LA COMTESSE, *se servant de l'éventail.* – Ouvre un peu la croisée[1] sur le jardin. Il fait une chaleur ici !...

SUZANNE. – C'est que Madame parle et marche avec action[2].

Elle va ouvrir la croisée du fond.

LA COMTESSE *rêvant longtemps.* – Sans cette constance à me fuir... Les hommes sont bien coupables !

SUZANNE *crie de la fenêtre.* – Ah ! voilà Monseigneur qui traverse à cheval le grand potager, suivi de Pédrille, avec deux, trois, quatre lévriers.

LA COMTESSE. – Nous avons du temps devant nous. *(Elle s'assied.)* On frappe, Suzon ?

SUZANNE *court ouvrir en chantant.* – Ah ! c'est mon Figaro ! ah ! c'est mon Figaro !

Scène 2

FIGARO, SUZANNE, LA COMTESSE, *assise.*

SUZANNE. – Mon cher ami ! viens donc. Madame est dans une impatience[3] !...

FIGARO. – Et toi, ma petite Suzanne ? Madame n'en doit prendre[4] aucune. Au fait, de quoi s'agit-il ? d'une misère. Monsieur le Comte trouve notre jeune femme aimable, il voudrait en faire sa maîtresse ; et c'est bien naturel.

---

1. ***Croisée*** : fenêtre.
2. ***Action*** : agitation.
3. ***Impatience*** : inquiétude
4. ***Prendre*** : avoir.

SUZANNE. – Naturel ?

FIGARO. – Puis il m'a nommé courrier de dépêches, et Suzon conseiller d'ambassade. Il n'y a pas là d'étourderie[1].

SUZANNE. – Tu finiras ?

FIGARO. – Et parce que Suzanne, ma fiancée, n'accepte pas le diplôme[2], il va favoriser les vues de Marceline ; quoi de plus simple encore ? Se venger de ceux qui nuisent à nos projets en renversant les leurs ; c'est ce que chacun fait ; ce que nous allons faire nous-mêmes. Eh bien ! voilà tout pourtant.

LA COMTESSE. – Pouvez-vous, Figaro, traiter si légèrement un dessein qui nous coûte à tous le bonheur ?

FIGARO. – Qui dit cela, Madame ?

SUZANNE. – Au lieu de t'affliger de nos chagrins…

FIGARO. – N'est-ce pas assez que je m'en occupe ? Or, pour agir aussi méthodiquement que lui, tempérons[3], d'abord, son ardeur de nos possessions[4], en l'inquiétant sur les siennes.

LA COMTESSE. – C'est bien dit ; mais comment ?

FIGARO. – C'est déjà fait, Madame ; un faux avis donné sur vous…

LA COMTESSE. – Sur moi ? la tête vous tourne !

FIGARO. – Oh ! c'est à lui qu'elle doit tourner.

LA COMTESSE. – Un homme aussi jaloux !…

FIGARO. – Tant mieux : pour tirer parti des gens de ce caractère, il ne faut qu'un peu leur fouetter le sang ; c'est ce que les femmes entendent si bien ! Puis, les tient-on fâchés tout rouge, avec un brin d'intrigue[5] on les mène où l'on veut, par le nez,

1. ***D'étourderie*** : d'erreur, d'inattention.

2. ***Diplôme*** : titre (ici, de conseiller d'ambassade). Refuser le diplôme revient pour Suzanne à refuser d'entamer une liaison avec le Comte.

3. ***Tempérons*** : calmons, modérons.

4. ***Nos possessions*** : ce qui nous appartient (c'est-à-dire Suzanne).

5. ***Intrigue*** : ensemble de combinaisons secrètes visant à faire réussir ou échouer une affaire.

dans le Guadalquivir[1]. Je vous ai fait rendre[2] à Bazile un billet inconnu[3], lequel avertit Monseigneur qu'un galant doit chercher à vous voir aujourd'hui pendant le bal.

LA COMTESSE. – Et vous vous jouez ainsi de la vérité sur le compte d'une femme d'honneur...

FIGARO. – Il y en a peu, Madame, avec qui je l'eusse osé, crainte de rencontrer juste.

LA COMTESSE. – Il faudra que je l'en remercie !

FIGARO. – Mais dites-moi s'il n'est pas charmant de lui avoir taillé ses morceaux de la journée[4], de façon qu'il passe à rôder, à jurer après sa dame, le temps qu'il destinait à se complaire avec la nôtre ? Il est déjà tout dérouté[5] : galopera-t-il[6] celle-ci ? surveillera-t-il celle-là ? dans son trouble d'esprit, tenez, tenez, le voilà qui court la plaine, et force un lièvre[7] qui n'en peut mais[8]. L'heure du mariage arrive en poste[9] ; il n'aura pas pris de parti contre ; et jamais il n'osera s'y opposer devant Madame.

SUZANNE. – Non ; mais Marceline, le bel esprit, osera le faire, elle.

FIGARO. – Brrr. Cela m'inquiète bien, ma foi ! Tu feras dire à Monseigneur que tu te rendras sur la brune au jardin[10].

---

1. ***Guadalquivir*** : fleuve d'Espagne, passant à Séville.
2. ***Je vous ai fait rendre*** : sur vous, j'ai fait remettre.
3. ***Inconnu*** : anonyme.
4. ***Lui avoir taillé ses morceaux de la journée*** : lui avoir prescrit ce qu'il devait faire de sa journée, sans qu'il puisse s'en écarter.
5. ***Il est déjà tout dérouté*** : il est déjà sur la mauvaise voie, il fait déjà fausse route.
6. *Galoper* est ici transitif (on dirait aujourd'hui « galopera-t-il sur »).
7. ***Force un lièvre*** : prend un lièvre après l'avoir chassé avec ses chiens (le lexique de la chasse sert à décrire le comportement amoureux du Comte) ; le lièvre désigne ici l'individu sur lequel Figaro imagine que le Comte jette ses soupçons.
8. ***Qui n'en peut mais*** : qui n'est responsable de rien, qui n'est pas coupable.
9. ***En poste*** : très rapidement.
10. Autrement dit, que tu accepteras le rendez-vous donné par le Comte (acte I, scène 8).

SUZANNE. – Tu comptes sur celui-là[1] ?

FIGARO. – Oh ! dame ! écoutez donc ; les gens qui ne veulent rien faire de rien, n'avancent rien, et ne sont bons à rien. Voilà mon mot.

SUZANNE. – Il est joli !

LA COMTESSE. – Comme son idée : vous consentiriez qu'elle s'y rendît ?

FIGARO. – Point du tout. Je fais endosser un habit de Suzanne à quelqu'un : surpris par nous au rendez-vous, le Comte pourra-t-il s'en dédire[2] ?

SUZANNE. – À qui mes habits ?

FIGARO. – Chérubin.

LA COMTESSE. – Il est parti.

FIGARO. – Non pas pour moi : veut-on me laisser faire ?

SUZANNE. – On peut s'en fier à lui pour mener une intrigue.

FIGARO. – Deux, trois, quatre à la fois ; bien embrouillées, qui se croisent. J'étais né pour être courtisan.

SUZANNE. – On dit que c'est un métier si difficile !

FIGARO. – Recevoir, prendre et demander ; voilà le secret en trois mots.

LA COMTESSE. – Il a tant d'assurance qu'il finit par m'en inspirer.

FIGARO. – C'est mon dessein.

SUZANNE. – Tu disais donc ?

FIGARO. – Que pendant l'absence de Monseigneur je vais vous envoyer le Chérubin : coiffez-le, habillez-le ; je le renferme et l'endoctrine[3] ; et puis dansez, Monseigneur.

Il sort.

---

1. ***Celui-là*** : cette ruse-là.
2. ***S'en dédire*** : désavouer ce qu'il a fait
3. ***Je le renferme et l'endoctrine*** : je l'enferme et je lui donne les instructions. Parallèlement au premier stratagème qu'il a imaginé – faire croire au Comte que la Comtesse a un rendez-vous galant –, Figaro en met en place un second – envoyer Chérubin déguisé en Suzanne au rendez-vous réclamé par le Comte.

Scène 3

SUZANNE, LA COMTESSE, *assise.*

LA COMTESSE, *tenant sa boîte à mouches*[1]. – Mon Dieu, Suzon, comme je suis faite[2]!... ce jeune homme qui va venir!...

SUZANNE. – Madame ne veut donc pas qu'il en réchappe[3]?

LA COMTESSE *rêve devant sa petite glace.* – Moi?... tu verras comme je vais le gronder.

SUZANNE. – Faisons-lui chanter sa romance.

Elle la met sur la Comtesse.

LA COMTESSE. – Mais, c'est qu'en vérité, mes cheveux sont dans un désordre...

SUZANNE, *riant.* – Je n'ai qu'à reprendre ces deux boucles, Madame le grondera bien mieux.

LA COMTESSE, *revenant à elle.* – Qu'est-ce que vous dites donc, Mademoiselle?

Scène 4

CHÉRUBIN, *l'air honteux*, SUZANNE, LA COMTESSE, *assise.*

SUZANNE. – Entrez, Monsieur l'officier; on est visible.

CHÉRUBIN *avance en tremblant.* – Ah, que ce nom m'afflige, Madame! il m'apprend qu'il faut quitter des lieux... une marraine si... bonne!...

SUZANNE. – Et si belle!

CHÉRUBIN, *avec un soupir.* – Ah! oui.

---

1. ***Mouches*** : petits morceaux de taffetas noir que les femmes apposaient sur leur visage ou leur décolleté pour faire ressortir la blancheur de leur teint.
2. ***Comme je suis faite*** : comme je suis mise, arrangée.
3. ***Qu'il en réchappe*** : qu'il échappe à votre charme.

SUZANNE *le contrefait.* – «Ah ! oui.» Le bon jeune homme ! avec ses longues paupières hypocrites. Allons, bel oiseau bleu[1], chantez la romance à Madame.

LA COMTESSE *la déplie.* – De qui… dit-on qu'elle est ?

SUZANNE. – Voyez la rougeur du coupable : en a-t-il un pied[2] sur les joues ?

CHÉRUBIN. – Est-ce qu'il est défendu… de chérir…

SUZANNE *lui met le poing sous le nez.* – Je dirai tout, vaurien !

LA COMTESSE. – Là… chante-t-il ?

CHÉRUBIN. – Oh ! Madame, je suis si tremblant !…

SUZANNE, *en riant.* – Et gnian, gnian, gnian, gnian, gnian, gnian, gnian ; dès que Madame le veut, modeste auteur ! Je vais l'accompagner.

LA COMTESSE. – Prends ma guitare.

La Comtesse, assise, tient le papier pour suivre. Suzanne est derrière son fauteuil, et prélude[3] *en regardant la musique par-dessus sa maîtresse. Le petit page est devant elle, les yeux baissés. Ce tableau est juste*[4] *la belle estampe d'après Van Loo*[5], *appelée* La Conversation espagnole[6].

ROMANCE

Air : Marlbroug s'en va-t-en guerre.

PREMIER COUPLET

Mon coursier hors d'haleine,
(Que mon cœur, mon cœur a de peine !)

---

1. ***Oiseau bleu*** : titre d'un conte de Mme d'Aulnoy (1650-1705) dans lequel un roi métamorphosé en oiseau bleu séduit une jeune princesse dont la mère est morte.
2. ***Un pied*** : une couche épaisse. Chérubin a rougi sous le coup de l'émotion.
3. ***Prélude*** : essaye son instrument.
4. ***Juste*** : exactement.
5. ***Carle Van Loo*** : peintre français renommé (1705-1765).
6. Chérubin, la Comtesse, Suzanne. (Note de Beaumarchais.)

J'errais de plaine en plaine,
Au gré du destrier[1].

DEUXIÈME COUPLET

Au gré du destrier,
Sans varlet, n'écuyer[2] *;*
Là près d'une fontaine[3],
(Que mon cœur, mon cœur a de peine !)
Songeant à ma marraine,
Sentais mes pleurs couler.

TROISIÈME COUPLET

Sentais mes pleurs couler,
Prêt à me désoler ;
Je gravais sur un frêne,
(Que mon cœur, mon cœur a de peine !)
Sa lettre sans la mienne ;
Le Roi vint à passer.

QUATRIÈME COUPLET

Le Roi vint à passer,
Ses barons, son clergier[4],
– Beau page, dit la reine,
(Que mon cœur, mon cœur a de peine !)
Qui vous met à la gêne[5] *?*
Qui vous fait tant plorer[6] *?*

---

1. ***Destrier*** : cheval.
2. ***Sans varlet, n'écuyer*** : sans valet, ni écuyer.
3. Au spectacle, on a commencé la romance à ce vers en disant : *Auprès d'une fontaine…* (Note de Beaumarchais.)
4. ***Clergier*** : clergé.
5. ***À la gêne*** : à la torture.
6. ***Plorer*** : pleurer.

Cinquième couplet

Qui vous fait tant plorer ?
Nous faut le déclarer.
– Madame et Souveraine,
(Que mon cœur, mon cœur a de peine !)
J'avais une marraine,
Que toujours adorai[1].

Sixième couplet

Que toujours adorai ;
Je sens que j'en mourrai.
– Beau page, dit la reine,
(Que mon cœur, mon cœur a de peine !)
N'est-il qu'une marraine ?
Je vous en servirai.

Septième couplet

Je vous en servirai ;
Mon page vous ferai ;
Puis à ma jeune Hélène,
(Que mon cœur, mon cœur a de peine !)
Fille d'un capitaine,
Un jour vous marirai.

Huitième couplet

Un jour vous marirai.
– Nenni n'en faut parler[2] *;*
Je veux, traînant ma chaîne,
(Que mon cœur, mon cœur a de peine !)
Mourir de cette peine ;
Mais non m'en consoler.

---

1. Ici, la Comtesse arrête le page en fermant le papier. Le reste ne se chante pas au théâtre. (Note de Beaumarchais.)
2. ***Nenni n'en faut parler*** : non, il n'en faut pas parler.

LA COMTESSE. – Il y a de la naïveté… du sentiment même.

SUZANNE *va poser la guitare sur un fauteuil*[1]. – Oh ! pour du sentiment, c'est un jeune homme qui… Ah ça ! Monsieur l'officier, vous a-t-on dit que pour égayer la soirée, nous voulons savoir d'avance si un de mes habits vous ira passablement ?

LA COMTESSE. – J'ai peur que non.

SUZANNE *se mesure avec lui*. – Il est de ma grandeur. Ôtons d'abord le manteau. *(Elle le détache.)*

LA COMTESSE. – Et si quelqu'un entrait ?

SUZANNE. – Est-ce que nous faisons du mal donc ? Je vais fermer la porte ; *(elle court)* mais c'est la coiffure que je veux voir.

LA COMTESSE. – Sur ma toilette, une baigneuse[2] à moi.

Suzanne entre dans le cabinet dont la porte est au bord du théâtre.

Scène 5

CHÉRUBIN, LA COMTESSE, *assise*.

LA COMTESSE. – Jusqu'à l'instant du bal, le Comte ignorera que vous soyez au château. Nous lui dirons, après, que le temps d'expédier votre brevet[3] nous a fait naître l'idée…

CHÉRUBIN *le lui montre*. – Hélas ! Madame, le voici ; Bazile me l'a remis de sa part.

LA COMTESSE. – Déjà ? l'on a craint d'y perdre une minute. *(Elle lit.)* Ils se sont tant pressés qu'ils ont oublié d'y mettre son cachet[4].

Elle le lui rend.

---

1. Chérubin, Suzanne, la Comtesse. (Note de Beaumarchais.)

2. ***Baigneuse*** : coiffure de femme.

3. ***Brevet*** : ici, acte qui attribue un grade dans l'armée.

4. ***Cachet*** : petit sceau qu'on applique sur de la cire ; le cachet du Comte doit authentifier le brevet.

Scène 6

CHÉRUBIN, LA COMTESSE, SUZANNE

SUZANNE *entre avec un grand bonnet.* – Le cachet, à quoi ?

LA COMTESSE. – À son brevet.

SUZANNE. – Déjà ?

LA COMTESSE. – C'est ce que je disais. Est-ce là ma baigneuse ?

SUZANNE *s'assied près de la Comtesse*[1]. – Et la plus belle de toutes. *(Elle chante avec des épingles dans sa bouche :)*

Tournez-vous donc envers ici,
Jean de Lyra, mon bel ami[2].

(Chérubin se met à genoux. Elle le coiffe.) Madame, il est charmant !

LA COMTESSE. – Arrange son collet[3], d'un air un peu plus féminin.

SUZANNE *l'arrange.* – Là… mais voyez donc ce morveux, comme il est joli en fille ! j'en suis jalouse, moi ! *(Elle lui prend le menton.)* Voulez-vous bien n'être pas joli comme ça ?

LA COMTESSE. – Qu'elle est folle ! Il faut relever la manche, afin que l'amadis[4] prenne mieux… *(Elle la retrousse*[5]*.)* Qu'est-ce qu'il a donc au bras ? un ruban !

SUZANNE. – Et un ruban à vous. Je suis bien aise que Madame l'ait vu. Je lui avais dit que je le dirais, déjà ! Oh ! si Monseigneur n'était pas venu, j'aurais bien repris le ruban ; car je suis presque aussi forte que lui.

---

1. Chérubin, Suzanne, la Comtesse. (Note de Beaumarchais.)
2. ***Mon bel ami*** : Suzanne chante sur l'air de «Tournez-vous par ici», extrait de *L'Infante de Zamora* (1781).
3. ***Collet*** : partie de vêtement qui entoure le cou.
4. ***Amadis*** : manche de robe qui s'applique exactement sur le bras et se boutonne sur le poignet.
5. ***Retrousse*** : relève.

La Comtesse. – Il y a du sang ! *(Elle détache le ruban.)*

Chérubin, *honteux*. – Ce matin, comptant partir, j'arrangeais la gourmette[1] de mon cheval ; il a donné de la tête, et la bossette[2] m'a effleuré le bras.

La Comtesse. – On n'a jamais mis un ruban…

Suzanne. – Et surtout un ruban volé. Voyons donc… ce que la bossette,… la courbette !… la cornette du cheval !… Je n'entends rien à tous ces noms-là. Ah ! qu'il a le bras blanc ! c'est comme une femme ! plus blanc que le mien ! regardez donc, Madame ! *(Elle les compare.)*

La Comtesse *d'un ton glacé*. – Occupez-vous plutôt de m'avoir du taffetas gommé[3], dans ma toilette.

Suzanne lui pousse la tête, en riant ; il tombe sur les deux mains. Elle entre dans le cabinet au bord du théâtre.

Scène 7

Chérubin *à genoux*, la Comtesse *assise*.

La Comtesse, *reste un moment sans parler, les yeux sur son ruban. Chérubin la dévore de ses regards*. – Pour mon ruban, Monsieur… comme c'est celui dont la couleur m'agrée le plus… j'étais fort en colère de l'avoir perdu.

---

1. ***Gourmette*** : petite chaîne réunissant les deux branches du mors de la bride.
2. ***Bossette*** : ornement ayant la forme d'une bosse aux deux côtés du mors d'un cheval.
3. ***Taffetas gommé*** : sparadrap.

Scène 8

CHÉRUBIN *à genoux*, LA COMTESSE, *assise*, SUZANNE

SUZANNE, *revenant*. – Et la ligature[1] à son bras ?

Elle remet à la Comtesse du taffetas gommé et des ciseaux.

LA COMTESSE. – En allant lui chercher tes hardes, prends le ruban d'un autre bonnet.

Suzanne sort par la porte du fond, en emportant le manteau du page.

Scène 9

CHÉRUBIN *à genoux*, LA COMTESSE, *assise*.

CHÉRUBIN, *les yeux baissés*. – Celui qui m'est ôté m'aurait guéri en moins de rien.

LA COMTESSE. – Par quelle vertu ? *(Lui montrant le taffetas.)* Ceci vaut mieux.

CHÉRUBIN, *hésitant*. – Quand un ruban… a serré la tête… ou touché la peau d'une personne…

LA COMTESSE, *coupant la phrase*. – … étrangère, il devient bon pour les blessures ? J'ignorais cette propriété. Pour l'éprouver[2], je garde celui-ci qui vous a serré le bras. À la première égratignure… de mes femmes, j'en ferai l'essai.

CHÉRUBIN, *pénétré*. – Vous le gardez, et moi, je pars.

LA COMTESSE. – Non pour toujours.

CHÉRUBIN. – Je suis si malheureux !

LA COMTESSE, *émue*. – Il pleure à présent ! c'est ce vilain Figaro avec son pronostic !

---

1. ***Ligature*** : bande ici nouée autour du bras.
2. ***L'éprouver*** : tester cette propriété.

■ La Comtesse (Elsa Lepoivre) reprend son ruban, volé par Chérubin (Benjamin Jungers) : l'ayant détaché du bras du jeune homme, elle « reste un moment sans parler, les yeux sur son ruban », tandis que Chérubin « la dévore de ses regards » (acte II, scène 7, p. 129). Mise en scène de Christophe Rauck à la Comédie-Française en 2007.

CHÉRUBIN, *exalté*. – Ah ! je voudrais toucher au terme qu'il m'a prédit ! sûr de mourir à l'instant, peut-être ma bouche oserait…

LA COMTESSE *l'interrompt, et lui essuie les yeux avec son mouchoir*. – Taisez-vous, taisez-vous, enfant. Il n'y a pas un brin de raison dans tout ce que vous dites. *(On frappe à la porte, elle élève la voix.)* Qui frappe ainsi chez moi ?

Scène 10

CHÉRUBIN, LA COMTESSE, LE COMTE, *en dehors*.

LE COMTE, *en dehors*. – Pourquoi donc enfermée ?

LA COMTESSE, *troublée, se lève*. – C'est mon époux ! grands dieux !… *(À Chérubin qui s'est levé aussi :)* Vous sans manteau, le col et les bras nus ! seul avec moi ! cet air de désordre, un billet reçu, sa jalousie !…

LE COMTE, *en dehors*. – Vous n'ouvrez pas ?

LA COMTESSE. – C'est que… je suis seule.

LE COMTE, *en dehors*. – Seule ! Avec qui parlez-vous donc ?

LA COMTESSE, *cherchant*. – … Avec vous sans doute.

CHÉRUBIN, *à part*. – Après les scènes d'hier, et de ce matin, il me tuerait sur la place !

Il court au cabinet de toilette, y entre, et tire la porte sur lui.

Scène 11

LA COMTESSE, *seule, en ôte la clef et court ouvrir au Comte*. – Ah ! quelle faute ! quelle faute !

Scène 12

LE COMTE, LA COMTESSE

LE COMTE *un peu sévère*. – Vous n'êtes pas dans l'usage de vous enfermer !

LA COMTESSE, *troublée*. – Je… je chiffonnais[1]… oui je chiffonnais, avec Suzanne ; elle est passée un moment chez elle.

LE COMTE *l'examine*. – Vous avez l'air et le ton bien altérés[2] !

LA COMTESSE. – Cela n'est pas étonnant… pas étonnant du tout… je vous assure… nous parlions de vous… elle est passée, comme je vous dis.

LE COMTE. – Vous parliez de moi !… Je suis ramené par l'inquiétude ; en montant à cheval, un billet qu'on m'a remis, mais auquel je n'ajoute aucune foi, m'a… pourtant agité.

LA COMTESSE. – Comment, Monsieur ?… quel billet ?

LE COMTE. – Il faut avouer, Madame, que vous ou moi sommes entourés d'êtres… bien méchants ! On me donne avis que, dans la journée, quelqu'un, que je crois absent, doit chercher à vous entretenir.

LA COMTESSE. – Quel que soit cet audacieux, il faudra qu'il pénètre ici ; car mon projet est de ne pas quitter ma chambre de tout le jour.

LE COMTE. – Ce soir, pour la noce de Suzanne ?

LA COMTESSE. – Pour rien au monde ; je suis très incommodée.

LE COMTE. – Heureusement le docteur est ici. *(Le page fait tomber une chaise dans le cabinet.)* Quel bruit entends-je ?

LA COMTESSE, *plus troublée*. – Du bruit ?

LE COMTE. – On a fait tomber un meuble.

LA COMTESSE. – Je… je n'ai rien entendu, pour moi.

LE COMTE. – Il faut que vous soyez furieusement préoccupée !

---

1. ***Chiffonnais*** : essayais du linge, des toilettes.
2. ***Altérés*** : troublés.

LA COMTESSE. – Préoccupée ! de quoi ?

LE COMTE. – Il y a quelqu'un dans ce cabinet, Madame.

LA COMTESSE. – Hé… qui voulez-vous qu'il y ait, Monsieur ?

LE COMTE. – C'est moi qui vous le demande ; j'arrive.

LA COMTESSE. – Hé mais… Suzanne apparemment qui range.

LE COMTE. – Vous avez dit qu'elle était passée chez elle !

LA COMTESSE. – Passée… ou entrée là ; je ne sais lequel.

LE COMTE. – Si c'est Suzanne, d'où vient le trouble où je vous vois ?

LA COMTESSE. – Du trouble pour ma camariste ?

LE COMTE. – Pour votre camariste, je ne sais ; mais pour du trouble, assurément.

LA COMTESSE. – Assurément, Monsieur, cette fille vous trouble, et vous occupe beaucoup plus que moi.

LE COMTE, *en colère*. – Elle m'occupe à tel point, Madame, que je veux la voir à l'instant.

LA COMTESSE. – Je crois, en effet, que vous le voulez souvent ; mais voilà bien les soupçons les moins fondés…

Scène 13

LE COMTE, LA COMTESSE,
SUZANNE *entre avec des hardes et pousse la porte du fond.*

LE COMTE. – Ils en seront plus aisés à détruire. *(Il parle au cabinet.)* Sortez, Suzon ; je vous l'ordonne.

Suzanne s'arrête auprès de l'alcôve dans le fond.

LA COMTESSE. – Elle est presque nue, Monsieur ; vient-on troubler ainsi des femmes dans leur retraite ? Elle essayait des hardes que je lui donne en la mariant ; elle s'est enfuie quand elle vous a entendu.

LE COMTE. – Si elle craint tant de se montrer, au moins elle peut parler. *(Il se tourne vers la porte du cabinet.)* Répondez-moi, Suzanne ; êtes-vous dans ce cabinet ?

Suzanne, restée au fond, se jette dans l'alcôve et s'y cache.

LA COMTESSE, *vivement, parlant au cabinet*. – Suzon, je vous défends de répondre. *(Au Comte.)* On n'a jamais poussé si loin la tyrannie !

LE COMTE *s'avance au cabinet*. – Oh ! bien, puisqu'elle ne parle pas, vêtue ou non, je la verrai.

LA COMTESSE *se met au-devant*. – Partout ailleurs je ne puis l'empêcher ; mais j'espère aussi que chez moi...

LE COMTE. – Et moi j'espère savoir dans un moment quelle est cette Suzanne mystérieuse. Vous demander la clef serait, je le vois, inutile ! mais il est un moyen sûr de jeter en dedans[1] cette légère porte. Holà ! quelqu'un !

LA COMTESSE. – Attirer vos gens, et faire un scandale public d'un soupçon qui nous rendrait la fable[2] du château ?

LE COMTE. – Fort bien, Madame ; en effet, j'y suffirai[3] ; je vais à l'instant prendre chez moi ce qu'il faut... *(Il marche pour sortir et revient.)* Mais pour que tout reste au même état, voudrez-vous bien m'accompagner sans scandale et sans bruit, puisqu'il vous déplaît tant ?... une chose aussi simple, apparemment, ne me sera pas refusée !

LA COMTESSE, *troublée*. – Eh ! Monsieur, qui songe à vous contrarier ?

LE COMTE. – Ah ! j'oubliais la porte qui va chez vos femmes ; il faut que je la ferme aussi, pour que vous soyez pleinement justifiée.

Il va fermer la porte du fond, et en ôte la clef.

LA COMTESSE, *à part*. – Ô Ciel ! étourderie funeste !

---

1. ***Jeter en dedans*** : enfoncer.
2. ***Fable*** : risée.
3. ***J'y suffirai*** : j'y réussirai seul.

LE COMTE, *revenant à elle.* – Maintenant que cette chambre est close, acceptez mon bras, je vous prie ; *(Il élève la voix)* et quant à la Suzanne du cabinet, il faudra qu'elle ait la bonté de m'attendre, et le moindre mal qui puisse lui arriver à mon retour…

LA COMTESSE. – En vérité, Monsieur, voilà bien la plus odieuse aventure…

Le Comte l'emmène et ferme la porte à la clef.

Scène 14

SUZANNE, CHÉRUBIN

SUZANNE *sort de l'alcôve, accourt au cabinet et parle à la serrure.* – Ouvrez, Chérubin, ouvrez vite, c'est Suzanne ; ouvrez et sortez.

CHÉRUBIN *sort*[1]. – Ah ! Suzon, quelle horrible scène !

SUZANNE. – Sortez, vous n'avez pas une minute.

CHÉRUBIN, *effrayé.* – Eh ! par où sortir ?

SUZANNE. – Je n'en sais rien, mais sortez.

CHÉRUBIN. – S'il n'y a pas d'issue ?

SUZANNE. – Après la rencontre de tantôt, il vous écraserait, et nous serions perdues. Courez conter à Figaro…

CHÉRUBIN. – La fenêtre du jardin n'est peut-être pas bien haute. *(Il court y regarder.)*

SUZANNE, *avec effroi.* – Un grand étage ! impossible ! Ah ! ma pauvre maîtresse ! Et mon mariage, ô Ciel !

CHÉRUBIN *revient.* – Elle donne sur la melonnière[2] ; quitte à gâter une couche[3] ou deux.

---

1. Chérubin, Suzanne. (Note de Beaumarchais.)

2. ***Melonnière*** : endroit réservé à la culture du melon.

3. ***Couche*** : de plantes, de fruits, dans le jardin ; ici, il s'agit des melons.

SUZANNE *le retient et s'écrie.* – Il va se tuer !

CHÉRUBIN, *exalté.* – Dans un gouffre allumé[1], Suzon ! oui, je m'y jetterais, plutôt que de lui nuire… Et ce baiser va me porter bonheur.

Il l'embrasse et court sauter par la fenêtre.

Scène 15

SUZANNE, *seule, un cri de frayeur.* – Ah !… *(Elle tombe assise un moment. Elle va péniblement regarder à la fenêtre et revient.)* Il est déjà bien loin. Oh ! le petit garnement ! aussi leste[2] que joli ! si celui-là manque de femmes… Prenons sa place au plus tôt. *(En entrant dans le cabinet.)* Vous pouvez à présent, Monsieur le Comte, rompre la cloison, si cela vous amuse ; au diantre[3] qui répond un mot.

Elle s'y enferme.

Scène 16

LE COMTE, LA COMTESSE *rentrent dans la chambre.*

LE COMTE, *une pince à la main, qu'il jette sur le fauteuil.* – Tout est bien comme je l'ai laissé. Madame, en m'exposant à briser cette porte, réfléchissez aux suites : encore une fois, voulez-vous l'ouvrir ?

---

1. *Gouffre allumé* : cavité profonde remplie de flammes.
2. *Leste* : agile.
3. *Au diantre* : au diable.

LA COMTESSE. – Eh, Monsieur, quelle horrible humeur peut altérer ainsi les égards entre deux époux ? Si l'amour vous dominait au point de vous inspirer ces fureurs, malgré leur déraison je les excuserais ; j'oublierais, peut-être, en faveur du motif, ce qu'elles ont d'offensant pour moi. Mais la seule vanité peut-elle jeter dans cet excès un galant homme ?

LE COMTE. – Amour ou vanité, vous ouvrirez la porte ; ou je vais à l'instant…

LA COMTESSE, *au-devant*. – Arrêtez, Monsieur, je vous prie. Me croyez-vous capable de manquer à ce que je me dois ?

LE COMTE. – Tout ce qu'il vous plaira, Madame ; mais je verrai qui est dans ce cabinet.

LA COMTESSE, *effrayée*. – Eh bien, Monsieur, vous le verrez. Écoutez-moi… tranquillement.

LE COMTE. – Ce n'est donc pas Suzanne ?

LA COMTESSE, *timidement*. – Au moins n'est-ce pas non plus une personne… dont vous deviez rien redouter… Nous disposions une plaisanterie… bien innocente en vérité, pour ce soir… et je vous jure…

LE COMTE. – Et vous me jurez ?

LA COMTESSE. – Que nous n'avions pas plus de dessein de vous offenser l'un que l'autre.

LE COMTE, *vite*. – L'un que l'autre ? c'est un homme ?

LA COMTESSE. – Un enfant, Monsieur.

LE COMTE. – Hé qui donc ?

LA COMTESSE. – À peine osé-je le nommer !

LE COMTE, *furieux*. – Je le tuerai.

LA COMTESSE. – Grands dieux !

LE COMTE. – Parlez donc.

LA COMTESSE. – Ce jeune… Chérubin…

LE COMTE. – Chérubin ! l'insolent ! voilà mes soupçons, et le billet expliqués.

LA COMTESSE, *joignant les mains*. – Ah ! Monsieur, gardez de penser…

LE COMTE, *frappant du pied (À part.)* Je trouverai partout ce maudit page ! *(Haut.)* Allons, Madame, ouvrez ; je sais tout maintenant. Vous n'auriez pas été si émue, en le congédiant ce matin, il serait parti quand je l'ai ordonné, vous n'auriez pas mis tant de fausseté dans votre conte de Suzanne, il ne se serait pas si soigneusement caché, s'il n'y avait rien de criminel.

LA COMTESSE. – Il a craint de vous irriter en se montrant.

LE COMTE, *hors de lui, crie au cabinet.* – Sors donc, petit malheureux !

LA COMTESSE *le prend à bras-le-corps, en l'éloignant.* – Ah ! Monsieur, Monsieur, votre colère me fait trembler pour lui. N'en croyez pas un injuste soupçon, de grâce ; et que le désordre où vous l'allez trouver...

LE COMTE. – Du désordre !

LA COMTESSE. – Hélas oui ; prêt à s'habiller en femme, une coiffure à moi sur la tête, en veste et sans manteau, le col ouvert, les bras nus ; il allait essayer...

LE COMTE. – Et vous vouliez garder votre chambre ! Indigne épouse ! ah ! vous la garderez... longtemps ; mais il faut, avant, que j'en chasse un insolent, de manière à ne plus le rencontrer nulle part.

LA COMTESSE *se jette à genoux, les bras élevés.* – Monsieur le Comte, épargnez un enfant ; je ne me consolerais pas d'avoir causé...

LE COMTE. – Vos frayeurs aggravent son crime.

LA COMTESSE. – Il n'est pas coupable, il partait : c'est moi qui l'ai fait appeler.

LE COMTE, *furieux.* – Levez-vous. Ôtez-vous... Tu es bien audacieuse d'oser me parler pour un autre !

LA COMTESSE. – Eh bien ! je m'ôterai, Monsieur, je me lèverai ; je vous remettrai même la clef du cabinet : mais, au nom de votre amour...

LE COMTE. – De mon amour ! Perfide !

LA COMTESSE *se lève et lui présente la clef.* – Promettez-moi que vous laisserez aller cet enfant, sans lui faire aucun mal ; et puisse après tout votre courroux tomber sur moi, si je ne vous convaincs pas…

LE COMTE, *prenant la clef.* – Je n'écoute plus rien.

LA COMTESSE *se jette sur une bergère, un mouchoir sur les yeux.* – Oh ! Ciel ! il va périr.

LE COMTE *ouvre la porte, et recule.* – C'est Suzanne !

Scène 17

LA COMTESSE, LE COMTE, SUZANNE

SUZANNE *sort en riant.* – « Je le tuerai, je le tuerai. » Tuez-le donc, ce méchant page !

LE COMTE, *à part.* – Ah ! quelle école[1] ! *(Regardant la Comtesse qui est restée stupéfaite.)* Et vous aussi, vous jouez l'étonnement ?… Mais peut-être elle n'y est pas seule.

Il entre.

Scène 18

LA COMTESSE *assise*, SUZANNE

SUZANNE *accourt à sa maîtresse.* – Remettez-vous, Madame, il est bien loin, il a fait un saut…

LA COMTESSE. – Ah, Suzon, je suis morte.

---

1. ***Quelle école !*** : quelle sottise !

Scène 19

La Comtesse *assise*, Suzanne, le Comte

Le Comte *sort du cabinet d'un air confus. Après un court silence.* – Il n'y a personne, et pour le coup j'ai tort. Madame ?... vous jouez fort bien la comédie.

Suzanne, *gaiement.* – Et moi, Monseigneur ?

La Comtesse, son mouchoir sur sa bouche pour se remettre, ne parle pas[1].

Le Comte *s'approche.* – Quoi, Madame, vous plaisantiez ?

La Comtesse, *se remettant un peu.* – Eh ! pourquoi non, Monsieur ?

Le Comte. – Quel affreux badinage ! et par quel motif, je vous prie ?...

La Comtesse. – Vos folies méritent-elles de la pitié ?

Le Comte. – Nommer folies ce qui touche à l'honneur !

La Comtesse, *assurant son ton par degrés.* – Me suis-je unie à vous pour être éternellement dévouée à l'abandon et à la jalousie, que vous seul osez concilier ?

Le Comte. – Ah ! Madame, c'est sans ménagement.

Suzanne. – Madame n'avait qu'à vous laisser appeler les gens.

Le Comte. – Tu as raison, et c'est à moi de m'humilier... Pardon, je suis d'une confusion !...

Suzanne. – Avouez, Monseigneur, que vous la méritez un peu !

Le Comte. – Pourquoi donc ne sortais-tu pas lorsque je t'appelais ? Mauvaise !

Suzanne. – Je me rhabillais de mon mieux, à grand renfort d'épingles, et Madame, qui me le défendait, avait bien ses raisons pour le faire.

Le Comte. – Au lieu de rappeler mes torts, aide-moi plutôt à l'apaiser.

---

1. Suzanne, la Comtesse, *assise*, le Comte. (Note de Beaumarchais.)

LA COMTESSE. – Non, Monsieur ; un pareil outrage ne se couvre[1] point. Je vais me retirer aux Ursulines[2], et je vois trop qu'il en est temps.

LE COMTE. – Le pourriez-vous sans quelques regrets ?

SUZANNE. – Je suis sûre, moi, que le jour du départ serait la veille des larmes.

LA COMTESSE. – Eh ! quand cela serait, Suzon ; j'aime mieux le regretter que d'avoir la bassesse de lui pardonner ; il m'a trop offensée.

LE COMTE. – Rosine !...

LA COMTESSE. – Je ne la suis plus, cette Rosine que vous avez tant poursuivie ! Je suis la pauvre Comtesse Almaviva, la triste femme délaissée, que vous n'aimez plus.

SUZANNE. – Madame.

LE COMTE, *suppliant*. – Par pitié.

LA COMTESSE. – Vous n'en aviez aucune pour moi.

LE COMTE. – Mais aussi ce billet... Il m'a tourné le sang !

LA COMTESSE. – Je n'avais pas consenti qu'on l'écrivît.

LE COMTE. – Vous le saviez ?

LA COMTESSE. – C'est cet étourdi de Figaro...

LE COMTE. – Il en était ?

LA COMTESSE. – ... qui l'a remis à Bazile.

LE COMTE. – Qui m'a dit le tenir d'un paysan. Ô perfide chanteur ! lame à deux tranchants ! c'est toi qui payeras pour tout le monde.

LA COMTESSE. – Vous demandez pour vous un pardon que vous refusez aux autres : voilà bien les hommes ! Ah ! si jamais je consentais à pardonner en faveur de l'erreur où vous a jeté ce billet, j'exigerais que l'amnistie[3] fût générale.

---

1. ***Couvre*** : répare.
2. ***Ursulines*** : couvent de femmes.
3. ***L'amnistie*** : le pardon.

■ Le Comte (Didier Sandre), sa femme (Denise Chalem, à droite) et Suzanne (Dominique Blanc) dans la « superbe » chambre à coucher où se déroule l'acte II : le grand lit de la Comtesse, emblème de la vie conjugale, est au centre du décor. Mise en scène de Jean-Pierre Vincent au théâtre de Chaillot en 1987.

LE COMTE. – Eh bien ! de tout mon cœur, Comtesse. Mais comment réparer une faute aussi humiliante ?

LA COMTESSE *se lève.* – Elle l'était pour tous deux.

LE COMTE. – Ah ! dites pour moi seul. Mais je suis encore à concevoir comment les femmes prennent si vite et si juste l'air et le ton des circonstances. Vous rougissiez, vous pleuriez, votre visage était défait... D'honneur il l'est encore.

LA COMTESSE, *s'efforçant de sourire.* – Je rougissais... du ressentiment de vos soupçons[1]. Mais les hommes sont-ils assez délicats pour distinguer l'indignation d'une âme honnête outragée, d'avec la confusion qui naît d'une accusation méritée ?

LE COMTE, *souriant.* – Et ce page en désordre, en veste et presque nu...

LA COMTESSE, *montrant Suzanne.* – Vous le voyez devant vous. N'aimez-vous pas mieux l'avoir trouvé que l'autre ? en général, vous ne haïssez pas de rencontrer celui-ci.

LE COMTE, *riant plus fort.* – Et ces prières, ces larmes feintes...

LA COMTESSE. – Vous me faites rire, et j'en ai peu d'envie.

LE COMTE. – Nous croyons valoir quelque chose en politique, et nous ne sommes que des enfants. C'est vous, c'est vous, Madame, que le roi devrait envoyer en ambassade à Londres ! Il faut que votre sexe ait fait une étude bien réfléchie de l'art de se composer[2] pour réussir à ce point !

LA COMTESSE. – C'est toujours vous qui nous y forcez.

SUZANNE. – Laissez-nous prisonniers sur parole, et vous verrez si nous sommes gens d'honneur.

LA COMTESSE. – Brisons là[3], Monsieur le Comte. J'ai peut-être été trop loin ; mais mon indulgence, en un cas aussi grave, doit au moins m'obtenir la vôtre.

---

1. ***Du ressentiment de vos soupçons*** : de colère en réaction à vos soupçons.
2. ***Se composer*** : feindre une attitude, jouer un rôle.
3. ***Brisons là*** : arrêtons là.

LE COMTE. – Mais vous répéterez que vous me pardonnez.

LA COMTESSE. – Est-ce que je l'ai dit, Suzon ?

SUZANNE. – Je ne l'ai pas entendu, Madame.

LE COMTE. – Eh bien ! que ce mot vous échappe.

LA COMTESSE. – Le méritez-vous, ingrat ?

LE COMTE. – Oui, par mon repentir.

SUZANNE. – Soupçonner un homme dans le cabinet de Madame !

LE COMTE. – Elle m'en a si sévèrement puni !

SUZANNE. – Ne pas s'en fier à elle, quand elle dit que c'est sa camariste !

LE COMTE. – Rosine, êtes-vous donc implacable[1] ?

LA COMTESSE. – Ah ! Suzon ! que je suis faible ! quel exemple je te donne ! *(Tendant la main au Comte.)* On ne croira plus à la colère des femmes.

SUZANNE. – Bon ! Madame, avec eux, ne faut-il pas toujours en venir là ?

Le Comte baise ardemment la main de sa femme.

Scène 20

SUZANNE, FIGARO, LA COMTESSE, LE COMTE

FIGARO *arrivant tout essoufflé*. – On disait Madame incommodée. Je suis vite accouru... je vois avec joie qu'il n'en est rien.

LE COMTE, *sèchement*. – Vous êtes fort attentif !

FIGARO. – Et c'est mon devoir. Mais puisqu'il n'en est rien, Monseigneur, tous vos jeunes vassaux des deux sexes sont en bas avec les violons et les cornemuses, attendant, pour m'accompagner, l'instant où vous permettrez que je mène ma fiancée...

1. ***Implacable*** : impitoyable.

LE COMTE. – Et qui surveillera la Comtesse au château ?

FIGARO. – La veiller ! elle n'est pas malade.

LE COMTE. – Non ; mais cet homme absent qui doit l'entretenir ?

FIGARO. – Quel homme absent ?

LE COMTE. – L'homme du billet que vous avez remis à Bazile.

FIGARO. – Qui dit cela ?

LE COMTE. – Quand je ne le saurais pas d'ailleurs, fripon ! ta physionomie[1], qui t'accuse, me prouverait déjà que tu mens.

FIGARO. – S'il en est ainsi, ce n'est pas moi qui mens, c'est ma physionomie.

SUZANNE. – Va, mon pauvre Figaro ! n'use pas ton éloquence en défaites[2] ; nous avons tout dit.

FIGARO. – Et quoi dit ? vous me traitez comme un Bazile !

SUZANNE. – Que tu avais écrit le billet de tantôt pour faire accroire[3] à Monseigneur, quand il entrerait, que le petit page était dans ce cabinet, où je me suis enfermée.

LE COMTE. – Qu'as-tu à répondre ?

LA COMTESSE. – Il n'y a plus rien à cacher, Figaro ; le badinage est consommé[4].

FIGARO *cherchant à deviner*. – Le badinage… est consommé ?

LE COMTE. – Oui, consommé. Que dis-tu là-dessus ?

FIGARO. – Moi ! je dis… que je voudrais bien qu'on en pût dire autant de mon mariage[5] ; et si vous l'ordonnez…

LE COMTE. – Tu conviens donc enfin du billet ?

FIGARO. – Puisque Madame le veut, que Suzanne le veut, que vous le voulez vous-même, il faut bien que je le veuille aussi : mais

---

1. ***Physionomie*** : air, traits du visage.
2. ***Défaites*** : excuses, prétextes.
3. ***Accroire*** : croire
4. ***Consommé*** : fini.
5. ***Je voudrais bien qu'on en pût dire autant de mon mariage*** : jeu de mots sur le verbe « consommer », qui non seulement signifie « finir », « achever », « accomplir », mais aussi désigne l'union charnelle. En ce sens, la plaisanterie orchestrée par Figaro, la Comtesse et Suzanne est « consommée » alors que le mariage de Figaro ne l'est pas encore.

■ Chérubin (Benjamin Jungers, à l'arrière-plan), Figaro (Laurent Stocker), le Comte (Michel Vuillermoz) et Suzanne (Anne Kessler) dans la mise en scène de Christophe Rauck à la Comédie-Française en 2007. Le décor et les costumes sont empruntés à l'époque actuelle (Chérubin porte une chemise sur un pantalon de jogging, et Suzanne une robe dont la simplicité tranche avec la tenue des femmes au XVIIIe siècle).

à votre place, en vérité, Monseigneur, je ne croirais pas un mot de tout ce que nous vous disons.

LE COMTE. – Toujours mentir contre l'évidence ! à la fin, cela m'irrite.

LA COMTESSE *en riant.* – Eh, ce pauvre garçon ! pourquoi voulez-vous, Monsieur, qu'il dise une fois la vérité ?

FIGARO, *bas à Suzanne.* – Je l'avertis de son danger ; c'est tout ce qu'un honnête homme peut faire.

SUZANNE, *bas.* – As-tu vu le petit page ?

FIGARO, *bas.* – Encore tout froissé[1].

SUZANNE, *bas.* – Ah, pécaïre[2] !

LA COMTESSE. – Allons, Monsieur le Comte, ils brûlent de s'unir : leur impatience est naturelle ! entrons pour la cérémonie.

LE COMTE, *à part.* – Et Marceline, Marceline… *(Haut.)* Je voudrais être… au moins vêtu.

LA COMTESSE. – Pour nos gens ! Est-ce que je le suis ?

Scène 21

FIGARO, SUZANNE, LA COMTESSE, LE COMTE, ANTONIO

ANTONIO, *demi-gris[3], tenant un pot de giroflées écrasées.* – Monseigneur ! Monseigneur !

LE COMTE. – Que me veux-tu, Antonio ?

ANTONIO. – Faites donc une fois griller[4] les croisées qui donnent sur mes couches. On jette toutes sortes de choses par ces fenêtres ; et tout à l'heure encore on vient d'en jeter un homme.

---

1. ***Froissé*** : meurtri.
2. ***Pécaïre !*** : pauvres de nous !
3. ***Demi-gris*** : à moitié ivre.
4. ***Griller*** : mettre une grille sur.

LE COMTE. – Par ces fenêtres ?

ANTONIO. – Regardez comme on arrange mes giroflées !

SUZANNE, *bas à Figaro*. – Alerte, Figaro ! alerte.

FIGARO. – Monseigneur, il est gris dès le matin.

ANTONIO. – Vous n'y êtes pas. C'est un petit reste d'hier. Voilà comme on fait des jugements… ténébreux[1].

LE COMTE, *avec feu*. – Cet homme ! cet homme ! où est-il ?

ANTONIO. – Où il est ?

LE COMTE. – Oui.

ANTONIO. – C'est ce que je dis. Il faut me le trouver déjà. Je suis votre domestique ; il n'y a que moi qui prends soin de votre jardin ; il y tombe un homme, et vous sentez… que ma réputation en est effleurée.

SUZANNE, *bas à Figaro*. – Détourne, détourne[2].

FIGARO. – Tu boiras donc toujours ?

ANTONIO. – Et si je ne buvais pas, je deviendrais enragé.

LA COMTESSE. – Mais en prendre ainsi sans besoin…

ANTONIO. – Boire sans soif et faire l'amour en tout temps, Madame, il n'y a que ça qui nous distingue des autres bêtes.

LE COMTE, *vivement*. – Réponds-moi donc, ou je vais te chasser.

ANTONIO. – Est-ce que je m'en irais ?

LE COMTE. – Comment donc ?

ANTONIO, *se touchant le front*. – Si vous n'avez pas assez de ça pour garder un bon domestique, je ne suis pas assez bête, moi, pour renvoyer un si bon maître.

LE COMTE *le secoue avec colère*. – On a, dis-tu, jeté un homme par cette fenêtre ?

ANTONIO. – Oui, Mon Excellence ; tout à l'heure, en veste blanche, et qui s'est enfui, jarni[3], courant…

LE COMTE, *impatienté*. – Après ?

---

1. ***Ténébreux*** : obscurs, où il n'y a aucune clarté.
2. ***Détourne*** : fais tourner les soupçons d'un autre côté.
3. ***Jarni*** : juron, déformation de « je renie Dieu ».

ANTONIO. – J'ai bien voulu courir après ; mais je me suis donné contre la grille une si fière gourde[1] à la main que je ne peux plus remuer ni pied ni patte de ce doigt-là.

Levant le doigt.

LE COMTE. – Au moins tu reconnaîtrais l'homme ?

ANTONIO. – Oh ! que oui-da !… si je l'avais vu pourtant[2] !

SUZANNE, *bas à Figaro*. – Il ne l'a pas vu.

FIGARO. – Voilà bien du train[3] pour un pot de fleurs ! combien te faut-il, pleurard[4] ! avec ta giroflée ? Il est inutile de chercher, Monseigneur, c'est moi qui ai sauté.

LE COMTE. – Comment, c'est vous !

ANTONIO. – « Combien te faut-il, pleurard ? » Votre corps a donc bien grandi depuis ce temps-là ? car je vous ai trouvé beaucoup plus moindre, et plus fluet[5] !

FIGARO. – Certainement ; quand on saute, on se pelotonne…

ANTONIO. – M'est avis que c'était plutôt… qui dirait, le gringalet de page.

LE COMTE. – Chérubin, tu veux dire ?

FIGARO. – Oui, revenu tout exprès avec son cheval, de la porte de Séville, où peut-être il est déjà.

ANTONIO. – Oh ! non, je ne dis pas ça, je ne dis pas ça ; je n'ai pas vu sauter de cheval, car je le dirais de même.

LE COMTE. – Quelle patience !

FIGARO. – J'étais dans la chambre des femmes en veste blanche : il fait un chaud !… J'attendais là ma Suzannette, quand j'ai ouï tout à coup la voix de Monseigneur et le grand bruit qui se faisait : je ne sais quelle crainte m'a saisi à l'occasion de ce billet ; et s'il faut avouer ma bêtise, j'ai sauté sans réflexion sur les couches, où je me suis même un peu foulé le pied droit.

---

1. ***Gourde*** : coup.
2. ***Si je l'avais vu pourtant*** : si seulement je l'avais vu.
3. ***Train*** : tapage.
4. ***Pleurard*** : qui pleure et gémit souvent sans sujet.
5. ***Plus moindre, et plus fluet*** : plus petit et plus mince.

Il frotte son pied.

ANTONIO. – Puisque c'est vous, il est juste de vous rendre ce brimborion[1] de papier qui a coulé de votre veste en tombant.

LE COMTE *se jette dessus.* – Donne-le-moi.

Il ouvre le papier et le referme.

FIGARO *à part.* – Je suis pris.

LE COMTE, *à Figaro.* – La frayeur ne vous aura pas fait oublier ce que contient ce papier, ni comment il se trouvait dans votre poche ?

FIGARO *embarrassé, fouille dans ses poches et en tire des papiers.* – Non sûrement... Mais c'est que j'en ai tant. Il faut répondre à tout... *(Il regarde un des papiers.)* Ceci ? ah ! c'est une lettre de Marceline, en quatre pages, elle est belle !... Ne serait-ce pas la requête de ce pauvre braconnier en prison ?... non, la voici... J'avais l'état des meubles du petit château, dans l'autre poche...

Le Comte rouvre le papier qu'il tient.

LA COMTESSE, *bas à Suzanne.* – Ah dieux ! Suzon. C'est le brevet d'officier.

SUZANNE, *bas à Figaro.* – Tout est perdu, c'est le brevet.

LE COMTE *replie le papier.* – Eh bien ! l'homme aux expédients[2], vous ne devinez pas ?

ANTONIO, *s'approchant de Figaro*[3]. – Monseigneur dit si vous ne devinez pas ?

FIGARO *le repousse.* – Fi donc[4] ! vilain qui me parle dans le nez !

LE COMTE. – Vous ne vous rappelez pas ce que ce peut être ?

FIGARO. – A, a, a, ah ! *Povero*[5] ! ce sera le brevet de ce malheureux enfant, qu'il m'avait remis, et que j'ai oublié de lui rendre.

---

1. ***Brimborion*** : chose sans valeur et sans utilité.

2. ***Expédients*** : moyens de se tirer d'embarras, d'arriver à ses fins.

3. Antonio, Figaro, Suzanne, la Comtesse, le Comte. (Note de Beaumarchais.)

4. ***Fi donc !*** : marque de mépris.

5. ***Povero*** : le pauvre (en italien).

O, o, o, oh ! étourdi que je suis ! que fera-t-il sans son brevet ? Il faut courir…

LE COMTE. – Pourquoi vous l'aurait-il remis ?

FIGARO, *embarrassé*. – Il… désirait qu'on y fît quelque chose.

LE COMTE *regarde son papier*. – Il n'y manque rien.

LA COMTESSE, *bas à Suzanne*. – Le cachet.

SUZANNE, *bas à Figaro*. – Le cachet manque.

LE COMTE, *à Figaro*. – Vous ne répondez pas ?

FIGARO. – C'est… qu'en effet, il y manque peu de chose. Il dit que c'est l'usage…

LE COMTE. – L'usage ! l'usage ! l'usage de quoi ?

FIGARO. – D'y apposer le sceau de vos armes. Peut-être aussi que cela ne valait pas la peine.

LE COMTE *rouvre le papier et le chiffonne de colère*. – Allons, il est écrit que je ne saurai rien. *(À part.)* C'est ce Figaro qui les mène, et je ne m'en vengerais pas !

Il veut sortir avec dépit.

FIGARO, *l'arrêtant*. – Vous sortez, sans ordonner mon mariage ?

Scène 22

BAZILE, BARTHOLO, MARCELINE, FIGARO, LE COMTE, GRIPPE-SOLEIL, LA COMTESSE, SUZANNE, ANTONIO ; VALETS DU COMTE, SES VASSAUX

MARCELINE, *au Comte*. – Ne l'ordonnez pas, Monseigneur ! Avant de lui faire grâce, vous nous devez justice. Il a des engagements avec moi.

LE COMTE, *à part*. – Voilà ma vengeance arrivée.

FIGARO. – Des engagements ? de quelle nature ? Expliquez-vous.

MARCELINE. – Oui, je m'expliquerai, malhonnête !

La Comtesse s'assied sur une bergère. Suzanne est derrière elle.

LE COMTE. – De quoi s'agit-il, Marceline ?

MARCELINE. – D'une obligation de mariage.

FIGARO. – Un billet, voilà tout, pour de l'argent prêté.

MARCELINE, *au Comte*. – Sous condition de m'épouser. Vous êtes un grand seigneur, le premier juge de la province[1]...

LE COMTE. – Présentez-vous au tribunal ; j'y rendrai justice à tout le monde.

BAZILE, *montrant Marceline*. – En ce cas, Votre Grandeur permet que je fasse aussi valoir mes droits sur Marceline ?

LE COMTE *à part*. – Ah ! voilà mon fripon du billet.

FIGARO. – Autre fou de la même espèce !

LE COMTE, *en colère, à Bazile*. – Vos droits ! vos droits ! Il vous convient bien de parler devant moi, maître sot !

ANTONIO, *frappant dans sa main*. – Il ne l'a, ma foi, pas manqué du premier coup : c'est son nom.

LE COMTE. – Marceline, on suspendra tout jusqu'à l'examen de vos titres, qui se fera publiquement dans la grand-salle d'audience[2]. Honnête Bazile ! agent fidèle et sûr ! allez au bourg chercher les gens du siège[3].

BAZILE. – Pour son affaire ?

LE COMTE. – Et vous m'amènerez le paysan du billet.

BAZILE. – Est-ce que je le connais ?

LE COMTE. – Vous résistez[4] !

BAZILE. – Je ne suis pas entré au château pour en faire les commissions.

LE COMTE. – Quoi donc ?

---

1. ***Le premier juge de la province*** : le Comte est « grand corrégidor » d'Andalousie, c'est-à-dire qu'il exerce des fonctions de justice seigneuriale. Il peut rendre la justice lui-même ou la déléguer à un autre juge pour les affaires mineures ; les affaires plus importantes ressortissent à la justice royale.

2. ***Grand-salle d'audience*** : lieu où se tient la séance du tribunal.

3. ***Gens du siège*** : magistrats.

4. ***Vous résistez*** : vous ne vous soumettez pas à mes ordres.

BAZILE. – Homme à talent sur l'orgue du village, je montre[1] le clavecin à Madame, à chanter à ses femmes, la mandoline aux pages ; et mon emploi, surtout, est d'amuser votre compagnie avec ma guitare, quand il vous plaît de l'ordonner.

GRIPPE-SOLEIL *s'avance*. – J'irai bien, Monsigneu, si cela vous plaira.

LE COMTE. – Quel est ton nom, et ton emploi ?

GRIPPE-SOLEIL. – Je suis Grippe-Soleil, mon bon Signeu[2] ; le petit patouriau des chèvres, commandé pour le feu d'artifice. C'est fête aujourd'hui dans le troupiau[3] ; et je sais oùs-ce qu'est toute l'enragée boutique à procès[4] du pays.

LE COMTE. – Ton zèle me plaît ; vas-y : mais, vous, *(à Bazile)* accompagnez Monsieur en jouant de la guitare, et chantant pour l'amuser en chemin. Il est de ma compagnie.

GRIPPE-SOLEIL, *joyeux*. – Oh ! moi, je suis de la… ?

Suzanne l'apaise de la main, en lui montrant la Comtesse.

BAZILE, *surpris*. – Que j'accompagne Grippe-Soleil en jouant ?…

LE COMTE. – C'est votre emploi : partez, ou je vous chasse.

Il sort.

Scène 23

LES ACTEURS PRÉCÉDENTS, *excepté* LE COMTE

BAZILE, *à lui-même*. – Ah ! je n'irai pas lutter contre le pot de fer, moi qui ne suis…

FIGARO. – Qu'une cruche.

---

1. ***Je montre*** : j'enseigne.

2. ***Monsigneu***, ***mon bon signeu*** : déformation de « Monseigneur » et de « mon bon Seigneur » (imitation du parler paysan).

3. ***Patouriau***, ***troupiau*** : déformation de « pastoureau » (jeune berger) et « troupeau ».

4. ***Boutique à procès*** : magistrats.

BAZILE, *à part*. – Au lieu d'aider à leur mariage, je m'en vais assurer le mien avec Marceline. *(À Figaro.)* Ne conclus rien, crois-moi, que je ne sois de retour.

Il va prendre la guitare sur le fauteuil du fond.

FIGARO *le suit*. – Conclure ! oh ! va, ne crains rien ; quand même tu ne reviendrais jamais... Tu n'as pas l'air en train de chanter ; veux-tu que je commence ?... allons gai ! haut, la-mi-la, pour ma fiancée.

Il se met en marche à reculons, danse en chantant la séguedille[1] *suivante, Bazile accompagne, et tout le monde le suit.*

SÉGUEDILLE

Air noté.

Je préfère à richesse,
La sagesse
De ma Suzon ;
Zon, zon, zon,
Zon, zon, zon,
Zon, zon, zon,
Zon, zon, zon.

Aussi sa gentillesse
Est maîtresse
De ma raison ;
Zon, zon, zon,
Zon, zon, zon,
Zon, zon, zon,
Zon, zon, zon.

Le bruit s'éloigne, on n'entend pas le reste.

1. ***Séguedille*** : air de chant et de danse d'origine espagnole, à trois temps et d'un mouvement animé, avec une ritournelle.

Scène 24

SUZANNE, LA COMTESSE

LA COMTESSE, *dans sa bergère*. – Vous voyez, Suzanne, la jolie scène que votre étourdi m'a value avec son billet.

SUZANNE. – Ah ! Madame, quand je suis rentrée du cabinet, si vous aviez vu votre visage ! il s'est terni tout à coup ; mais ce n'a été qu'un nuage ; et par degrés, vous êtes devenue rouge, rouge, rouge !

LA COMTESSE. – Il a donc sauté par la fenêtre ?

SUZANNE. – Sans hésiter, le charmant enfant ! léger… comme une abeille.

LA COMTESSE. – Ah ! ce fatal jardinier ! Tout cela m'a remuée au point… que je ne pouvais rassembler deux idées.

SUZANNE. – Ah ! Madame, au contraire ; et c'est là que j'ai vu combien l'usage du grand monde donne d'aisance aux dames comme il faut, pour mentir sans qu'il y paraisse.

LA COMTESSE. – Crois-tu que le Comte en soit la dupe ? et s'il trouvait cet enfant au château !

SUZANNE. – Je vais recommander de le cacher si bien…

LA COMTESSE. – Il faut qu'il parte. Après ce qui vient d'arriver, vous croyez bien que je ne suis pas tentée de l'envoyer au jardin à votre place.

SUZANNE. – Il est certain que je n'irai pas non plus. Voilà donc mon mariage encore une fois…

LA COMTESSE *se lève*. – Attends… Au lieu d'un autre, ou de toi, si j'y allais moi-même ?

SUZANNE. – Vous, Madame ?

LA COMTESSE. – Il n'y aurait personne d'exposé… Le Comte alors ne pourrait nier… Avoir puni sa jalousie, et lui prouver son infidélité ! cela serait… Allons : le bonheur d'un premier hasard m'enhardit[1] à tenter le second. Fais-lui savoir promptement que tu te rendras au jardin. Mais surtout que personne…

SUZANNE. – Ah ! Figaro.

LA COMTESSE. – Non, non. Il voudrait mettre ici du sien… Mon masque de velours[2], et ma canne ; que j'aille y rêver sur la terrasse.

Suzanne entre dans le cabinet de toilette.

Scène 25

LA COMTESSE, *seule.* – Il est assez effronté mon petit projet ! *(Elle se retourne.)* Ah ! le ruban ! mon joli ruban ! je t'oubliais ! *(Elle le prend sur sa bergère et le roule.)* Tu ne me quitteras plus… tu me rappelleras la scène où ce malheureux enfant… Ah ! Monsieur le Comte, qu'avez-vous fait ?… Et moi ! que fais-je en ce moment ?

Scène 26

LA COMTESSE, SUZANNE

La Comtesse met furtivement le ruban dans son sein.

SUZANNE. – Voici la canne et votre loup.

LA COMTESSE. – Souviens-toi que je t'ai défendu d'en dire un mot à Figaro.

---

1. ***Le bonheur d'un premier hasard m'enhardit*** : la réussite qu'a été le premier risque m'encourage.
2. ***Masque de velours*** : loup noir que les femmes portaient pour se préserver du hâle.

SUZANNE, *avec joie*. – Madame, il est charmant votre projet. Je viens d'y réfléchir. Il rapproche tout, termine tout, embrasse tout ; et quelque chose qui arrive, mon mariage est maintenant certain.

Elle baise la main de sa maîtresse. Elles sortent.

FIN DU SECOND ACTE

Pendant l'entracte, des valets arrangent la salle d'audience : on apporte les deux banquettes à dossier des avocats, que l'on place aux deux côtés du théâtre, de façon que le passage soit libre par-derrière. On pose une estrade à deux marches dans le milieu du théâtre, vers le fond, sur laquelle on place le fauteuil du Comte. On met la table du greffier et son tabouret de côté sur le devant, et des sièges pour Brid'oison et d'autres juges, des deux côtés de l'estrade du Comte.

Acte III

Le théâtre représente une salle du château, appelée salle du trône et servant de salle d'audience, ayant sur le côté une impériale[1] *en dais*[2]*, et, dessous, le portrait du roi.*

Scène première

LE COMTE, PÉDRILLE, *en veste et botté, tenant un paquet cacheté*[3].

LE COMTE, *vite*. – M'as-tu bien entendu ?
PÉDRILLE. – Excellence, oui.

Il sort.

Scène 2

LE COMTE *seul, criant*. – Pédrille ?

---

1. ***Impériale :*** tissu de laine fine.
2. ***Dais*** : ouvrage (de bois ou de tissu) suspendu de manière qu'il s'étende comme un plafond au-dessus d'un autel ou de la place d'un personnage éminent (ici, le fauteuil du juge).
3. ***Cacheté*** : fermé avec un cachet (voir note 4, p. 127).

Scène 3

LE COMTE, PÉDRILLE *revient.*

PÉDRILLE. – Excellence ?

LE COMTE. – On ne t'a pas vu ?

PÉDRILLE. – Âme qui vive.

LE COMTE. – Prenez le cheval barbe[1].

PÉDRILLE. – Il est à la grille du potager, tout sellé.

LE COMTE. – Ferme, d'un trait, jusqu'à Séville.

PÉDRILLE. – Il n'y a que trois lieues[2], elles sont bonnes[3].

LE COMTE. – En descendant, sachez si le page est arrivé.

PÉDRILLE. – Dans l'hôtel ?

LE COMTE. – Oui ; surtout depuis quel temps.

PÉDRILLE. – J'entends.

LE COMTE. – Remets-lui son brevet, et reviens vite.

PÉDRILLE. – Et s'il n'y était pas ?

LE COMTE. – Revenez plus vite, et m'en rendez compte[4] ; allez.

Scène 4

LE COMTE *seul, marche en rêvant.* – J'ai fait une gaucherie[5] en éloignant Bazile !... la colère n'est bonne à rien. – Ce billet remis par lui, qui m'avertit d'une entreprise sur la Comtesse. La camariste enfermée quand j'arrive. La maîtresse affectée d'une terreur fausse ou vraie. Un homme qui saute par la fenêtre, et l'autre après qui avoue... ou qui prétend que c'est lui... Le

---

1. ***Barbe*** : de sang oriental.
2. ***Trois lieues*** : environ 12 kilomètres (voir note 3, p. 57).
3. ***Bonnes*** : sans difficulté.
4. ***M'en rendez compte*** : rendez-m'en compte.
5. ***Gaucherie*** : erreur, maladresse.

fil m'échappe. Il y a là-dedans une obscurité… Des libertés chez mes vassaux, qu'importe à gens de cette étoffe[1] ? mais la Comtesse ! si quelque insolent attentait… où m'égaré-je ? En vérité quand la tête se monte[2], l'imagination la mieux réglée devient folle comme un rêve ! – Elle s'amusait ; ces ris[3] étouffés, cette joie mal éteinte ! – Elle se respecte ; et mon honneur… où diable on l'a placé ! De l'autre part où suis-je ? cette friponne de Suzanne a-t-elle trahi mon secret ?… comme il n'est pas encore le sien… Qui[4] donc m'enchaîne à cette fantaisie ? j'ai voulu vingt fois y renoncer… Étrange effet de l'irrésolution ! si je la voulais sans débat, je la désirerais mille fois moins. – Ce Figaro se fait bien attendre ! il faut le sonder[5] adroitement *(Figaro paraît dans le fond ; il s'arrête)*, et tâcher, dans la conversation que je vais avoir avec lui, de démêler, d'une manière détournée, s'il est instruit ou non de mon amour pour Suzanne.

Scène 5

LE COMTE, FIGARO

FIGARO, *à part*. – Nous y voilà.

LE COMTE. – … S'il en sait par elle un seul mot…

FIGARO, *à part*. – Je m'en suis douté.

LE COMTE. – … je lui fais épouser la vieille.

FIGARO, *à part*. – Les amours de Monsieur Bazile ?

---

1. ***De cette étoffe*** : de cette condition.
2. ***Quand la tête se monte*** : quand on se monte l'esprit, quand on se met à imaginer des choses.
3. ***Ris*** : rires.
4. ***Qui*** : qu'est-ce qui.
5. ***Le sonder*** : essayer de découvrir ce qu'il sait.

LE COMTE. – … Et voyons ce que nous ferons de la jeune.

FIGARO, *à part.* – Ah ! ma femme, s'il vous plaît.

LE COMTE *se retourne.* – Hein ? quoi ? qu'est-ce que c'est ?

FIGARO *s'avance.* – Moi, qui me rends à vos ordres.

LE COMTE. – Et pourquoi ces mots ?

FIGARO. – Je n'ai rien dit.

LE COMTE *répète.* – « Ma femme, s'il vous plaît » ?

FIGARO. – C'est… la fin d'une réponse que je faisais : « Allez le dire à ma femme, s'il vous plaît. »

LE COMTE *se promène.* – « Sa femme » !… Je voudrais bien savoir quelle affaire peut arrêter Monsieur, quand je le fais appeler ?

FIGARO, *feignant d'assurer son habillement.* – Je m'étais sali sur ces couches en tombant ; je me changeais.

LE COMTE. – Faut-il une heure ?

FIGARO. – Il faut le temps.

LE COMTE. – Les domestiques ici… sont plus longs à s'habiller que les maîtres !

FIGARO. – C'est qu'ils n'ont point de valets pour les y aider.

LE COMTE. – … Je n'ai pas trop compris ce qui vous avait forcé tantôt de courir un danger inutile, en vous jetant…

FIGARO. – Un danger ! on dirait que je me suis engouffré tout vivant…

LE COMTE. – Essayez de me donner le change en feignant de le prendre[1], insidieux valet ! vous entendez fort bien que ce n'est pas le danger qui m'inquiète, mais le motif.

FIGARO. – Sur un faux avis, vous arrivez furieux, renversant tout, comme le torrent de la Morena[2] ; vous cherchez un homme, il vous le faut, ou vous allez briser les portes, enfoncer les cloisons ! je me trouve là par hasard, qui sait dans votre emportement si…

---

1. ***Essayez de me donner le change en feignant de le prendre*** : essayez de me détourner de mon but en faisant semblant de ne pas me comprendre.
2. ***Morena*** : sierra Morena, chaîne de montagnes espagnole.

LE COMTE, *interrompant.* – Vous pouviez fuir par l'escalier.

FIGARO. – Et vous, me prendre au corridor.

LE COMTE, *en colère.* – Au corridor ! *(À part.)* Je m'emporte, et nuis à ce que je veux savoir.

FIGARO, *à part.* – Voyons-le venir, et jouons serré.

LE COMTE, *radouci.* – Ce n'est pas ce que je voulais dire, laissons cela. J'avais... oui, j'avais quelque envie de t'emmener à Londres, courrier de dépêches... mais toutes réflexions faites...

FIGARO. – Monseigneur a changé d'avis ?

LE COMTE. – Premièrement, tu ne sais pas l'anglais.

FIGARO. – Je sais *God-dam*[1].

LE COMTE. – Je n'entends pas.

FIGARO. – Je dis que je sais *God-dam*.

LE COMTE. – Eh bien ?

FIGARO. – Diable ! c'est une belle langue que l'anglais ; il en faut peu pour aller loin. Avec *God-dam* en Angleterre, on ne manque de rien nulle part. Voulez-vous tâter d'un bon poulet gras ? Entrez dans une taverne, et faites seulement ce geste au garçon. *(Il tourne la broche.)* *God-dam !* on vous apporte un pied de bœuf salé sans pain. C'est admirable ! Aimez-vous à boire un coup d'excellent bourgogne ou de clairet[2] ? rien que celui-ci. *(Il débouche une bouteille.)* *God-dam !* on vous sert un pot de bière, en bel étain, la mousse aux bords. Quelle satisfaction ! Rencontrez-vous une de ces jolies personnes, qui vont trottant menu, les yeux baissés, coudes en arrière, et tortillant un peu des hanches ? mettez mignardement[3] tous les doigts unis sur la bouche. Ah ! *God-dam !* elle vous sangle un soufflet[4] de crocheteur[5]. Preuve qu'elle entend. Les Anglais,

1. ***God-dam*** : juron anglais (*God damn*, « que Dieu me damne »).
2. ***Clairet*** : vin rouge clair.
3. ***Mignardement*** : délicatement.
4. ***Elle vous sangle un soufflet*** : elle vous donne une gifle.
5. ***Crocheteur*** : porteur de fardeaux, qui utilise des crochets.

à la vérité, ajoutent par-ci, par-là quelques autres mots en conversant ; mais il est bien aisé de voir que *God-dam* est le fond de la langue ; et si Monseigneur n'a pas d'autre motif de me laisser en Espagne…

LE COMTE, *à part*. – Il veut venir à Londres ; elle n'a pas parlé.

FIGARO, *à part*. – Il croit que je ne sais rien ; travaillons-le un peu, dans son genre.

LE COMTE. – Quel motif avait la Comtesse, pour me jouer un pareil tour ?

FIGARO. – Ma foi, Monseigneur, vous le savez mieux que moi.

LE COMTE. – Je la préviens sur tout[1], et la comble de présents.

FIGARO. – Vous lui donnez, mais vous êtes infidèle. Sait-on gré[2] du superflu, à qui nous prive du nécessaire ?

LE COMTE. – … Autrefois tu me disais tout.

FIGARO. – Et maintenant je ne vous cache rien.

LE COMTE. – Combien la Comtesse t'a-t-elle donné pour cette belle association ?

FIGARO. – Combien me donnâtes-vous pour la tirer des mains du docteur[3] ? Tenez, Monseigneur, n'humilions pas l'homme qui nous sert bien, crainte d'en faire un mauvais valet.

LE COMTE. – Pourquoi faut-il qu'il y ait toujours du louche en ce que tu fais ?

FIGARO. – C'est qu'on en voit partout quand on cherche des torts.

LE COMTE. – Une réputation détestable !

FIGARO. – Et si je vaux mieux qu'elle ? y a-t-il beaucoup de seigneurs qui puissent en dire autant ?

LE COMTE. – Cent fois je t'ai vu marcher à la fortune, et jamais aller droit[4].

---

1. ***Je la préviens sur tout*** : je devance toutes ses demandes.

2. ***Sait-on gré*** : est-on reconnaissant.

3. Nouvelle allusion à l'intrigue du *Barbier de Séville*.

4. ***Fortune*** : ici, avancement, réussite. Le Comte reproche à Figaro de chercher à réussir en se comportant mal (« marcher droit » signifie, au sens figuré, « bien se comporter »).

FIGARO. – Comment voulez-vous ? la foule est là : chacun veut courir, on se presse, on pousse, on coudoie[1], on renverse, arrive qui peut ; le reste est écrasé. Aussi c'est fait ; pour moi j'y renonce.

LE COMTE. – À la fortune ? *(À part.)* Voici du neuf.

FIGARO, *à part.* – À mon tour maintenant. *(Haut.)* Votre Excellence m'a gratifié de la conciergerie[2] du château ; c'est un fort joli sort ; à la vérité je ne serai pas le courrier étrenné des nouvelles[3] intéressantes ; mais en revanche, heureux avec ma femme au fond de l'Andalousie…

LE COMTE. – Qui t'empêcherait de l'emmener à Londres ?

FIGARO. – Il faudrait la quitter si souvent que j'aurais bientôt du mariage par-dessus la tête.

LE COMTE. – Avec du caractère et de l'esprit, tu pourrais un jour t'avancer dans les bureaux[4].

FIGARO. – De l'esprit pour s'avancer ? Monseigneur se rit du mien. Médiocre et rampant[5] ; et l'on arrive à tout.

LE COMTE. – … Il ne faudrait qu'étudier un peu sous moi la politique.

FIGARO. – Je la sais.

LE COMTE. – Comme l'anglais, le fond de la langue !

FIGARO. – Oui, s'il y avait de quoi se vanter. Mais, feindre d'ignorer ce qu'on sait, de savoir tout ce qu'on ignore, d'entendre ce qu'on ne comprend pas, de ne point ouïr[6] ce qu'on entend, surtout de pouvoir au-delà de ses forces ; avoir souvent pour grand secret de cacher qu'il n'y en a point ; s'enfermer pour tailler des plumes[7], et paraître profond, quand on n'est,

---

1. ***Coudoie*** : heurte les gens du coude.
2. ***Conciergerie*** : voir p. 93.
3. ***Courrier étrenné des nouvelles*** : courrier qui a le premier les nouvelles.
4. ***T'avancer dans les bureaux*** : réussir dans l'administration.
5. ***Rampant*** : vil et méprisable.
6. ***Ouïr*** : comprendre.
7. ***Tailler des plumes*** : préparer des plumes avec un canif, afin de pouvoir écrire avec.

comme on dit, que vide et creux ; jouer bien ou mal un personnage ; répandre des espions et pensionner[1] des traîtres ; amollir des cachets[2] ; intercepter des lettres ; et tâcher d'ennoblir la pauvreté des moyens par l'importance des objets. Voilà toute la politique, ou je meure[3] !

LE COMTE. – Eh ! c'est l'intrigue que tu définis !

FIGARO. – La politique, l'intrigue, volontiers ; mais, comme je les crois un peu germaines[4], en fasse qui voudra. « J'aime mieux ma mie, ô gué[5] ! » comme dit la chanson du bon roi.

LE COMTE, *à part*. – Il veut rester. J'entends... Suzanne m'a trahi.

FIGARO, *à part*. – Je l'enfile[6] et le paye en sa monnaie.

LE COMTE. – Ainsi tu espères gagner ton procès contre Marceline ?

FIGARO. – Me feriez-vous un crime de refuser une vieille fille, quand Votre Excellence se permet de nous souffler toutes les jeunes ?

LE COMTE, *raillant*. – Au tribunal, le magistrat s'oublie, et ne voit plus que l'ordonnance[7].

FIGARO. – Indulgente aux grands, dure aux petits...

LE COMTE. – Crois-tu donc que je plaisante ?

FIGARO. – Eh ! qui le sait, Monseigneur ? *Tempo è galant'uomo*[8], dit l'italien ; il dit toujours la vérité ; c'est lui qui m'apprendra qui me veut du mal, ou du bien.

LE COMTE, *à part*. – Je vois qu'on lui a tout dit ; il épousera la duègne.

FIGARO, *à part*. – Il a joué au fin avec moi ; qu'a-t-il appris ?

---

1. ***Pensionner*** : donner une pension à.

2. ***Amollir des cachets*** : faire fondre un cachet en cire pour pouvoir lire une lettre sans que son destinataire s'en rende compte.

3. ***Ou je meure*** : que je meure si je me trompe.

4. ***Germaines*** : sœurs.

5. Allusion à une ancienne chanson qui fait l'éloge de l'amour en comparaison des grandeurs de ce monde. Elle est citée par Alceste dans *Le Misanthrope* (1666) de Molière.

6. ***Je l'enfile*** : je le trompe, je l'enjôle (familier).

7. ***Ordonnance*** : décision judiciaire.

8. ***Tempo è galant'uomo*** : le temps est galant homme (proverbe italien).

Scène 6

LE COMTE, UN LAQUAIS, FIGARO

LE LAQUAIS, *annonçant.* – Don Gusman Brid'oison.

LE COMTE. – Brid'oison ?

FIGARO. – Eh ! sans doute. C'est le juge ordinaire ; le lieutenant du siège ; votre prud'homme[1].

LE COMTE. – Qu'il attende.

Le laquais sort.

Scène 7

LE COMTE, FIGARO

FIGARO *reste un moment à regarder le Comte qui rêve.* – … Est-ce là ce que Monseigneur voulait ?

LE COMTE, *revenant à lui.* – Moi ?… Je disais d'arranger ce salon pour l'audience publique.

FIGARO. – Hé, qu'est-ce qu'il manque ? le grand fauteuil pour vous, de bonnes chaises aux prud'hommes, le tabouret du greffier, deux banquettes aux avocats, le plancher[2] pour le beau monde, et la canaille derrière. Je vais renvoyer les frotteurs[3].

Il sort.

---

1. ***Prud'homme*** : expert ; il conseille le Comte dans ses décisions et rend la justice à sa place quand ce dernier est absent.
2. ***Plancher*** : ici, le haut, la partie supérieure d'une chambre.
3. ***Frotteurs*** : ceux qui frottent les parquets.

Scène 8

LE COMTE, *seul.* – Le maraud m'embarrassait ! en disputant, il prend son avantage, il vous serre, vous enveloppe... Ah ! friponne et fripon ! vous vous entendez pour me jouer[1] ! Soyez amis, soyez amants, soyez ce qu'il vous plaira, j'y consens ; mais, parbleu, pour époux...

Scène 9

SUZANNE, LE COMTE

SUZANNE *essoufflée.* – Monseigneur... pardon, Monseigneur.

LE COMTE, *avec humeur.* – Qu'est-ce qu'il y a, Mademoiselle ?

SUZANNE. – Vous êtes en colère !

LE COMTE. – Vous voulez quelque chose apparemment ?

SUZANNE, *timidement.* – C'est que ma maîtresse a ses vapeurs[2]. J'accourais vous prier de nous prêter votre flacon d'éther. Je l'aurais rapporté dans l'instant.

LE COMTE *le lui donne.* – Non, non, gardez-le pour vous-même. Il ne tardera pas à vous être utile.

SUZANNE. – Est-ce que les femmes de mon état ont des vapeurs, donc ? c'est un mal de condition[3], qu'on ne prend que dans les boudoirs[4].

LE COMTE. – Une fiancée bien éprise, et qui perd son futur...

SUZANNE. – En payant Marceline, avec la dot que vous m'avez promise...

---

1. ***Jouer*** : tromper.
2. ***Vapeurs*** : malaises.
3. ***De condition*** : de femme du monde.
4. ***Boudoirs*** : petits salons élégants des femmes du monde.

LE COMTE. – Que je vous ai promise, moi ?

SUZANNE, *baissant les yeux.* – Monseigneur, j'avais cru l'entendre.

LE COMTE. – Oui, si vous consentiez à m'entendre vous-même.

SUZANNE, *les yeux baissés.* – Et n'est-ce pas mon devoir d'écouter Son Excellence ?

LE COMTE. – Pourquoi donc, cruelle fille ! ne me l'avoir pas dit plus tôt ?

SUZANNE. – Est-il jamais trop tard pour dire la vérité ?

LE COMTE. – Tu te rendrais sur la brune au jardin ?

SUZANNE. – Est-ce que je ne m'y promène pas tous les soirs ?

LE COMTE. – Tu m'as traité ce matin si durement !

SUZANNE. – Ce matin ? et le page derrière le fauteuil ?

LE COMTE. – Elle a raison, je l'oubliais. Mais pourquoi ce refus obstiné, quand Bazile, de ma part ?…

SUZANNE. – Quelle nécessité qu'un Bazile ?…

LE COMTE. – Elle a toujours raison. Cependant il y a un certain Figaro à qui je crains bien que vous n'ayez tout dit !

SUZANNE. – Dame ! oui, je lui dis tout – hors ce qu'il faut lui taire.

LE COMTE, *en riant.* – Ah ! charmante ! Et, tu me le promets ? Si tu manquais à ta parole ; entendons-nous, mon cœur : point de rendez-vous, point de dot, point de mariage.

SUZANNE, *faisant la révérence.* – Mais aussi, point de mariage, point de droit du seigneur, Monseigneur.

LE COMTE. – Où prend-elle ce qu'elle dit ? d'honneur j'en raffolerai ! Mais ta maîtresse attend le flacon…

SUZANNE, *riant et rendant le flacon.* – Aurais-je pu vous parler sans un prétexte ?

LE COMTE, *veut l'embrasser.* – Délicieuse créature !

SUZANNE *s'échappe.* – Voilà du monde.

LE COMTE, *à part.* – Elle est à moi.

Il s'enfuit.

SUZANNE. – Allons vite rendre compte à Madame.

Scène 10

SUZANNE, FIGARO

FIGARO. – Suzanne, Suzanne ! où cours-tu donc si vite en quittant Monseigneur ?

SUZANNE. – Plaide à présent, si tu le veux ; tu viens de gagner ton procès.

Elle s'enfuit.

FIGARO *la suit.* – Ah ! mais, dis donc…

Scène 11

LE COMTE *rentre seul.* – « Tu viens de gagner ton procès ! » Je donnais là dans un bon piège ! Ô mes chers insolents ! je vous punirai de façon… Un bon arrêt, bien juste… mais s'il allait payer la duègne… avec quoi ?… s'il payait… Eeeeh ! n'ai-je pas le fier Antonio, dont le noble orgueil dédaigne, en Figaro, un inconnu[1] pour sa nièce ? En caressant cette manie[2]… pourquoi non ? dans le vaste champ de l'intrigue, il faut savoir tout cultiver, jusqu'à la vanité d'un sot. *(Il appelle.)* Anto…

Il voit entrer Marceline, etc. Il sort.

1. ***Inconnu*** : homme né de parents inconnus.
2. ***En caressant cette manie*** : en flattant ce penchant.

Scène 12

BARTHOLO, MARCELINE, BRID'OISON

MARCELINE, *à Brid'oison.* – Monsieur, écoutez mon affaire.

BRID'OISON, *en robe, et bégayant un peu.* – Eh bien ! paarlons-en verbalement.

BARTHOLO. – C'est une promesse de mariage.

MARCELINE. – Accompagnée d'un prêt d'argent.

BRID'OISON. – J'en-entends, *et caetera*, le reste.

MARCELINE. – Non, Monsieur, point d'*et caetera*.

BRID'OISON. – J'en-entends : vous avez la somme ?

MARCELINE. – Non, Monsieur, c'est moi qui l'ai prêtée.

BRID'OISON. – J'en-entends bien, vou-ous redemandez l'argent ?

MARCELINE. – Non, Monsieur ; je demande qu'il m'épouse.

BRID'OISON. – Eh, mais, j'en-entends fort bien ; et lui, veu-eut-il vous épouser ?

MARCELINE. – Non, Monsieur ; voilà tout le procès !

BRID'OISON. – Croyez-vous que je ne l'en-entende pas, le procès ?

MARCELINE. – Non, Monsieur. *(À Bartholo.)* Où sommes-nous ? *(À Brid'oison.)* Quoi ! c'est vous qui nous jugerez ?

BRID'OISON. – Est-ce que j'ai a-acheté ma charge pour autre chose ?

MARCELINE, *en soupirant.* – C'est un grand abus que de les vendre[1] !

BRID'OISON. – Oui, l'on-on ferait mieux de nous les donner pour rien. Contre qui plai-aidez-vous ?

---

1. Sous l'Ancien Régime, l'État vendait les charges judiciaires (comme celle de juge, acquise par Brid'oison).

Scène 13

BARTHOLO, MARCELINE, BRID'OISON ;
FIGARO *rentre en se frottant les mains.*

MARCELINE, *montrant Figaro.* – Monsieur, contre ce malhonnête homme.

FIGARO, *très gaiement, à Marceline.* – Je vous gêne peut-être. Monseigneur revient dans l'instant, Monsieur le Conseiller.

BRID'OISON. – J'ai vu ce ga-arçon-là quelque part ?

FIGARO. – Chez Madame votre femme, à Séville, pour la servir, Monsieur le Conseiller.

BRID'OISON. – Dan-ans quel temps ?

FIGARO. – Un peu moins d'un an avant la naissance de Monsieur votre fils le cadet, qui est un bien joli enfant, je m'en vante[1].

BRID'OISON. – Oui, c'est le plus jo-oli de tous. On dit que tu-u fais ici des tiennes ?

FIGARO. – Monsieur est bien bon. Ce n'est là qu'une misère.

BRID'OISON. – Une promesse de mariage ! A-ah ! le pauvre benêt[2] !

FIGARO. – Monsieur…

BRID'OISON. – A-t-il vu mon-on secrétaire, ce bon garçon ?

FIGARO. – N'est-ce pas Double-Main, le greffier ?

BRID'OISON. – Oui, c'est qu'il mange à deux râteliers.

FIGARO. – Manger ! je suis garant qu'il dévore. Oh ! que oui, je l'ai vu, pour l'extrait[3], et pour le supplément d'extrait ; comme cela se pratique, au reste.

BRID'OISON. – On-on doit remplir les formes[4].

FIGARO. – Assurément, Monsieur : si le fond des procès appartient

1. ***Je m'en vante*** : je le dis hautement, publiquement.
2. ***Benêt*** : idiot.
3. ***Extrait*** : extrait des registres de l'état civil, c'est-à-dire copie certifiée d'après les registres de l'état civil et constatant naissance, mariage, mort…
4. ***Formes*** : usages juridiques.

aux plaideurs[1], on sait bien que la forme est le patrimoine des tribunaux.

BRID'OISON. – Ce garçon-là n'ès-est pas si niais que je l'avais cru d'abord. Eh bien, l'ami, puisque tu en sais tant, nou-ous aurons soin de ton affaire.

FIGARO. – Monsieur, je m'en rapporte à votre équité, quoique vous soyez de notre justice.

BRID'OISON. – Hein ?... Oui, je suis de la-a justice. Mais si tu dois, et que tu-u ne payes pas ?...

FIGARO. – Alors Monsieur voit bien que c'est comme si je ne devais pas.

BRID'OISON. – San-ans doute. Hé mais ! qu'est-ce donc qu'il dit ?

Scène 14

BARTHOLO, MARCELINE, LE COMTE, BRID'OISON, FIGARO, UN HUISSIER

L'HUISSIER, *précédant le Comte, crie.* – Monseigneur, Messieurs.

LE COMTE. – En robe ici, seigneur Brid'oison ! ce n'est qu'une affaire domestique[2]. L'habit de ville était trop bon[3].

BRID'OISON. – C'ès-est vous qui l'êtes, Monsieur le Comte. Mais je ne vais jamais san-ans elle ; parce que la forme, voyez-vous, la forme ! Tel rit d'un juge en habit court, qui-i tremble au seul aspect d'un procureur en robe. La forme, la-a forme !

LE COMTE, *à l'huissier.* – Faites entrer l'audience.

L'HUISSIER *va ouvrir en glapissant*[4]. – L'audience !

---

1. ***Plaideurs*** : ceux qui plaident, qui sont en procès.
2. ***Domestique*** : privée.
3. ***Était trop bon*** : était suffisant.
4. ***Glapissant*** : parlant avec une voix aigre et désagréable.

Scène 15

LES ACTEURS PRÉCÉDENTS, ANTONIO, LES VALETS DU CHÂTEAU, LES PAYSANS ET PAYSANNES *en habits de fête* ; LE COMTE *s'assied sur le grand fauteuil*, BRID'OISON *sur une chaise à côté* ; LE GREFFIER *sur le tabouret derrière sa table* ; LES JUGES, LES AVOCATS *sur les banquettes* ; MARCELINE *à côté de* BARTHOLO ; FIGARO *sur l'autre banquette* ; LES PAYSANS ET VALETS *debout derrière.*

BRID'OISON, *à Double-Main.* – Double-Main, a-appelez les causes[1].

DOUBLE-MAIN *lit un papier.* – Noble, très noble, infiniment noble, *Dom Pedro George, Hidalgo*[2], *baron de Los Altos, y Montes Fieros, y otros Montes* ; contre *Alonzo Calderon*, jeune auteur dramatique. Il est question d'une comédie mort-née, que chacun désavoue, et rejette sur l'autre.

LE COMTE. – Ils ont raison tous deux. Hors de Cour[3]. S'ils font ensemble un autre ouvrage, pour qu'il marque un peu dans le grand monde, ordonné que le noble y mettra son nom, le poète son talent.

DOUBLE-MAIN *lit un autre papier.* – *André Petrutchio*, laboureur ; contre le receveur de la province. Il s'agit d'un forcement arbitraire[4].

LE COMTE. – L'affaire n'est pas de mon ressort. Je servirai mieux mes vassaux en les protégeant près du Roi. Passez.

DOUBLE-MAIN *en prend un troisième. (Bartholo et Figaro se lèvent.)* – Barbe, Agar, Raab, Madeleine, Nicole, Marceline de Verte-Allure, fille majeure *(Marceline se lève et salue)* ; contre Figaro… nom de baptême en blanc[5] ?

---

1. ***Causes*** : différends entre les particuliers.
2. ***Hidalgo*** : titre de noblesse espagnole.
3. ***Hors de Cour*** : non-lieu.
4. ***Forcement arbitraire*** : saisie sans justification.
5. ***En blanc*** : non renseigné.

FIGARO. – Anonyme.

BRID'OISON. – A-anonyme ! Què-el patron[1] est-ce là ?

FIGARO. – C'est le mien.

DOUBLE-MAIN *écrit*. – Contre Anonyme Figaro. Qualités ?

FIGARO. – Gentilhomme.

LE COMTE. – Vous êtes gentilhomme ? *(Le greffier écrit.)*

FIGARO. – Si le Ciel l'eût voulu, je serais fils d'un prince.

LE COMTE, *au greffier*. – Allez.

L'HUISSIER, *glapissant*. – Silence, Messieurs.

DOUBLE-MAIN *lit*. – ... Pour cause d'opposition faite au mariage dudit Figaro, par ladite de Verte-Allure. Le docteur Bartholo plaidant pour la demanderesse[2], et ledit Figaro pour lui-même ; si la Cour le permet, contre le vœu de l'usage, et la jurisprudence du siège[3].

FIGARO. – L'usage, maître Double-Main, est souvent un abus ; le client un peu instruit sait toujours mieux sa cause que certains avocats qui, suant à froid, criant à tue-tête, et connaissant tout, hors le fait, s'embarrassent aussi peu de ruiner le plaideur que d'ennuyer l'auditoire, et d'endormir Messieurs ; plus boursouflés[4], après, que s'ils eussent composé l'*Oratio pro Murena*[5] ; moi je dirai le fait en peu de mots. Messieurs...

DOUBLE-MAIN. – En voilà beaucoup d'inutiles, car vous n'êtes pas demandeur[6], et n'avez que la défense ; avancez, docteur, et lisez la promesse.

FIGARO. – Oui, promesse !

BARTHOLO, *mettant ses lunettes*. – Elle est précise.

---

1. ***Patron*** : saint dont on porte le nom.
2. ***Plaidant pour la demanderesse*** : défendant Marceline, la demanderesse, c'est-à-dire celle qui intente le procès. Bartholo lui tient lieu d'avocat.
3. ***Contre le vœu de l'usage, et la jurisprudence du siège*** : le fait que Figaro assume lui-même sa défense va à l'encontre des usages du tribunal.
4. ***Boursouflés*** : gonflés d'amour-propre.
5. ***Oratio pro Murena*** : célèbre plaidoyer prononcé par Cicéron (106-43 av. J.-C.).
6. ***Demandeur*** : celui qui intente le procès (masculin de demanderesse).

BRID'OISON. – I-il faut la voir.

DOUBLE-MAIN. – Silence donc, Messieurs.

L'HUISSIER, *glapissant*. – Silence.

BARTHOLO *lit*. – « Je soussigné reconnais avoir reçu de Damoiselle, etc., Marceline de Verte-Allure, dans le château d'Aguas-Frescas, la somme de deux mille piastres fortes cordonnées[1]; laquelle somme je lui rendrai à sa réquisition[2], dans ce château ; et je l'épouserai, par forme de reconnaissance, etc. » Signé *Figaro*, tout court. Mes conclusions sont au payement du billet, et à l'exécution de la promesse, avec dépens[3]. *(Il plaide.)* Messieurs… jamais cause plus intéressante ne fut soumise au jugement de la Cour ! et depuis Alexandre le Grand, qui promit mariage à la belle Thalestris…

LE COMTE, *interrompant*. – Avant d'aller plus loin, avocat, convient-on de la validité du titre[4] ?

BRID'OISON, *à Figaro*. – Qu'oppo… qu'oppo-osez-vous à cette lecture ?

FIGARO. – Qu'il y a, Messieurs, malice, erreur, ou distraction dans la manière dont on a lu la pièce ; car il n'est pas dit dans l'écrit : « laquelle somme je lui rendrai *et* je l'épouserai » ; mais : « laquelle somme je lui rendrai, *ou* je l'épouserai » ; ce qui est bien différent.

LE COMTE. – Y a-t-il *et*, dans l'acte, ou bien *ou* ?

BARTHOLO. – Il y a *et*.

FIGARO. – Il y a *ou*.

BRID'OISON. – Dou-ouble-Main, lisez vous-même.

DOUBLE-MAIN, *prenant le papier*. – Et c'est le plus sûr ; car souvent les parties déguisent en lisant. *(Il lit.)* « E. e. e. Damoiselle e. e. e. de Verte-Allure e. e. e. Ah ! laquelle somme je lui rendrai à

---

1. ***Piastres fortes cordonnées*** : pièces de monnaie ornées d'un cordon gravé sur la tranche.
2. ***À sa réquisition*** : à sa demande.
3. ***Avec dépens*** : en payant les frais du procès.
4. ***Titre*** : document présenté.

sa réquisition, dans ce château… *et… ou… et… ou…* » Le mot est si mal écrit… il y a un pâté.

BRID'OISON. – Un pâ-âté ? je sais ce que c'est.

BARTHOLO, *plaidant.* – Je soutiens, moi, que c'est la conjonction copulative[1] *et* qui lie les membres corrélatifs de la phrase ; je payerai la demoiselle, *et* je l'épouserai.

FIGARO, *plaidant.* – Je soutiens, moi, que c'est la conjonction alternative *ou* qui sépare lesdits membres ; je payerai la donzelle[2], *ou* je l'épouserai : à pédant, pédant et demi ; qu'il s'avise de parler latin, j'y suis grec[3] ; je l'extermine.

LE COMTE. – Comment juger pareille question ?

BARTHOLO. – Pour la trancher, Messieurs, et ne plus chicaner sur un mot, nous passons qu'il y ait *ou.*

FIGARO. – J'en demande acte.

BARTHOLO. – Et nous y adhérons. Un si mauvais refuge ne sauvera pas le coupable : examinons le titre en ce sens. *(Il lit.)* « Laquelle somme je lui rendrai dans ce château *où* je l'épouserai. » C'est ainsi qu'on dirait, Messieurs : « vous vous ferez saigner dans ce lit *où* vous resterez chaudement », c'est « dans lequel ». « Il prendra deux gros de rhubarbe *où* vous mêlerez un peu de tamarin[4] », dans lesquels on mêlera. Ainsi « château *où* je l'épouserai », Messieurs, c'est « château dans lequel ».

FIGARO. – Point du tout : la phrase est dans le sens de celle-ci : « *ou* la maladie vous tuera, *ou* ce sera le médecin ; *ou bien* le médecin » ; c'est incontestable. Autre exemple : « *ou* vous n'écrirez rien qui plaise, *ou* les sots vous dénigreront ; *ou bien* les sots » ; le sens est clair ; car, audit cas, « *sots* ou *méchants* » sont le substantif qui gouverne. Maître Bartholo croit-il donc

1. ***Copulative*** : de liaison.
2. ***Donzelle*** : fille ou femme dont on parle avec mépris.
3. ***J'y suis grec*** : j'y suis très habile (la connaissance du grec étant plus rare que celle du latin).
4. ***Tamarin*** : fruit du tamarinier, possédant une valeur purgative.

que j'aie oublié ma syntaxe ? Ainsi, je la payerai dans ce château, *virgule* ; ou je l'épouserai...

BARTHOLO, *vite*. – Sans virgule.

FIGARO, *vite*. – Elle y est. C'est *virgule*, Messieurs, ou bien je l'épouserai.

BARTHOLO, *regardant le papier ; vite*. – Sans virgule, Messieurs.

FIGARO, *vite*. – Elle y était, Messieurs. D'ailleurs, l'homme qui épouse est-il tenu de rembourser ?

BARTHOLO, *vite*. – Oui ; nous nous marions séparés de biens.

FIGARO, *vite*. – Et nous de corps, dès que mariage n'est pas quittance[1].

Les juges se lèvent et opinent tout bas.

BARTHOLO. – Plaisant acquittement[2] !

DOUBLE-MAIN. – Silence, Messieurs.

L'HUISSIER, *glapissant*. – Silence.

BARTHOLO. – Un pareil fripon appelle cela payer ses dettes !

FIGARO. – Est-ce votre cause, avocat, que vous plaidez ?

BARTHOLO. – Je défends cette demoiselle.

FIGARO. – Continuez à déraisonner ; mais cessez d'injurier. Lorsque, craignant l'emportement des plaideurs, les tribunaux ont toléré qu'on appelât des tiers[3], ils n'ont pas entendu que ces défenseurs modérés deviendraient impunément[4] des insolents privilégiés. C'est dégrader le plus noble institut[5].

Les juges continuent d'opiner bas.

ANTONIO, *à Marceline, montrant les juges*. – Qu'ont-ils tant à balbucifier[6] ?

---

1. ***Dès que mariage n'est pas quittance*** : à partir du moment où le mariage n'équivaut pas à un remboursement de la dette.
2. ***Plaisant acquittement !*** : étrange manière de payer ses dettes !
3. ***Tiers*** : personnes étrangères (ici, étrangères aux plaideurs : Figaro veut parler des avocats).
4. ***Impunément*** : sans encourir aucune punition.
5. ***Le plus noble institut*** : la plus noble institution.
6. ***Balbucifier*** : néologisme formé sur « balbutier » (ici, « parler confusément »).

MARCELINE. – On a corrompu le grand juge, il corrompt l'autre, et je perds mon procès.

BARTHOLO, *bas, d'un ton sombre.* – J'en ai peur.

FIGARO, *gaiement.* – Courage, Marceline !

DOUBLE-MAIN *se lève ; à Marceline.* – Ah, c'est trop fort ! je vous dénonce, et pour l'honneur du tribunal, je demande qu'avant faire droit[1] sur l'autre affaire, il soit prononcé sur celle-ci.

LE COMTE *s'assied.* – Non, greffier, je ne prononcerai point sur mon injure personnelle : un juge espagnol n'aura point à rougir d'un excès digne au plus des tribunaux asiatiques : c'est assez des autres abus ! J'en vais corriger un second en vous motivant mon arrêt[2] : tout juge qui s'y refuse est un grand ennemi des lois ! Que peut requérir la demanderesse ? mariage à défaut de paiement ; les deux ensemble impliqueraient[3].

DOUBLE-MAIN. – Silence, Messieurs !

L'HUISSIER, *glapissant.* – Silence !

LE COMTE. – Que nous répond le défendeur ? qu'il veut garder sa personne ; à lui permis.

FIGARO, *avec joie.* – J'ai gagné.

LE COMTE. – Mais comme le texte dit : « laquelle somme je payerai à la première réquisition, ou bien j'épouserai, etc. », la Cour condamne le défendeur à payer deux mille piastres fortes à la demanderesse, ou bien à l'épouser dans le jour.

Il se lève.

FIGARO, *stupéfait.* – J'ai perdu.

ANTONIO, *avec joie.* – Superbe arrêt.

FIGARO. – En quoi superbe ?

ANTONIO. – En ce que tu n'es plus mon neveu. Grand merci, Monseigneur.

---

1. ***Avant faire droit*** : avant de rendre le jugement.
2. ***Arrêt*** : ici, décision du juge.
3. ***Impliqueraient*** : impliqueraient une contradiction.

L'HUISSIER, *glapissant*. – Passez, Messieurs.

Le peuple sort.

ANTONIO. – Je m'en vas tout conter à ma nièce.

Il sort.

Scène 16

LE COMTE, *allant de côté et d'autre* ; MARCELINE, BARTHOLO, FIGARO, BRID'OISON

MARCELINE *s'assied*. – Ah ! je respire.

FIGARO. – Et moi, j'étouffe.

LE COMTE, *à part*. – Au moins je suis vengé, cela soulage.

FIGARO, *à part*. – Et ce Bazile qui devait s'opposer au mariage de Marceline ; voyez comme il revient ! (*Au Comte qui sort.*) Monseigneur, vous nous quittez ?

LE COMTE. – Tout est jugé.

FIGARO, *à Brid'oison*. – C'est ce gros enflé de conseiller…

BRID'OISON. – Moi, gro-os enflé !

FIGARO. – Sans doute. Et je ne l'épouserai pas : je suis gentilhomme une fois[1].

Le Comte s'arrête.

BARTHOLO. – Vous l'épouserez.

FIGARO. – Sans l'aveu[2] de mes nobles parents ?

BARTHOLO. – Nommez-les, montrez-les.

FIGARO. – Qu'on me donne un peu de temps : je suis bien près de les revoir ; il y a quinze ans que je les cherche.

---

1. ***Une fois*** : une fois pour toutes.
2. ***Aveu*** : accord.

© Brigitte Enguérand

■ Figaro (André Marcon, à droite) retrouve ses parents, Marceline (Véronique Silver, de dos) et Bartholo (Pierre Vial) ; Suzanne (Dominique Blanc) partage son attendrissement. Mise en scène de Jean-Pierre Vincent au théâtre de Chaillot en 1987.

BARTHOLO. – Le fat[1] ! c'est quelque enfant trouvé !

FIGARO. – Enfant perdu, docteur ; ou plutôt enfant volé.

LE COMTE *revient.* – « Volé, perdu », la preuve ? il crierait qu'on lui fait injure !

FIGARO. – Monseigneur, quand les langes à dentelles, tapis brodés et joyaux d'or, trouvés sur moi par les brigands, n'indiqueraient pas ma haute naissance, la précaution qu'on avait prise de me faire des marques distinctives témoignerait assez combien j'étais un fils précieux ; et cet hiéroglyphe[2] à mon bras...

Il veut se dépouiller le bras droit.

MARCELINE, *se levant vivement.* – Une spatule[3] à ton bras droit ?

FIGARO. – D'où savez-vous que je dois l'avoir ?

MARCELINE. – Dieux ! c'est lui !

FIGARO. – Oui, c'est moi.

BARTHOLO, *à Marceline.* – Et qui ? lui !

MARCELINE, *vivement.* – C'est Emmanuel.

BARTHOLO, *à Figaro.* – Tu fus enlevé par des Bohémiens ?

FIGARO, *exalté.* – Tout près d'un château. Bon docteur, si vous me rendez à ma noble famille, mettez un prix à ce service ; des monceaux d'or n'arrêteront pas mes illustres parents.

BARTHOLO, *montrant Marceline.* – Voilà ta mère.

FIGARO. – ... Nourrice ?

BARTHOLO. – Ta propre mère.

LE COMTE. – Sa mère !

FIGARO. – Expliquez-vous.

MARCELINE, *montrant Bartholo.* – Voilà ton père.

FIGARO, *désolé.* – Oooh ! aïe de moi !

MARCELINE. – Est-ce que la nature ne te l'a pas dit mille fois ?

---

1. ***Fat*** : prétentieux, vaniteux.
2. ***Hiéroglyphe*** : ici, figure incompréhensible (les hiéroglyphes, dont se servaient les anciens Égyptiens, n'ont été déchiffrés qu'au XIXe siècle).
3. ***Spatule*** : instrument de chirurgie et de pharmacie, droit à un bout et arrondi à l'autre.

FIGARO. – Jamais.

LE COMTE, *à part.* – Sa mère !

BRID'OISON. – C'est clair, i-il ne l'épousera pas.

BARTHOLO*[1]. – Ni moi non plus.

MARCELINE. – Ni vous ! et votre fils ? vous m'aviez juré...

BARTHOLO. – J'étais fou. Si pareils souvenirs engageaient, on serait tenu d'épouser tout le monde.

BRID'OISON. – E-et si l'on y regardait de si près, per-ersonne n'épouserait personne.

BARTHOLO. – Des fautes si connues ! une jeunesse déplorable !

MARCELINE, *s'échauffant par degrés.* – Oui, déplorable, et plus qu'on ne croit ! Je n'entends pas nier mes fautes, ce jour les a trop bien prouvées ! mais qu'il est dur de les expier[2] après trente ans d'une vie modeste ! J'étais née, moi, pour être sage, et je la suis devenue sitôt qu'on m'a permis d'user de ma raison. Mais dans l'âge des illusions, de l'inexpérience et des besoins, où les séducteurs nous assiègent, pendant que la misère nous poignarde, que peut opposer une enfant à tant d'ennemis rassemblés ? Tel nous juge ici sévèrement, qui, peut-être, en sa vie a perdu dix infortunées !

FIGARO. – Les plus coupables sont les moins généreux ; c'est la règle.

MARCELINE, *vivement.* – Hommes plus qu'ingrats, qui flétrissez[3] par le mépris les jouets de vos passions, vos victimes ! c'est vous qu'il faut punir des erreurs de notre jeunesse ; vous et vos magistrats, si vains[4] du droit de nous juger, et qui nous laissent enlever, par leur coupable négligence, tout honnête moyen de subsister. Est-il un seul état pour les malheureuses

---

1. Ce qui suit, enfermé entre ces deux index [ici des astériques], a été retranché par les comédiens-français aux représentations de Paris. (Note de Beaumarchais.)

2. ***Expier*** : réparer.

3. ***Flétrissez*** : déshonorez.

4. ***Vains*** : fiers (sans avoir de bonne raison pour l'être).

filles ? Elles avaient un droit naturel à toute la parure des femmes : on y laisse former mille ouvriers de l'autre sexe.

FIGARO, *en colère*. – Ils font broder jusqu'aux soldats !

MARCELINE, *exaltée*. – Dans les rangs même plus élevés, les femmes n'obtiennent de vous qu'une considération dérisoire ; leurrées de respects apparents[1], dans une servitude[2] réelle ; traitées en mineures pour nos biens, punies en majeures pour nos fautes ! ah, sous tous les aspects, votre conduite avec nous fait horreur, ou pitié !

FIGARO. – Elle a raison !

LE COMTE, *à part*. – Que trop raison !

BRID'OISON. – Elle a, mon-on Dieu, raison.

MARCELINE. – Mais que nous font, mon fils, les refus d'un homme injuste ? ne regarde pas d'où tu viens, vois où tu vas ; cela seul importe à chacun. Dans quelques mois ta fiancée ne dépendra plus que d'elle-même ; elle t'acceptera, j'en réponds : vis entre une épouse, une mère tendres qui te chériront à qui mieux mieux. Sois indulgent pour elles, heureux pour toi, mon fils ; gai, libre et bon pour tout le monde : il ne manquera rien à ta mère.

FIGARO. – Tu parles d'or, maman, et je me tiens à ton avis. Qu'on est sot, en effet ! il y a des mille et mille ans que le monde roule, et dans cet océan de durée où j'ai par hasard attrapé quelques chétifs trente ans qui ne reviendront plus, j'irais me tourmenter pour savoir à qui je les dois ! tant pis pour qui s'en inquiète. Passer ainsi la vie à chamailler, c'est peser sur le collier[3] sans relâche comme les malheureux chevaux de la remonte[4] des fleuves qui ne reposent pas, même quand ils s'arrêtent, et qui tirent toujours quoiqu'ils cessent de marcher. Nous attendrons*.

---

1. ***Leurrées de respects apparents*** : trompées par des respects qui ne sont qu'apparents.
2. ***Servitude*** : état de celui qui est esclave.
3. ***Collier*** : partie du harnais qu'on passe au cou du cheval.
4. ***Remonte*** : action de remonter un cours d'eau.

LE COMTE. – Sot événement qui me dérange !

BRID'OISON, *à Figaro*. – Et la noblesse et le château ? vous impo-osez à la justice[1] ?

FIGARO. – Elle allait me faire faire une belle sottise, la justice ! après que j'ai manqué, pour ces maudits cent écus[2], d'assommer vingt fois Monsieur, qui se trouve aujourd'hui mon père ! Mais, puisque le Ciel a sauvé ma vertu de ces dangers, mon père, agréez mes excuses... Et vous, ma mère, embrassez-moi... le plus maternellement que vous pourrez.

Marceline lui saute au cou.

Scène 17

BARTHOLO, FIGARO, MARCELINE, BRID'OISON, SUZANNE, ANTONIO, LE COMTE

SUZANNE, *accourant, une bourse à la main*. – Monseigneur, arrêtez ; qu'on ne les marie pas : je viens payer Madame avec la dot que ma maîtresse me donne.

LE COMTE *à part*. – Au diable la maîtresse ! Il semble que tout conspire...

Il sort.

1. ***Impo-osez à la justice*** : trompez la justice.
2. Nouvelle allusion à la dette de Figaro à l'endroit de Bartholo dans *Le Barbier de Séville*.

Scène 18

BARTHOLO, ANTONIO, SUZANNE, FIGARO, MARCELINE, BRID'OISON

ANTONIO, *voyant Figaro embrasser sa mère, dit à Suzanne.* – Ah ! oui, payer ! Tiens, tiens.

SUZANNE *se retourne.* – J'en vois assez : sortons, mon oncle.

FIGARO, *l'arrêtant.* – Non, s'il vous plaît. Que vois-tu donc ?

SUZANNE. – Ma bêtise et ta lâcheté.

FIGARO. – Pas plus de l'une que de l'autre.

SUZANNE, *en colère.* – Et que tu l'épouses à gré puisque tu la caresses.

FIGARO, *gaiement.* – Je la caresse, mais je ne l'épouse pas.

Suzanne veut sortir, Figaro la retient.

SUZANNE *lui donne un soufflet.* – Vous êtes bien insolent d'oser me retenir !

FIGARO, *à la compagnie.* – C'est-il çà de l'amour ? Avant de nous quitter, je t'en supplie, envisage bien cette chère femme-là.

SUZANNE. – Je la regarde.

FIGARO. – Et tu la trouves ?

SUZANNE. – Affreuse.

FIGARO. – Et vive la jalousie ! elle ne vous marchande pas.

MARCELINE, *les bras ouverts.* – Embrasse ta mère, ma jolie Suzannette. Le méchant qui te tourmente est mon fils.

SUZANNE *court à elle.* – Vous, sa mère !

Elles restent dans les bras l'une de l'autre.

ANTONIO. – C'est donc de tout à l'heure ?

FIGARO. – … Que je le sais.

MARCELINE, *exaltée.* – Non, mon cœur, entraîné vers lui, ne se trompait que de motif ; c'était le sang qui me parlait.

FIGARO. – Et moi, le bon sens, ma mère, qui me servait d'instinct quand je vous refusais, car j'étais loin de vous haïr ; témoin l'argent…

MARCELINE *lui remet un papier.* – Il est à toi : reprends ton billet, c'est ta dot.

SUZANNE *lui jette la bourse.* – Prends encore celle-ci.

FIGARO. – Grand merci.

MARCELINE, *exaltée.* – Fille assez malheureuse, j'allais devenir la plus misérable des femmes, et je suis la plus fortunée des mères ! Embrassez-moi, mes deux enfants ; j'unis dans vous toutes mes tendresses. Heureuse autant que je puis l'être, ah ! mes enfants, combien je vais aimer !

FIGARO, *attendri, avec vivacité.* – Arrête donc, chère mère ! arrête donc ! voudrais-tu voir se fondre en eau mes yeux noyés des premières larmes que je connaisse ? elles sont de joie, au moins. Mais quelle stupidité ! j'ai manqué d'en être honteux : je les sentais couler entre mes doigts, regarde ; *(il montre ses doigts écartés)* et je les retenais bêtement ! va te promener, la honte ! je veux rire et pleurer en même temps ; on ne sent pas deux fois ce que j'éprouve.

Il embrasse sa mère d'un côté, Suzanne de l'autre.

MARCELINE. – Ô mon ami !

SUZANNE[1]. – Mon cher ami !

BRID'OISON, *s'essuyant les yeux d'un mouchoir.* – Eh bien ! moi ! je suis donc bê-ête aussi !

FIGARO, *exalté.* – Chagrin, c'est maintenant que je puis te défier : atteins-moi, si tu l'oses, entre ces deux femmes chéries.

ANTONIO, *à Figaro.* – Pas tant de cajoleries, s'il vous plaît. En fait de mariage dans les familles, celui des parents va devant, savez. Les vôtres se baillent-ils la main[2] ?

BARTHOLO. – Ma main ! puisse-t-elle se dessécher et tomber, si jamais je la donne à la mère d'un tel drôle !

---

1. Bartholo, Antonio, Suzanne, Figaro, Marceline, Brid'oison. (Note de Beaumarchais.)

2. ***Se baillent-ils la main ?*** : se donnent-ils la main (pour se marier) ?

ANTONIO, *à Bartholo*. – Vous n'êtes donc qu'un père marâtre[1] ? *(À Figaro.)* En ce cas, not'galant, plus de parole.

SUZANNE. – Ah ! mon oncle…

ANTONIO. – Irai-je donner l'enfant de not' sœur à sti qui n'est l'enfant de personne ?

BRID'OISON. – Est-ce que cela-a se peut, imbécile ? on est toujours l'enfant de quelqu'un.

ANTONIO. – Tarare[2] !… Il ne l'aura jamais.

Il sort.

Scène 19

BARTHOLO, SUZANNE, FIGARO, MARCELINE, BRID'OISON

BARTHOLO, *à Figaro*. – Et cherche à présent qui t'adopte.

Il veut sortir.

MARCELINE, *courant prendre Bartholo à bras-le-corps, le ramène*. – Arrêtez, docteur, ne sortez pas.

FIGARO, *à part*. – Non, tous les sots d'Andalousie sont, je crois, déchaînés contre mon pauvre mariage !

SUZANNE, *à Bartholo*[3]. – Bon petit papa, c'est votre fils.

MARCELINE, *à Bartholo*. – De l'esprit, des talents, de la figure.

FIGARO, *à Bartholo*. – Et qui ne vous a pas coûté une obole[4].

BARTHOLO. – Et les cent écus qu'il m'a pris ?

MARCELINE, *le caressant*. – Nous aurons tant de soin de vous, papa !

---

1. ***Marâtre*** : mauvais ; le mot est habituellement employé au sujet d'une mauvaise mère, qui n'a pas de tendresse pour ses enfants.

2. ***Tarare*** : interjection familière qui marque la moquerie, le dédain ; taratata.

3. Suzanne, Bartholo, Marceline, Figaro, Brid'oison. (Note de Beaumarchais.)

4. ***Obole*** : très petite somme.

SUZANNE, *le caressant*. – Nous vous aimerons tant, petit papa !

BARTHOLO, *attendri*. – Papa ! bon papa ! petit papa ! voilà que je suis plus bête encore que Monsieur, moi. *(Montrant Brid'oison.)* Je me laisse aller comme un enfant. *(Marceline et Suzanne l'embrassent.)* Oh ! non, je n'ai pas dit oui. *(Il se retourne.)* Qu'est donc devenu Monseigneur ?

FIGARO. – Courons le joindre ; arrachons-lui son dernier mot. S'il machinait quelque autre intrigue, il faudrait tout recommencer.

TOUS ENSEMBLE. – Courons, courons !

Ils entraînent Bartholo dehors.

Scène 20

BRID'OISON, *seul*. – Plus bê-ête encore que Monsieur ! On peut se dire à soi-même ces-es sortes de choses-là, mais… I-ils ne sont pas polis du tout dan-ans cet endroit-ci.

Il sort.

FIN DU TROISIÈME ACTE

Acte IV

Le théâtre représente une galerie ornée de candélabres[1], de lustres allumés, de fleurs, de guirlandes, en un mot préparée pour donner une fête. Sur le devant à droite est une table avec une écritoire, un fauteuil derrière.

Scène première

FIGARO, SUZANNE

FIGARO, *la tenant à bras-le-corps.* – Eh bien ! amour, es-tu contente ? elle a converti[2] son docteur, cette fine langue dorée de ma mère ! malgré sa répugnance, il l'épouse, et ton bourru d'oncle est bridé[3] ; il n'y a que Monseigneur qui rage ; car enfin notre hymen va devenir le prix du leur. Ris donc un peu de ce bon résultat.

SUZANNE. – As-tu rien vu de plus étrange ?

FIGARO. – Ou plutôt d'aussi gai. Nous ne voulions qu'une dot arrachée à l'Excellence ; en voilà deux dans nos mains, qui ne sortent pas des siennes. Une rivale acharnée te poursuivait ; j'étais tourmenté par une furie ! tout cela s'est changé, pour

---

1. ***Candélabres*** : grands chandeliers.
2. ***Converti*** : fait changer d'avis.
3. ***Bridé*** : retenu, contenu.

nous, dans «la plus bonne» des mères. Hier j'étais comme seul au monde ; et voilà que j'ai tous mes parents ; pas si magnifiques, il est vrai, que je me les étais galonnés[1] ; mais assez bien pour nous, qui n'avons pas la vanité des riches.

SUZANNE. – Aucune des choses que tu avais disposées, que nous attendions, mon ami, n'est pourtant arrivée !

FIGARO. – Le hasard a mieux fait que nous tous, ma petite : ainsi va le monde ; on travaille, on projette, on arrange d'un côté ; la fortune accomplit de l'autre : et depuis l'affamé conquérant qui voudrait avaler la terre, jusqu'au paisible aveugle qui se laisse mener par son chien, tous sont le jouet de ses caprices ; encore l'aveugle au chien est-il souvent mieux conduit, moins trompé dans ses vues, que l'autre aveugle avec son entourage. – Pour cet aimable aveugle qu'on nomme Amour...[2].

Il la reprend tendrement à bras-le-corps.

SUZANNE. – Ah ! c'est le seul qui m'intéresse !

FIGARO. – Permets donc que, prenant l'emploi de la Folie[3], je sois le bon chien qui le mène à ta jolie mignonne porte ; et nous voilà logés pour la vie.

SUZANNE, *riant*. – L'Amour et toi ?

FIGARO. – Moi et l'Amour.

SUZANNE. – Et vous ne chercherez pas d'autre gîte ?

FIGARO. – Si tu m'y prends, je veux bien que mille millions de galants...

SUZANNE. – Tu vas exagérer : dis ta bonne vérité.

FIGARO. – Ma vérité la plus vraie !

SUZANNE. – Fi donc, vilain ! en a-t-on plusieurs ?

FIGARO. – Oh ! que oui. Depuis qu'on a remarqué qu'avec le temps vieilles folies deviennent sagesse, et qu'anciens petits

---

1. ***Galonnés*** : imaginés (de l'expression «prendre du galon» : monter en grade).

2. Dans la mythologie antique, l'Amour est parfois représenté en aveugle.

3. Dans la mythologie antique, la Folie, après avoir aveuglé l'Amour, dut lui servir de guide.

mensonges assez mal plantés ont produit de grosses, grosses vérités, on en a de mille espèces ! Et celles qu'on sait, sans oser les divulguer : car toute vérité n'est pas bonne à dire ; et celles qu'on vante, sans y ajouter foi : car toute vérité n'est pas bonne à croire ; et les serments passionnés, les menaces des mères, les protestations des buveurs, les promesses des gens en place, le dernier mot de nos marchands ; cela ne finit pas. Il n'y a que mon amour pour Suzon qui soit une vérité de bon aloi[1].

SUZANNE. – J'aime ta joie, parce qu'elle est folle ; elle annonce que tu es heureux. Parlons du rendez-vous du Comte.

FIGARO. – Ou plutôt n'en parlons jamais ; il a failli me coûter Suzanne.

SUZANNE. – Tu ne veux donc plus qu'il ait lieu ?

FIGARO. – Si vous m'aimez, Suzon, votre parole d'honneur sur ce point : qu'il s'y morfonde ; et c'est sa punition.

SUZANNE. – Il m'en a plus coûté de l'accorder que je n'ai de peine à le rompre ; il n'en sera plus question.

FIGARO. – Ta bonne vérité ?

SUZANNE. – Je ne suis pas comme vous autres savants ; moi, je n'en ai qu'une.

FIGARO. – Et tu m'aimeras un peu ?

SUZANNE. – Beaucoup.

FIGARO. – Ce n'est guère.

SUZANNE. – Et comment ?

FIGARO. – En fait d'amour, vois-tu, trop n'est pas même assez.

SUZANNE. – Je n'entends pas toutes ces finesses ; mais je n'aimerai que mon mari.

FIGARO. – Tiens parole, et tu feras une belle exception à l'usage.

Il veut l'embrasser.

---

1. ***De bon aloi*** : de bonne qualité.

Scène 2

FIGARO, SUZANNE, LA COMTESSE

LA COMTESSE. – Ah ! j'avais raison de le dire ; en quelque endroit qu'ils soient, croyez qu'ils sont ensemble. Allons donc, Figaro, c'est voler l'avenir, le mariage et vous-même, que d'usurper[1] un tête-à-tête. On vous attend, on s'impatiente.

FIGARO. – Il est vrai, Madame, je m'oublie. Je vais leur montrer mon excuse.

Il veut emmener Suzanne.

LA COMTESSE *la retient.* – Elle vous suit.

Scène 3

SUZANNE, LA COMTESSE

LA COMTESSE. – As-tu ce qu'il nous faut pour troquer de vêtement ?

SUZANNE. – Il ne faut rien, Madame ; le rendez-vous ne tiendra pas.

LA COMTESSE. – Ah ! vous changez d'avis ?

SUZANNE. – C'est Figaro.

LA COMTESSE. – Vous me trompez.

SUZANNE. – Bonté divine !

LA COMTESSE. – Figaro n'est pas homme à laisser échapper une dot.

SUZANNE. – Madame ! eh ! que croyez-vous donc ?

LA COMTESSE. – Qu'enfin, d'accord avec le Comte, il vous fâche à

1. ***Usurper*** : s'approprier sans en avoir le droit.

présent de m'avoir confié ses projets. Je vous sais par cœur[1]. Laissez-moi.

Elle veut sortir.

SUZANNE *se jette à genoux.* – Au nom du Ciel, espoir de tous ! vous ne savez pas, Madame, le mal que vous faites à Suzanne ! après vos bontés continuelles et la dot que vous me donnez !...

LA COMTESSE *la relève.* – Hé mais... je ne sais ce que je dis ! En me cédant ta place au jardin, tu n'y vas pas, mon cœur ; tu tiens parole à ton mari ; tu m'aides à ramener le mien.

SUZANNE. – Comme vous m'avez affligée !

LA COMTESSE. – C'est que je ne suis qu'une étourdie. *(Elle la baise au front.)* Où est ton rendez-vous ?

SUZANNE *lui baise la main.* – Le mot de jardin m'a seul frappée.

LA COMTESSE, *montrant la table.* – Prends cette plume, et fixons un endroit.

SUZANNE. – Lui écrire !

LA COMTESSE. – Il le faut.

SUZANNE. – Madame ! au moins, c'est vous...

LA COMTESSE. – Je mets tout sur mon compte. *(Suzanne s'assied, la Comtesse dicte.) « Chanson nouvelle, sur l'air :... Qu'il fera beau, ce soir, sous les grands marronniers... Qu'il fera beau, ce soir... »*

SUZANNE *écrit.* – *« Sous les grands marronniers... »* Après ?

LA COMTESSE. – Crains-tu qu'il ne t'entende pas ?

SUZANNE *relit.* – C'est juste. *(Elle plie le billet.)* Avec quoi cacheter ?

LA COMTESSE. – Une épingle, dépêche : elle servira de réponse. Écris sur le revers : « Renvoyez-moi le cachet. »

SUZANNE *écrit en riant.* – Ah ! « le cachet » !... Celui-ci, Madame, est plus gai que celui du brevet.

LA COMTESSE, *avec un souvenir douloureux.* – Ah !

SUZANNE *cherche sur elle.* – Je n'ai pas d'épingle à présent !

LA COMTESSE *détache sa lévite.* – Prends celle-ci. *(Le ruban du page tombe de son sein à terre.)* Ah ! mon ruban !

---

1. ***Je vous sais par cœur*** : je connais parfaitement votre intention.

SUZANNE *le ramasse.* – C'est celui du petit voleur ! vous avez eu la cruauté ?…

LA COMTESSE. – Fallait-il le laisser à son bras ? c'eût été joli ! Donnez donc !

SUZANNE. – Madame ne le portera plus, taché du sang de ce jeune homme.

LA COMTESSE *le reprend.* – Excellent pour Fanchette… Le premier bouquet qu'elle m'apportera…

Scène 4

UNE JEUNE BERGÈRE, CHÉRUBIN *en fille* ;
FANCHETTE ET BEAUCOUP DE JEUNES FILLES *habillées comme elle, et tenant des bouquets.* LA COMTESSE, SUZANNE

FANCHETTE. – Madame, ce sont les filles du bourg qui viennent vous présenter des fleurs.

LA COMTESSE, *serrant*[1] *vite son ruban.* – Elles sont charmantes : je me reproche, mes belles petites, de ne pas vous connaître toutes. *(Montrant Chérubin.)* Quelle est cette aimable enfant qui a l'air si modeste ?

UNE BERGÈRE. – C'est une cousine à moi, Madame, qui n'est ici que pour la noce.

LA COMTESSE. – Elle est jolie. Ne pouvant porter vingt bouquets, faisons honneur à l'étrangère. *(Elle prend le bouquet de Chérubin et le baise au front.)* Elle en rougit ! *(À Suzanne.)* Ne trouves-tu pas, Suzon… qu'elle ressemble à quelqu'un ?

SUZANNE. – À s'y méprendre, en vérité.

CHÉRUBIN, *à part, les mains sur son cœur.* – Ah ! Ce baiser-là m'a été bien loin !

1. ***Serrant*** : mettant (son ruban) en lieu sûr.

Scène 5

LES JEUNES FILLES, CHÉRUBIN *au milieu d'elles* ;
FANCHETTE, ANTONIO, LE COMTE, LA COMTESSE, SUZANNE

ANTONIO. – Moi je vous dis, Monseigneur, qu'il y est ; elles l'ont habillé chez ma fille ; toutes ses hardes y sont encore, et voilà son chapeau d'ordonnance[1] que j'ai retiré du paquet. *(Il s'avance, et regardant toutes les filles il reconnaît Chérubin, lui enlève son bonnet de femme, ce qui fait retomber ses longs cheveux en cadenette[2]. Il lui met sur la tête le chapeau d'ordonnance, et dit :)* Eh ! parguenne[3], v'là notre officier.

LA COMTESSE *recule*. – Ah ! Ciel !

SUZANNE. – Ce friponneau[4] !

ANTONIO. – Quand je disais là-haut que c'était lui !...

LE COMTE, *en colère*. – Eh bien, Madame ?

LA COMTESSE. – Eh bien, Monsieur ! vous me voyez plus surprise que vous, et, pour le moins, aussi fâchée.

LE COMTE. – Oui ; mais tantôt, ce matin ?

LA COMTESSE. – Je serais coupable en effet, si je dissimulais encore. Il était descendu chez moi. Nous entamions le badinage que ces enfants viennent d'achever ; vous nous avez surprises l'habillant ; votre premier mouvement est si vif ! il s'est sauvé, je me suis troublée, l'effroi général a fait le reste.

LE COMTE, *avec dépit, à Chérubin*. – Pourquoi n'êtes-vous pas parti ?

CHÉRUBIN *ôtant son chapeau brusquement*. – Monseigneur...

LE COMTE. – Je punirai ta désobéissance.

---

1. ***Chapeau d'ordonnance*** : chapeau d'uniforme.
2. ***Cadenette*** : longue tresse.
3. ***Parguenne*** : juron signifiant « par Dieu » (patois).
4. ***Friponneau*** : petit fripon.

FANCHETTE, *étourdiment*. – Ah ! Monseigneur, entendez-moi[1]. Toutes les fois que vous venez m'embrasser, vous savez bien que vous dites toujours : « Si tu veux m'aimer, petite Fanchette, je te donnerai ce que tu voudras. »

LE COMTE, *rougissant*. – Moi ! j'ai dit cela ?

FANCHETTE. – Oui, Monseigneur. Au lieu de punir Chérubin, donnez-le-moi en mariage, et je vous aimerai à la folie.

LE COMTE, *à part*. – Être ensorcelé par un page !

LA COMTESSE. – Eh bien, Monsieur, à votre tour ; l'aveu de cette enfant, aussi naïf que le mien, atteste enfin deux vérités : que c'est toujours sans le vouloir si je vous cause des inquiétudes, pendant que vous épuisez tout pour augmenter et justifier les miennes.

ANTONIO. – Vous aussi, Monseigneur ? Dame ! je vous la redresserai comme feu sa mère, qui est morte… Ce n'est pas pour la conséquence ; mais c'est que Madame sait bien que les petites filles, quand elles sont grandes…

LE COMTE, *déconcerté, à part*. – Il y a un mauvais génie qui tourne tout ici contre moi !

Scène 6

LES JEUNES FILLES, CHÉRUBIN, ANTONIO, FIGARO, LE COMTE, LA COMTESSE, SUZANNE

FIGARO. – Monseigneur, si vous retenez nos filles, on ne pourra commencer ni la fête ni la danse.

LE COMTE. – Vous, danser ! vous n'y pensez pas. Après votre chute de ce matin, qui vous a foulé le pied droit !

FIGARO, *remuant la jambe*. – Je souffre encore un peu ; ce n'est rien. *(Aux jeunes filles.)* Allons, mes belles, allons !

---

1. ***Entendez-moi*** : entendez ma prière.

LE COMTE *le retourne.* – Vous avez été fort heureux que ces couches ne fussent que du terreau bien doux !

FIGARO. – Très heureux, sans doute ; autrement...

ANTONIO *le retourne.* – Puis il s'est pelotonné en tombant jusqu'en bas.

FIGARO. – Un plus adroit, n'est-ce pas, serait resté en l'air ! *(Aux jeunes filles.)* Venez-vous, Mesdemoiselles ?

ANTONIO *le retourne.* – Et pendant ce temps, le petit page galopait sur son cheval à Séville ?

FIGARO. – Galopait, ou marchait au pas !...

LE COMTE *le retourne.* – Et vous aviez son brevet dans la poche ?

FIGARO, *un peu étonné.* – Assurément, mais quelle enquête ? *(Aux jeunes filles.)* Allons donc, jeunes filles !

ANTONIO, *attirant Chérubin par le bras.* – En voici une qui prétend que mon neveu futur n'est qu'un menteur.

FIGARO, *surpris.* – Chérubin !... *(À part.)* Peste du petit fat !

ANTONIO. – Y es-tu maintenant ?

FIGARO, *cherchant.* – J'y suis... j'y suis... Hé ! qu'est-ce qu'il chante ?

LE COMTE, *sèchement.* – Il ne chante pas ; il dit que c'est lui qui a sauté sur les giroflées.

FIGARO, *rêvant.* – Ah ! s'il le dit... cela se peut ; je ne dispute pas de ce que j'ignore.

LE COMTE. – Ainsi vous et lui ?...

FIGARO. – Pourquoi non ? la rage de sauter peut gagner : voyez les moutons de Panurge[1] ; et quand vous êtes en colère, il n'y a personne qui n'aime mieux risquer...

LE COMTE. – Comment, deux à la fois !...

FIGARO. – On aurait sauté deux douzaines ; et qu'est-ce que cela fait, Monseigneur, dès qu'il n'y a personne de blessé ? *(Aux jeunes filles.)* Ah çà, voulez-vous venir, ou non ?

---

1. ***Les moutons de Panurge*** : au sens figuré, l'expression désigne les gens qui suivent aveuglément l'exemple des autres. Elle provient de la scène où Panurge, héros de l'écrivain Rabelais, jette dans la mer un mouton : tous les autres moutons s'y précipitent à sa suite et se noient (*Pantagruel*, IV, 8).

LE COMTE, *outré*. – Jouons-nous une comédie ?

On entend un prélude de fanfare.

FIGARO. – Voilà le signal de la marche. À vos postes, les belles, à vos postes ! Allons, Suzanne, donne-moi le bras.

Tous s'enfuient, Chérubin reste seul, la tête baissée.

Scène 7

CHÉRUBIN, LE COMTE, LA COMTESSE

LE COMTE, *regardant aller Figaro*. – En voit-on de plus audacieux ? *(Au page.)* Pour vous, Monsieur le sournois, qui faites le honteux, allez vous rhabiller bien vite ; et que je ne vous rencontre nulle part de la soirée.

LA COMTESSE. – Il va bien s'ennuyer.

CHÉRUBIN, *étourdiment*. – M'ennuyer ! j'emporte à mon front du bonheur pour plus de cent années de prison.

Il met son chapeau et s'enfuit.

Scène 8

LE COMTE, LA COMTESSE

(La Comtesse s'évente fortement sans parler.)

LE COMTE. – Qu'a-t-il au front de si heureux ?

LA COMTESSE, *avec embarras*. – Son… premier chapeau d'officier, sans doute ; aux enfants tout sert de hochet.

Elle veut sortir.

LE COMTE. – Vous ne nous restez pas, Comtesse ?

LA COMTESSE. – Vous savez que je ne me porte pas bien.

LE COMTE. – Un instant pour votre protégée, ou je vous croirais en colère.

LA COMTESSE. – Voici les deux noces, asseyons-nous donc pour les recevoir.

LE COMTE, *à part*. – La noce ! il faut souffrir[1] ce qu'on ne peut empêcher.

Le Comte et la Comtesse s'assoient vers un des côtés de la galerie.

Scène 9

LE COMTE, LA COMTESSE, *assis* ;
l'on joue Les Folies d'Espagne *d'un mouvement de marche.*
(Symphonie notée.)

MARCHE

LES GARDES-CHASSE, *fusil sur l'épaule.*

L'ALGUAZIL[2], LES PRUD'HOMMES, BRID'OISON.

LES PAYSANS ET PAYSANNES, *en habits de fête.*

DEUX JEUNES FILLES *portant la toque virginale à plumes blanches.*

DEUX AUTRES, *le voile blanc.*

DEUX AUTRES, *les gants et le bouquet de côté.*

ANTONIO *donne la main à* SUZANNE, *comme étant celui qui la marie à* FIGARO.

D'AUTRES JEUNES FILLES *portent une autre toque, un autre voile, un autre bouquet blanc, semblables aux premiers, pour* MARCELINE.

FIGARO *donne la main à* MARCELINE, *comme celui qui doit la remettre au* DOCTEUR, *lequel ferme la marche, un gros bouquet au côté. Les*

1. ***Souffrir*** : supporter.
2. ***Alguazil*** : officier de police.

jeunes filles, en passant devant le Comte, remettent à ses valets tous les ajustements destinés à SUZANNE *et à* MARCELINE.

LES PAYSANS ET PAYSANNES *s'étant rangés sur deux colonnes à chaque côté du salon, on danse une reprise du fandango*[1] *(air noté) avec des castagnettes; puis on joue la ritournelle*[2] *du duo, pendant laquelle* ANTONIO *conduit* SUZANNE *au* COMTE *; elle se met à genoux devant lui.*

Pendant que le COMTE *lui pose la toque, le voile et lui donne le bouquet, deux jeunes filles chantent le duo suivant (air noté) :*

Jeune épouse, chantez les bienfaits et la gloire
D'un maître qui renonce aux droits qu'il eut sur vous :
Préférant au plaisir la plus noble victoire,
Il vous rend chaste et pure aux mains de votre époux.

SUZANNE *est à genoux, et, pendant les derniers vers du duo, elle tire le* COMTE *par son manteau et lui montre le billet qu'elle tient; puis elle porte la main qu'elle a du côté des spectateurs à sa tête, où le* COMTE *a l'air d'ajuster sa toque; elle lui donne le billet.*

LE COMTE *le met furtivement dans son sein; on achève de chanter le duo; la fiancée se relève, et lui fait une grande révérence.*

FIGARO *vient la recevoir des mains du* COMTE *et se retire avec elle, à l'autre côté du salon, près de* MARCELINE.

(On danse une autre reprise du fandango, pendant ce temps.)

LE COMTE, *pressé de lire ce qu'il a reçu, s'avance au bord du théâtre*[3] *et tire le papier de son sein; mais en le sortant il fait le geste d'un homme qui s'est cruellement piqué le doigt; il le secoue, le presse, le suce, et, regardant le papier cacheté d'une épingle, il dit :*

LE COMTE *(Pendant qu'il parle, ainsi que Figaro, l'orchestre joue* pianissimo.*)* – Diantre soit des femmes, qui fourrent des épingles partout ! *(Il la jette à terre, puis il lit le billet et le baise*[4]*.)*

---

1. ***Fandango*** : danse espagnole à trois temps et à mouvement vif, avec accompagnement de castagnettes.
2. ***Ritournelle*** : court motif instrumental mis en tête d'un air dont il annonce le chant, ou mis à la fin pour imiter la fin du même chant.
3. ***Théâtre*** : scène.
4. ***Baise*** : embrasse.

FIGARO, *qui a tout vu, dit à sa mère et à Suzanne.* – C'est un billet doux, qu'une fillette aura glissé dans sa main en passant. Il était cacheté d'une épingle, qui l'a outrageusement piqué.

La danse reprend : le Comte qui a lu le billet le retourne; il y voit l'invitation de renvoyer le cachet pour réponse. Il cherche à terre, et retrouve enfin l'épingle qu'il attache à sa manche.

FIGARO, *à Suzanne et à Marceline.* – D'un objet aimé tout est cher. Le voilà qui ramasse l'épingle. Ah, c'est une drôle de tête !

Pendant ce temps, Suzanne a des signes d'intelligence avec la Comtesse. La danse finit, la ritournelle du duo recommence.

Figaro conduit Marceline au Comte, ainsi qu'on a conduit Suzanne ; à l'instant où le Comte prend la toque, et où l'on va chanter le duo, on est interrompu par les cris suivants :

L'HUISSIER, *criant à la porte.* – Arrêtez donc, Messieurs ! vous ne pouvez entrer tous... Ici les gardes, les gardes !

Les gardes vont vite à cette porte.

LE COMTE, *se levant.* – Qu'est-ce qu'il y a ?

L'HUISSIER. – Monseigneur, c'est Monsieur Bazile entouré d'un village entier, parce qu'il chante en marchant.

LE COMTE. – Qu'il entre seul.

LA COMTESSE. – Ordonnez-moi de me retirer.

LE COMTE. – Je n'oublie pas votre complaisance.

LA COMTESSE. – Suzanne !... elle reviendra. *(À part, à Suzanne.)* Allons changer d'habits.

Elle sort avec Suzanne.

MARCELINE. – Il n'arrive jamais que pour nuire.

FIGARO. – Ah ! je m'en vais vous le faire déchanter !

Scène 10

TOUS LES ACTEURS PRÉCÉDENTS, *excepté* LA COMTESSE *et* SUZANNE ; BAZILE *tenant sa guitare* ; GRIPPE-SOLEIL.

BAZILE *entre en chantant sur l'air du vaudeville de la fin*[1] *(air noté).*

Cœurs sensibles, cœurs fidèles,
Qui blâmez l'amour léger,
Cessez vos plaintes cruelles,
Est-ce un crime de changer ?
Si l'Amour porte des ailes,
N'est-ce pas pour voltiger ?
N'est-ce pas pour voltiger ?
N'est-ce pas pour voltiger ?

FIGARO *s'avance à lui.* – Oui, c'est pour cela justement qu'il a des ailes au dos ; notre ami, qu'entendez-vous par cette musique ?

BAZILE, *montrant Grippe-Soleil.* – Qu'après avoir prouvé mon obéissance à Monseigneur en amusant Monsieur, qui est de sa compagnie, je pourrai, à mon tour, réclamer sa justice.

GRIPPE-SOLEIL. – Bah ! Monsigneu, il ne m'a pas amusé du tout : avec leux guenilles d'ariettes...[2].

LE COMTE. – Enfin que demandez-vous, Bazile ?

BAZILE. – Ce qui m'appartient, Monseigneur, la main de Marceline ; et je viens m'opposer...

FIGARO *s'approche.* – Y a-t-il longtemps que Monsieur n'a vu la figure d'un fou ?

BAZILE. – Monsieur, en ce moment même.

FIGARO. – Puisque mes yeux vous servent si bien de miroir, étudiez-y l'effet de ma prédiction. Si vous faites mine seulement d'approximer[3] Madame...

---

1. ***Vaudeville de la fin*** : voir p. 240.
2. ***Ariettes*** : airs légers et courts qui se chantent avec des paroles.
3. ***Approximer*** : approcher (néologisme).

BARTHOLO, *en riant*. – Eh pourquoi ? laisse-le parler.

BRID'OISON *s'avance entre deux*. – Fau-aut-il que deux amis ?...

FIGARO. – Nous, amis !

BAZILE. – Quelle erreur !

FIGARO, *vite*. – Parce qu'il fait de plats airs de chapelle ?

BAZILE, *vite*. – Et lui, des vers comme un journal ?

FIGARO, *vite*. – Un musicien de guinguette[1] !

BAZILE, *vite*. – Un postillon[2] de gazette[3] !

FIGARO, *vite*. – Cuistre[4] d'oratorio[5] !

BAZILE, *vite*. – Jockey[6] diplomatique[7] !

LE COMTE, *assis*. – Insolents tous les deux !

BAZILE. – Il me manque[8] en toute occasion.

FIGARO. – C'est bien dit, si cela se pouvait !

BAZILE. – Disant partout que je ne suis qu'un sot.

FIGARO. – Vous me prenez donc pour un écho ?

BAZILE. – Tandis qu'il n'est pas un chanteur que mon talent n'ait fait briller.

FIGARO. – Brailler.

BAZILE. – Il le répète !

FIGARO. – Et pourquoi non, si cela est vrai ? es-tu un prince, pour qu'on te flagorne[9] ? souffre la vérité, coquin ! puisque tu n'as pas de quoi gratifier[10] un menteur ; ou si tu la crains de notre part, pourquoi viens-tu troubler nos noces ?

BAZILE, *à Marceline*. – M'avez-vous promis, oui ou non, si, dans quatre ans, vous n'étiez pas pourvue, de me donner la préférence ?

---

1. ***Guinguette*** : cabaret des environs de Paris et d'autres villes.
2. ***Postillon*** : valet du cocher, qui monte sur un des chevaux de l'attelage.
3. ***Gazette*** : écrit périodique qui contient des nouvelles de toutes sortes.
4. ***Cuistre*** : homme pédant et grossier.
5. ***Oratorio*** : drame lyrique composé sur un sujet sacré.
6. ***Jockey*** : postillon.
7. ***Diplomatique*** : relatif à la diplomatie.
8. ***Il me manque*** : il me manque de respect.
9. ***Flagorne*** : flatte.
10. ***Gratifier*** : favoriser quelqu'un en lui faisant un don, une faveur.

MARCELINE. – À quelle condition l'ai-je promis ?

BAZILE. – Que si vous retrouviez un certain fils perdu, je l'adopterais par complaisance[1].

TOUS ENSEMBLE. – Il est trouvé.

BAZILE. – Qu'à cela ne tienne !

TOUS ENSEMBLE, *montrant Figaro*. – Et le voici.

BAZILE, *reculant de frayeur*. – J'ai vu le diable !

BRID'OISON, *à Bazile*. – Et vou-ous renoncez à sa chère mère !

BAZILE. – Qu'y aurait-il de plus fâcheux que d'être cru le père d'un garnement ?

FIGARO. – D'en être cru le fils ; tu te moques de moi !

BAZILE, *montrant Figaro*. – Dès que Monsieur est de quelque chose ici, je déclare, moi, que je n'y suis plus de rien.

Il sort.

Scène 11

LES ACTEURS PRÉCÉDENTS, *excepté* BAZILE

BARTHOLO, *riant*. – Ah ! ah ! ah ! ah !

FIGARO, *sautant de joie*. – Donc à la fin j'aurai ma femme !

LE COMTE, *à part*. – Moi, ma maîtresse.

Il se lève.

BRID'OISON, *à Marceline*. – Et tou-out le monde est satisfait.

LE COMTE. – Qu'on dresse les deux contrats ; j'y signerai.

TOUS ENSEMBLE. – Vivat !

Ils sortent.

LE COMTE. – J'ai besoin d'une heure de retraite[2].

Il veut sortir avec les autres.

---

1. ***Complaisance*** : obligeance, amabilité.
2. ***Retraite*** : éloignement du monde.

Scène 12

GRIPPE-SOLEIL, FIGARO, MARCELINE, LE COMTE

GRIPPE-SOLEIL, *à Figaro.* – Et moi, je vas aider à ranger le feu d'artifice sous les grands marronniers, comme on l'a dit.

LE COMTE *revient en courant.* – Quel sot a donné un tel ordre ?

FIGARO. – Où est le mal ?

LE COMTE, *vivement.* – Et la Comtesse qui est incommodée, d'où le verra-t-elle l'artifice ? C'est sur la terrasse qu'il le faut, vis-à-vis son appartement.

FIGARO. – Tu l'entends, Grippe-Soleil ? la terrasse.

LE COMTE. – Sous les grands marronniers ! belle idée ! *(En s'en allant, à part.)* Ils allaient incendier mon rendez-vous !

Scène 13

FIGARO, MARCELINE

FIGARO. – Quel excès d'attention pour sa femme !

Il veut sortir.

MARCELINE *l'arrête.* – Deux mots, mon fils. Je veux m'acquitter[1] avec toi : un sentiment, mal dirigé, m'avait rendue injuste envers ta charmante femme : je la supposais d'accord avec le Comte, quoique j'eusse appris de Bazile qu'elle l'avait toujours rebuté.

FIGARO. – Vous connaissiez mal votre fils, de le croire ébranlé par ces impulsions féminines. Je puis défier la plus rusée de m'en faire accroire[2].

---

1. ***M'acquitter*** : faire ce que je dois.
2. ***M'en faire accroire*** : me faire croire des mensonges.

MARCELINE. – Il est toujours heureux de le penser, mon fils ; la jalousie…

FIGARO. – … N'est qu'un sot enfant de l'orgueil, ou c'est la maladie d'un fou. Oh ! j'ai là-dessus, ma mère, une philosophie… imperturbable ; et si Suzanne doit me tromper un jour, je lui pardonne d'avance ; elle aura longtemps travaillé….

Il se retourne et aperçoit Fanchette qui cherche de côté et d'autre.

Scène 14

FIGARO, FANCHETTE, MARCELINE

FIGARO. – Eeeh…, ma petite cousine qui nous écoute !

FANCHETTE. – Oh ! pour ça, non : on dit que c'est malhonnête.

FIGARO. – Il est vrai ; mais comme cela est utile, on fait aller souvent l'un pour l'autre.

FANCHETTE. – Je regardais si quelqu'un était là.

FIGARO. – Déjà dissimulée[1], friponne ! Vous savez bien qu'il n'y peut être.

FANCHETTE. – Et qui donc ?

FIGARO. – Chérubin.

FANCHETTE. – Ce n'est pas lui que je cherche, car je sais fort bien où il est ; c'est ma cousine Suzanne.

FIGARO. – Et que lui veut ma petite cousine ?

FANCHETTE. – À vous, petit cousin, je le dirai. C'est… ce n'est qu'une épingle que je veux lui remettre.

FIGARO, *vivement.* – Une épingle ! une épingle !… et de quelle part, coquine ? à votre âge, vous faites déjà un mét… *(Il se reprend, et dit d'un ton doux.)* Vous faites déjà très bien tout ce

---

1. ***Dissimulée*** : accoutumée à dissimuler.

que vous entreprenez, Fanchette ; et ma jolie cousine est si obligeante… [1].

FANCHETTE. – À qui donc en a-t-il de se fâcher [2] ? Je m'en vais.

FIGARO, *l'arrêtant.* – Non, non, je badine ; tiens, ta petite épingle est celle que Monseigneur t'a dit de remettre à Suzanne, et qui servait à cacheter un petit papier qu'il tenait ; tu vois que je suis au fait [3].

FANCHETTE. – Pourquoi donc le demander, quand vous le savez si bien ?

FIGARO, *cherchant.* – C'est qu'il est assez gai de savoir comment Monseigneur s'y est pris pour te donner la commission.

FANCHETTE, *naïvement.* – Pas autrement que vous ne dites : « Tiens, petite Fanchette, rends cette épingle à ta belle cousine, et dis-lui seulement que c'est le cachet des grands marronniers. »

FIGARO. – « Des grands… » ?

FANCHETTE. – « Marronniers. » Il est vrai qu'il a ajouté : « Prends garde que personne ne te voie. »

FIGARO. – Il faut obéir, ma cousine : heureusement personne ne vous a vue. Faites donc joliment votre commission ; et n'en dites pas plus à Suzanne que Monseigneur n'a ordonné.

FANCHETTE. – Et pourquoi lui en dirais-je ? il me prend pour un enfant, mon cousin.

Elle sort en sautant.

---

1. ***Obligeante*** : serviable.
2. ***À qui donc en a-t-il de se fâcher ?*** : qui donc le met en colère ?
3. ***Je suis au fait*** : je suis au courant.

Scène 15

FIGARO, MARCELINE

FIGARO. – Eh bien, ma mère ?

MARCELINE. – Eh bien, mon fils ?

FIGARO, *comme étouffé*. – Pour celui-ci !… il y a réellement des choses… !

MARCELINE. – Il y a des choses ! hé, qu'est-ce qu'il y a ?

FIGARO, *les mains sur la poitrine*. – Ce que je viens d'entendre, ma mère, je l'ai là comme un plomb.

MARCELINE, *riant*. – Ce cœur, plein d'assurance, n'était donc qu'un ballon gonflé ? une épingle a tout fait partir !

FIGARO, *furieux*. – Mais cette épingle, ma mère, est celle qu'il a ramassée !…

MARCELINE, *rappelant ce qu'il a dit*. – « La jalousie ! oh ! j'ai là-dessus, ma mère, une philosophie… imperturbable ; et si Suzanne m'attrape un jour, je le lui pardonne… »

FIGARO, *vivement*. – Oh ! ma mère ! on parle comme on sent : mettez le plus glacé des juges à plaider dans sa propre cause, et voyez-le expliquer la loi ! Je ne m'étonne plus s'il avait tant d'humeur sur ce feu[1] ! Pour la mignonne aux fines épingles, elle n'en est pas où elle le croit, ma mère, avec ses marronniers ! Si mon mariage est assez fait pour légitimer ma colère[2], en revanche, il ne l'est pas assez pour que je n'en puisse épouser une autre, et l'abandonner…

MARCELINE. – Bien conclu ! abîmons[3] tout sur un soupçon. Qui t'a prouvé, dis-moi, que c'est toi qu'elle joue, et non le Comte ? L'as-tu étudiée de nouveau, pour la condamner sans appel ?

---

1. ***Tant d'humeur sur ce feu*** : tant de mauvaise humeur à l'égard de ce feu d'artifice.

2. ***Si mon mariage est assez fait pour légitimer ma colère*** : si mon mariage est assez avancé pour que je sois en colère contre Suzanne.

3. ***Abîmons*** : ruinons, endommageons.

Sais-tu si elle se rendra sous les arbres ? à quelle intention elle y va ? ce qu'elle y dira, ce qu'elle y fera ? Je te croyais plus fort en jugement !

FIGARO, *lui baisant la main avec respect*. – Elle a raison, ma mère, elle a raison, raison, toujours raison ! Mais accordons, maman, quelque chose à la nature ; on en vaut mieux après. Examinons en effet avant d'accuser et d'agir. Je sais où est le rendez-vous. Adieu, ma mère.

Il sort.

Scène 16

MARCELINE, *seule*. – Adieu ; et moi aussi, je le sais. Après l'avoir arrêté, veillons sur les voies[1] de Suzanne ; ou plutôt avertissons-la ; elle est si jolie créature ! Ah ! quand l'intérêt personnel ne nous arme pas les unes contre les autres, nous sommes toutes portées à soutenir notre pauvre sexe opprimé, contre ce fier, ce terrible... *(en riant)* et pourtant un peu nigaud de sexe masculin.

Elle sort.

FIN DU QUATRIÈME ACTE

1. ***Voies*** : moyens dont se sert.

Acte V

Le théâtre représente une salle[1] *de marronniers, dans un parc; deux pavillons, kiosques, ou temples de jardin, sont à droite et à gauche; le fond est une clairière ornée, un siège de gazon sur le devant. Le théâtre est obscur.*

Scène première

FANCHETTE *seule, tenant d'une main deux biscuits et une orange, et de l'autre une lanterne de papier allumée.* – Dans le pavillon à gauche, a-t-il dit. C'est celui-ci. S'il allait ne pas venir à présent! mon petit rôle... Ces vilaines gens de l'office[2] qui ne voulaient pas seulement me donner une orange et deux biscuits! «Pour qui, Mademoiselle? – Eh bien, Monsieur, c'est pour quelqu'un[3]. – Oh! nous savons.» Et quand ça serait, parce que Monseigneur ne veut pas le voir, faut-il qu'il meure de faim? Tout ça pourtant m'a coûté un fier baiser, sur la joue!... Que sait-on? il me le rendra peut-être! *(Elle voit Figaro qui vient l'examiner; elle fait un cri.)* Ah!...

Elle s'enfuit, et elle entre dans le pavillon à sa gauche.

---

1. ***Salle*** : dans un jardin, lieu planté d'arbres qui forme une espèce de salle.
2. ***Office*** : lieu où l'on prépare tout ce que l'on sert à table.
3. ***Quelqu'un*** : il s'agit de Chérubin.

Scène 2

FIGARO, *un grand manteau sur les épaules, un large chapeau rabattu.* BAZILE, ANTONIO, BARTHOLO, BRID'OISON, GRIPPE-SOLEIL, TROUPE DE VALETS ET DE TRAVAILLEURS

FIGARO, *d'abord seul.* – C'est Fanchette ! *(Il parcourt des yeux les autres à mesure qu'ils arrivent, et dit d'un ton farouche.)* Bonjour, Messieurs ; bonsoir ; êtes-vous tous ici ?

BAZILE. – Ceux que tu as pressés d'y venir.

FIGARO. – Quelle heure est-il bien à peu près ?

ANTONIO *regarde en l'air.* – La lune devrait être levée.

BARTHOLO. – Eh ! quels noirs apprêts[1] fais-tu donc ? Il a l'air d'un conspirateur !

FIGARO, *s'agitant.* – N'est-ce pas pour une noce, je vous prie, que vous êtes rassemblés au château ?

BRID'OISON. – Cè-ertainement.

ANTONIO. – Nous allions là-bas, dans le parc, attendre un signal pour ta fête.

FIGARO. – Vous n'irez pas plus loin, Messieurs ; c'est ici, sous ces marronniers, que nous devons tous célébrer l'honnête fiancée que j'épouse, et le loyal seigneur qui se l'est destinée.

BAZILE, *se rappelant la journée.* – Ah ! vraiment, je sais ce que c'est. Retirons-nous, si vous m'en croyez : il est question d'un rendez-vous ; je vous conterai cela près d'ici.

BRID'OISON, *à Figaro.* – Nou-ous reviendrons.

FIGARO. – Quand vous m'entendrez appeler, ne manquez pas d'accourir tous, et dites du mal de Figaro, s'il ne vous fait voir une belle chose.

BARTHOLO. – Souviens-toi qu'un homme sage ne se fait point d'affaires[2] avec les grands.

---

1. ***Noirs aprêts*** : sombres complots.
2. ***Affaires*** : conflits.

FIGARO. – Je m'en souviens.

BARTHOLO. – Qu'ils ont quinze et bisque sur nous[1], par leur état.

FIGARO. – Sans leur industrie[2], que vous oubliez. Mais souvenez-vous aussi que l'homme qu'on sait timide est dans la dépendance de tous les fripons.

BARTHOLO. – Fort bien.

FIGARO. – Et que j'ai nom de Verte-Allure, du chef honoré de ma mère[3].

BARTHOLO. – Il a le diable au corps.

BRID'OISON. – I-il l'a.

BAZILE *à part.* – Le Comte et sa Suzanne se sont arrangés sans moi ? Je ne suis pas fâché de l'algarade[4].

FIGARO, *aux valets.* – Pour vous autres, coquins, à qui j'ai donné l'ordre, illuminez-moi ces entours ; ou, par la mort que je voudrais tenir aux dents, si j'en saisis un par le bras…

Il secoue le bras de Grippe-Soleil.

GRIPPE-SOLEIL *s'en va en criant et pleurant.* – A, a, o, oh ! Damné brutal !

BAZILE, *en s'en allant.* – Le Ciel vous tienne en joie, Monsieur du marié !

Ils sortent.

---

1. ***Qu'ils ont quinze et bisque sur nous*** : qu'ils ont une grande supériorité sur nous (terme de jeu).
2. ***Industrie*** : habileté, dextérité.
3. ***Du chef honoré de ma mère*** : qui me vient de ma mère.
4. ***Algarade*** : insulte brusque, inattendue.

Scène 3

FIGARO *seul, se promenant dans l'obscurité, dit du ton le plus sombre.* – Ô Femme ! femme ! femme ! créature faible et décevante !... nul animal créé ne peut manquer à son instinct ; le tien est-il donc de tromper ?... Après m'avoir obstinément refusé quand je l'en pressais devant sa maîtresse ; à l'instant qu'elle me donne sa parole ; au milieu même de la cérémonie... Il riait en lisant, le perfide ! et moi comme un benêt !... Non, Monsieur le Comte, vous ne l'aurez pas... vous ne l'aurez pas. Parce que vous êtes un grand seigneur, vous vous croyez un grand génie !... noblesse, fortune, un rang, des places ; tout cela rend si fier ! Qu'avez-vous fait pour tant de biens ? vous vous êtes donné la peine de naître, et rien de plus ; du reste, homme assez ordinaire ! tandis que moi, morbleu ! perdu dans la foule obscure, il m'a fallu déployer plus de science et de calculs pour subsister seulement, qu'on n'en a mis depuis cent ans à gouverner toutes les Espagnes ; et vous voulez jouter...[1]. On vient... c'est elle... ce n'est personne. La nuit est noire en diable, et me voilà faisant le sot métier de mari, quoique je ne le sois qu'à moitié ! *(Il s'assied sur un banc.)* Est-il rien de plus bizarre que ma destinée ! fils de je ne sais pas qui ; volé par des bandits ! élevé dans leurs mœurs, je m'en dégoûte et veux courir une carrière honnête ; et partout je suis repoussé ! J'apprends la chimie, la pharmacie, la chirurgie ; et tout le crédit d'un grand seigneur peut à peine me mettre à la main une lancette[2] vétérinaire ! Las d'attrister des bêtes malades, et pour faire un métier contraire, je me jette à corps perdu dans le théâtre ; me fussé-je mis une pierre au cou ! Je broche[3] une comédie dans les mœurs du sérail[4] ; auteur espagnol, je

---

1. ***Jouter*** : lutter, disputer.
2. ***Lancette*** : instrument de chirurgie.
3. ***Broche*** : fais rapidement.
4. ***Sérail*** : palais turc.

crois pouvoir y fronder[1] Mahomet, sans scrupule : à l'instant, un envoyé... de je ne sais où se plaint que j'offense, dans mes vers, la Sublime Porte[2], la Perse, une partie de la presqu'île de l'Inde, toute l'Égypte, les royaumes de Barca[3], de Tripoli, de Tunis, d'Alger et de Maroc : et voilà ma comédie flambée[4], pour plaire aux princes mahométans, dont pas un, je crois, ne sait lire, et qui nous meurtrissent l'omoplate, en nous disant : « chiens de chrétiens » ! Ne pouvant avilir[5] l'esprit, on se venge en le maltraitant. Mes joues creusaient ; mon terme était échu[6] ; je voyais de loin arriver l'affreux recors[7], la plume fichée dans sa perruque ; en frémissant je m'évertue. Il s'élève une question sur la nature des richesses ; et comme il n'est pas nécessaire de tenir les choses, pour en raisonner, n'ayant pas un sol[8], j'écris sur la valeur de l'argent, et sur son produit net[9] ; sitôt je vois, du fond d'un fiacre, baisser pour moi le pont d'un château fort, à l'entrée duquel je laissai l'espérance et la liberté[10]. *(Il se lève.)* Que je voudrais bien tenir un de ces puissants de quatre jours, si légers sur le mal qu'ils ordonnent, quand une bonne disgrâce a cuvé[11] son orgueil ! je lui dirais... que les sottises imprimées n'ont d'importance qu'aux lieux où l'on en gêne le cours[12] ; que sans la liberté de

1. ***Fronder*** : critiquer.
2. ***La Sublime Porte*** : l'Empire ottoman.
3. ***Les royaumes de Barca*** : l'actuelle Libye.
4. ***Flambée*** : brûlée (la pièce ayant été censurée).
5. ***Avilir*** : rendre bas, méprisable.
6. ***Mon terme était échu*** : mon loyer était arrivé à son terme.
7. ***Recors*** : agent qui accompagne les huissiers pour leur prêter main-forte dans l'exercice de leurs fonctions.
8. ***Sol*** : sou.
9. ***Produit net*** : bénéfice.
10. Figaro est jeté en prison.
11. ***Cuvé*** : calmé.
12. ***Où l'on en gêne le cours*** : où on les empêche de circuler (allusion à la censure).

blâmer, il n'est point d'éloge flatteur ; et qu'il n'y a que les petits hommes qui redoutent les petits écrits. *(Il se rassied.)* Las de nourrir un obscur pensionnaire, on me met un jour dans la rue ; et comme il faut dîner, quoiqu'on ne soit plus en prison, je taille encore ma plume, et demande à chacun de quoi il est question : on me dit que pendant ma retraite économique[1], il s'est établi dans Madrid un système de liberté sur la vente des productions, qui s'étend même à celles de la presse ; et que, pourvu que je ne parle en mes écrits, ni de l'autorité, ni du culte, ni de la politique, ni de la morale, ni des gens en place, ni des corps[2] en crédit, ni de l'Opéra, ni des autres spectacles, ni de personne qui tienne à quelque chose, je puis tout imprimer librement, sous l'inspection de deux ou trois censeurs[3]. Pour profiter de cette douce liberté, j'annonce un écrit périodique, et croyant n'aller sur les brisées d'aucun autre[4], je le nomme *Journal inutile*. Pou-ou ! je vois s'élever contre moi mille pauvres diables à la feuille[5] ; on me supprime ; et me voilà derechef[6] sans emploi ! Le désespoir m'allait saisir ; on pense à moi pour une place, mais par malheur j'y étais propre : il fallait un calculateur, ce fut un danseur qui l'obtint. Il ne me restait plus qu'à voler ; je me fais banquier de pharaon[7] : alors, bonnes gens ! je soupe en ville, et les personnes dites « comme il faut » m'ouvrent poliment leur maison, en

---

1. ***Retraite économique*** : retraite qui coûte peu d'argent (allusion ironique à la prison, d'où sort Figaro).
2. ***Corps*** : groupes ayant une existence et une fonction dans l'État ou dans l'Église (corps du clergé, de la noblesse, corps législatif…).
3. ***Censeurs*** : agents qui contrôlent les œuvres destinées à être portées à la connaissance du public (livres, journaux, pièces de théâtre…).
4. ***N'aller sur les brisées d'aucun autre*** : n'entrer en concurrence avec personne.
5. ***À la feuille*** : payés à la feuille.
6. ***Derechef*** : à nouveau.
7. ***Pharaon*** : jeu de hasard, où l'on mise de l'argent et qui se joue avec des cartes.

retenant pour elles les trois quarts du profit. J'aurais bien pu me remonter; je commençais même à comprendre que pour gagner du bien, le savoir-faire vaut mieux que le savoir. Mais comme chacun pillait autour de moi, en exigeant que je fusse honnête, il fallut bien périr encore. Pour le coup je quittais le monde; et vingt brasses d'eau m'en allaient séparer, lorsqu'un dieu bienfaisant m'appelle à mon premier état. Je reprends ma trousse et mon cuir anglais[1]; puis, laissant la fumée aux sots qui s'en nourrissent[2], et la honte au milieu du chemin, comme trop lourde à un piéton, je vais rasant de ville en ville, et je vis enfin sans souci. Un grand seigneur passe à Séville; il me reconnaît, je le marie[3]; et pour prix d'avoir eu par mes soins son épouse, il veut intercepter la mienne! intrigue, orage à ce sujet. Prêt à tomber dans un abîme, au moment d'épouser ma mère, mes parents m'arrivent à la file. *(Il se lève en s'échauffant.)* On se débat; c'est vous, c'est lui, c'est moi, c'est toi; non, ce n'est pas nous; eh! mais qui donc? *(Il retombe assis.)* Ô bizarre suite d'événements! Comment cela m'est-il arrivé? Pourquoi ces choses et non pas d'autres? Qui les a fixées sur ma tête? Forcé de parcourir la route où je suis entré sans le savoir, comme j'en sortirai sans le vouloir, je l'ai jonchée d'autant de fleurs que ma gaieté me l'a permis; encore je dis ma gaieté, sans savoir si elle est à moi plus que le reste, ni même quel est ce Moi dont je m'occupe : un assemblage informe de parties inconnues; puis un chétif être imbécile[4]; un petit animal folâtre[5]; un jeune homme ardent au plaisir, ayant tous les goûts pour jouir, faisant tous les métiers pour

---

1. ***Cuir anglais*** : cuir à rasoir (Figaro reprend son métier de barbier).

2. ***Laissant la fumée aux sots qui s'en nourrissent*** : abandonnant les vaines espérances dont se satisfont les sots (l'expression «se repaître de fumée» signifie : «se livrer à des espérances chimériques»).

3. Allusion à l'intrigue du *Barbier de Séville*.

4. ***Imbécile*** : faible, sans vigueur.

5. ***Folâtre*** : joyeux, gai.

vivre ; maître ici, valet là, selon qu'il plaît à la fortune ! ambitieux par vanité, laborieux par nécessité ; mais paresseux… avec délices ! orateur selon le danger ; poète par délassement ; musicien par occasion ; amoureux par folles bouffées ; j'ai tout vu, tout fait, tout usé. Puis l'illusion s'est détruite, et trop désabusé… Désabusé !… Suzon, Suzon, Suzon ! que tu me donnes de tourments !… J'entends marcher… on vient. Voici l'instant de la crise[1].

Il se retire près de la première coulisse à la droite.

Scène 4

FIGARO, LA COMTESSE, *avec les habits de Suzon*, SUZANNE *avec ceux de la Comtesse* ; MARCELINE

SUZANNE, *bas, à la Comtesse*. – Oui, Marceline m'a dit que Figaro y serait.

MARCELINE. – Il[2] y est aussi ; baisse la voix.

SUZANNE. – Ainsi l'un nous écoute, et l'autre va venir me chercher ; commençons.

MARCELINE. – Pour n'en pas perdre un mot, je vais me cacher dans le pavillon.

Elle entre dans le pavillon où est entrée Fanchette.

1. ***Crise*** : moment périlleux et décisif (notamment dans une pièce de théâtre).
2. ***Il*** : le Comte.

Scène 5

FIGARO, LA COMTESSE, SUZANNE

SUZANNE, *haut.* – Madame tremble ! est-ce qu'elle aurait froid ?

LA COMTESSE, *haut.* – La soirée est humide, je vais me retirer.

SUZANNE, *haut.* – Si Madame n'avait pas besoin de moi, je prendrais l'air un moment, sous ces arbres.

LA COMTESSE, *haut.* – C'est le serein[1] que tu prendras.

SUZANNE, *haut.* – J'y suis toute faite.

FIGARO, *à part.* – Ah ! oui, le serein !

Suzanne se retire près de la coulisse, du côté opposé à Figaro.

Scène 6

FIGARO, CHÉRUBIN, LE COMTE, LA COMTESSE, SUZANNE

(Figaro et Suzanne retirés de chaque côté sur le devant.)

CHÉRUBIN, *en habit d'officier, arrive en chantant gaiement la reprise de l'air de la romance.* – La, la, la, etc.

J'avais une marraine,
Que toujours adorai.

LA COMTESSE, *à part.* – Le petit page !

CHÉRUBIN *s'arrête.* – On se promène ici ; gagnons vite mon asile, où la petite Fanchette… C'est une femme !

LA COMTESSE *écoute.* – Ah grands dieux !

CHÉRUBIN *se baisse en regardant de loin.* – Me trompé-je ? à cette coiffure en plumes qui se dessine au loin dans le crépuscule, il me semble que c'est Suzon.

---

1. ***Serein*** : humidité fine et pénétrante qui tombe après le coucher du soleil.

LA COMTESSE, *à part*. – Si le Comte arrivait !...

Le Comte paraît dans le fond.

CHÉRUBIN *s'approche et prend la main de la Comtesse, qui se défend.* – Oui, c'est la charmante fille qu'on nomme Suzanne : eh ! pourrais-je m'y méprendre à la douceur de cette main, à ce petit tremblement qui l'a saisie, surtout au battement de son cœur !

Il veut y appuyer le dos de la main de la Comtesse, elle la retire.

LA COMTESSE, *bas*. – Allez-vous-en.

CHÉRUBIN. – Si la compassion[1] t'avait conduite exprès dans cet endroit du parc où je suis caché depuis tantôt ?

LA COMTESSE. – Figaro va venir.

LE COMTE, *s'avançant, dit à part*. – N'est-ce pas Suzanne que j'aperçois ?

CHÉRUBIN, *à la Comtesse*. – Je ne crains point du tout Figaro, car ce n'est pas lui que tu attends.

LA COMTESSE. – Qui donc ?

LE COMTE, *à part*. – Elle est avec quelqu'un.

CHÉRUBIN. – C'est Monseigneur, friponne, qui t'a demandé ce rendez-vous, ce matin, quand j'étais derrière le fauteuil.

LE COMTE, *à part, avec fureur*. – C'est encore le page infernal !

FIGARO, *à part*. – On dit qu'il ne faut pas écouter !

SUZANNE, *à part*. – Petit bavard !

LA COMTESSE, *au page*. – Obligez-moi de[2] vous retirer.

CHÉRUBIN. – Ce ne sera pas au moins sans avoir reçu le prix de mon obéissance.

LA COMTESSE, *effrayée*. – Vous prétendez ?...

CHÉRUBIN, *avec feu*. – D'abord vingt baisers, pour ton compte, et puis cent pour ta belle maîtresse.

LA COMTESSE. – Vous oseriez ?

---

1. ***Compassion*** : pitié.
2. ***Obligez-moi de*** : je vous serais reconnaissante de.

CHÉRUBIN. – Oh ! que oui, j'oserai ; tu prends sa place auprès de Monseigneur ; moi celle du Comte auprès de toi ; le plus attrapé, c'est Figaro.

FIGARO, *à part.* – Ce brigandeau[1] !

SUZANNE, *à part.* – Hardi comme un page.

Chérubin veut embrasser la Comtesse. Le Comte se met entre deux et reçoit le baiser.

LA COMTESSE, *se retirant.* – Ah ! Ciel !

FIGARO, *à part, entendant le baiser.* – J'épousais une jolie mignonne !

Il écoute.

CHÉRUBIN, *tâtant les habits du Comte ; à part.* – C'est Monseigneur !

Il s'enfuit dans le pavillon où sont entrées Fanchette et Marceline.

Scène 7

FIGARO, LE COMTE, LA COMTESSE, SUZANNE

FIGARO *s'approche.* – Je vais…

LE COMTE, *croyant parler au page.* – Puisque vous ne redoublez pas le baiser…

Il croit lui donner un soufflet.

FIGARO *qui est à portée, le reçoit.* – Ah !

LE COMTE. – … Voilà toujours le premier payé.

FIGARO, *à part, s'éloigne en se frottant la joue.* – Tout n'est pas gain non plus en écoutant.

SUZANNE, *riant tout haut, de l'autre côté.* – Ah ! ah ! ah ! ah !

LE COMTE, *à la Comtesse qu'il prend pour Suzanne.* – Entend-on quelque chose à ce page ? il reçoit le plus rude soufflet, et s'enfuit en éclatant de rire.

---

1. ***Brigandeau*** : petit brigand.

FIGARO, *à part*. – S'il s'affligeait de celui-ci !...

LE COMTE. – Comment ! je ne pourrai faire un pas... *(À la Comtesse.)* Mais laissons cette bizarrerie ; elle empoisonnerait le plaisir que j'ai de te trouver dans cette salle.

LA COMTESSE, *imitant le parler de Suzanne*. – L'espériez-vous ?

LE COMTE. – Après ton ingénieux billet ! *(Il lui prend la main.)* Tu trembles ?

LA COMTESSE. – J'ai eu peur.

LE COMTE. – Ce n'est pas pour te priver du baiser que je l'ai pris.

Il la baise au front.

LA COMTESSE. – Des libertés !

FIGARO, *à part*. – Coquine !

SUZANNE, *à part*. – Charmante !

LE COMTE *prend la main de sa femme*. – Mais quelle peau fine et douce, et qu'il s'en faut que la Comtesse ait la main aussi belle !

LA COMTESSE, *à part*. – Oh ! la prévention[1] !

LE COMTE. – A-t-elle ce bras ferme et rondelet ? ces jolis doigts pleins de grâce et d'espièglerie ?

LA COMTESSE, *de la voix de Suzanne*. – Ainsi l'amour ?...

LE COMTE. – L'amour... n'est que le roman du cœur : c'est le plaisir qui en est l'histoire ; il m'amène à tes genoux.

LA COMTESSE. – Vous ne l'aimez plus ?

LE COMTE. – Je l'aime beaucoup ; mais trois ans d'union rendent l'hymen si respectable !

LA COMTESSE. – Que vouliez-vous en elle ?

LE COMTE, *la caressant*. – Ce que je trouve en toi, ma beauté...

LA COMTESSE. – Mais dites donc.

LE COMTE. – ... Je ne sais : moins d'uniformité peut-être, plus de piquant dans les manières ; un je ne sais quoi, qui fait le charme ; quelquefois un refus, que sais-je ? Nos femmes

---

1. ***Prévention*** : préjugé.

croient tout accomplir en nous aimant : cela dit une fois, elles nous aiment, nous aiment ! (quand elles nous aiment) et sont si complaisantes, et si constamment obligeantes, et toujours, et sans relâche, qu'on est tout surpris, un beau soir, de trouver la satiété[1], où l'on recherchait le bonheur !

LA COMTESSE, *à part.* – Ah ! quelle leçon !

LE COMTE. – En vérité, Suzon, j'ai pensé mille fois que si nous poursuivons ailleurs ce plaisir qui nous fuit chez elles, c'est qu'elles n'étudient pas assez l'art de soutenir notre goût, de se renouveler à l'amour, de ranimer, pour ainsi dire, le charme de leur possession, par celui de la variété.

LA COMTESSE, *piquée.* – Donc elles doivent tout ?...

LE COMTE, *riant.* – Et l'homme rien ? Changerons-nous la marche de la nature ? notre tâche, à nous, fut de les obtenir : la leur...

LA COMTESSE. – La leur ?

LE COMTE. – Est de nous retenir : on l'oublie trop.

LA COMTESSE. – Ce ne sera pas moi[2].

LE COMTE. – Ni moi.

FIGARO, *à part.* – Ni moi.

SUZANNE, *à part.* – Ni moi.

LE COMTE *prend la main de sa femme.* – Il y a de l'écho ici ; parlons plus bas. Tu n'as nul besoin d'y songer, toi que l'amour a faite et si vive et si jolie ! avec un grain de caprice tu seras la plus agaçante[3] maîtresse ! *(Il la baise au front.)* Ma Suzanne, un Castillan n'a que sa parole. Voici tout l'or promis pour le rachat du droit que je n'ai plus sur le délicieux moment que tu m'accordes. Mais comme la grâce que tu daignes y mettre est sans prix, j'y joindrai ce brillant, que tu porteras pour l'amour de moi.

---

1. ***Satiété*** : état d'indifférence, voire de dégoût, qu'éprouve une personne lorsqu'un désir, un besoin, a été amplement satisfait.

2. ***Ce ne sera pas moi*** : sous-entendu, qui l'oublierai.

3. ***Agaçante*** : attirante.

LA COMTESSE, *une révérence.* – Suzanne accepte tout.

FIGARO, *à part.* – On n'est pas plus coquine que cela.

SUZANNE, *à part.* – Voilà du bon bien qui nous arrive.

LE COMTE, *à part.* – Elle est intéressée ; tant mieux.

LA COMTESSE *regarde au fond.* – Je vois des flambeaux.

LE COMTE. – Ce sont les apprêts de ta noce : entrons-nous un moment dans l'un de ces pavillons, pour les laisser passer ?

LA COMTESSE. – Sans lumière ?

LE COMTE *l'entraîne doucement.* – À quoi bon ? nous n'avons rien à lire.

FIGARO, *à part.* – Elle y va, ma foi ! Je m'en doutais.

Il s'avance.

LE COMTE *grossit sa voix en se retournant.* – Qui passe ici ?

FIGARO, *en colère.* – Passer ! on vient exprès.

LE COMTE, *bas, à la Comtesse.* – C'est Figaro !...

Il s'enfuit.

LA COMTESSE. – Je vous suis.

Elle entre dans le pavillon à sa droite, pendant que le Comte se perd dans le bois, au fond.

Scène 8

FIGARO, SUZANNE, *dans l'obscurité.*

FIGARO *cherche à voir où vont le Comte et la Comtesse, qu'il prend pour Suzanne.* – Je n'entends plus rien ; ils sont entrés ; m'y voilà. *(D'un ton altéré.)* Vous autres époux maladroits, qui tenez[1] des espions à gages, et tournez des mois entiers autour d'un soup-

1. **Tenez** : payez.

çon sans l'asseoir[1], que ne m'imitez-vous ? Dès le premier jour je suis ma femme, et je l'écoute ; en un tour de main on est au fait : c'est charmant, plus de doutes ; on sait à quoi s'en tenir. *(Marchant vivement.)* Heureusement que je ne m'en soucie guère, et que sa trahison ne me fait plus rien du tout. Je les tiens donc enfin !

SUZANNE, *qui s'est avancée doucement dans l'obscurité (À part.)* Tu vas payer tes beaux soupçons. *(Du ton de voix de la Comtesse.)* Qui va là ?

FIGARO, *extravagant.* – « Qui va là ? » Celui qui voudrait de bon cœur que la peste eût étouffé en naissant…

SUZANNE, *du ton de la Comtesse.* – Eh ! mais, c'est Figaro !

FIGARO *regarde, et dit vivement.* – Madame la Comtesse !

SUZANNE. – Parlez bas.

FIGARO, *vite.* – Ah ! Madame, que le Ciel vous amène à propos ! Où croyez-vous qu'est Monseigneur ?

SUZANNE. – Que m'importe un ingrat ? Dis-moi…

FIGARO, *plus vite.* – Et Suzanne mon épousée, où croyez-vous qu'elle soit ?

SUZANNE. – Mais parlez bas !

FIGARO, *très vite.* – Cette Suzon qu'on croyait si vertueuse, qui faisait la réservée ! Ils sont enfermés là-dedans. Je vais appeler.

SUZANNE, *lui fermant la bouche avec sa main, oublie de déguiser sa voix.* – N'appelez pas.

FIGARO, *à part.* – Eh c'est Suzon ! *God-dam* !

SUZANNE, *du ton de la Comtesse.* – Vous paraissez inquiet.

FIGARO, *à part.* – Traîtresse ! qui veut me surprendre !

SUZANNE. – Il faut nous venger, Figaro.

FIGARO. – En sentez-vous le vif désir ?

SUZANNE. – Je ne serais donc pas de mon sexe ! Mais les hommes en ont cent moyens.

---

1. ***Sans l'asseoir*** : sans l'établir solidement.

FIGARO, *confidemment*[1]. – Madame, il n'y a personne ici de trop. Celui des femmes… les vaut tous.

SUZANNE, *à part*. – Comme je le souffletterais !

FIGARO, *à part*. – Il serait bien gai qu'avant la noce !…

SUZANNE. – Mais qu'est-ce qu'une telle vengeance, qu'un peu d'amour n'assaisonne pas ?

FIGARO. – Partout où vous n'en voyez point, croyez que le respect dissimule[2].

SUZANNE, *piquée*. – Je ne sais si vous le pensez de bonne foi, mais vous ne le dites pas de bonne grâce.

FIGARO, *avec une chaleur comique, à genoux*. – Ah ! Madame, je vous adore. Examinez le temps, le lieu, les circonstances, et que le dépit supplée en vous aux grâces qui manquent à ma prière.

SUZANNE, *à part*. – La main me brûle.

FIGARO, *à part*. – Le cœur me bat.

SUZANNE. – Mais, Monsieur, avez-vous songé ?…

FIGARO. – Oui, Madame, oui, j'ai songé.

SUZANNE. – … Que pour la colère et l'amour…

FIGARO. – … Tout ce qui se diffère est perdu. Votre main, Madame ?

SUZANNE, *de sa voix naturelle et lui donnant un soufflet*. – La voilà.

FIGARO. – Ah ! *demonio*[3] ! quel soufflet !

SUZANNE *lui en donne un second*. – Quel soufflet ! Et celui-ci ?

FIGARO. – Eh *qu'es aquo*[4] ! de par le diable ! est-ce ici la journée des tapes ?

SUZANNE *le bat à chaque phrase*. – Ah ! *qu'es aquo ?* Suzanne : et voilà pour tes soupçons ; voilà pour tes vengeances et pour tes trahisons, tes expédients, tes injures et tes projets. C'est-il çà de l'amour ? dis donc comme ce matin ?

---

1. ***Confidemment*** : en confidence.
2. ***Que le respect dissimule*** : que le respect qu'on doit à une personne (ici, la Comtesse, dont Figaro feint d'être épris) oblige à dissimuler.
3. ***Demonio !*** : diable ! (en espagnol).
4. ***Qu'es aquo*** : qu'est-ce que c'est ? (expression provençale).

FIGARO *rit en se relevant.* – *Santa Barbara!* oui c'est de l'amour. Ô bonheur ! ô délices ! ô cent fois heureux Figaro ! Frappe, ma bien-aimée, sans te lasser. Mais quand tu m'auras diapré[1] tout le corps de meurtrissures, regarde avec bonté, Suzon, l'homme le plus fortuné qui fut jamais battu par une femme.

SUZANNE. – « Le plus fortuné ! » Bon fripon, vous n'en séduisiez pas moins la Comtesse, avec un si trompeur babil[2] que, m'oubliant moi-même, en vérité, c'était pour elle que je cédais.

FIGARO. – Ai-je pu me méprendre, au son de ta jolie voix ?

SUZANNE, *en riant.* – Tu m'as reconnue ? Ah ! comme je m'en vengerai !

FIGARO. – Bien rosser et garder rancune est aussi par trop féminin ! Mais dis-moi donc par quel bonheur je te vois là, quand je te croyais avec lui ; et comment cet habit, qui m'abusait, te montre enfin innocente...

SUZANNE. – Eh ! c'est toi qui es un innocent, de venir te prendre au piège apprêté pour un autre ! Est-ce notre faute à nous, si voulant museler[3] un renard, nous en attrapons deux ?

FIGARO. – Qui donc prend l'autre ?

SUZANNE. – Sa femme.

FIGARO. – Sa femme ?

SUZANNE. – Sa femme.

FIGARO, *follement.* – Ah ! Figaro ! pends-toi ; tu n'as pas deviné celui-là[4] ! Sa femme ? Ô douze ou quinze mille fois spirituelles femelles ! Ainsi les baisers de cette salle ?

SUZANNE. – Ont été donnés à Madame.

FIGARO. – Et celui du page ?

SUZANNE, *riant.* – À Monsieur.

FIGARO. – Et tantôt, derrière le fauteuil ?

---

1. ***Diapré*** : marqué de couleurs.
2. ***Babil*** : abondance de paroles.
3. ***Museler*** : serrer par une muselière la gueule d'un animal.
4. ***Celui-là*** : ce tour-là.

SUZANNE. – À personne.

FIGARO. – En êtes-vous sûre ?

SUZANNE, *riant*. – Il pleut des soufflets, Figaro.

FIGARO *lui baise la main*. – Ce sont des bijoux que les tiens. Mais celui du Comte était de bonne guerre.

SUZANNE. – Allons, superbe[1] ! humilie-toi.

FIGARO *fait tout ce qu'il annonce*. – Cela est juste ; à genoux, bien courbé, prosterné, ventre à terre.

SUZANNE, *en riant*. – Ah ! ce pauvre Comte ! quelle peine il s'est donnée…

FIGARO *se relève sur ses genoux*. – … Pour faire la conquête de sa femme !

Scène 9

LE COMTE *entre par le fond du théâtre, et va droit au pavillon à sa droite*. FIGARO, SUZANNE

LE COMTE, *à lui-même*. – Je la cherche en vain dans le bois, elle est peut-être entrée ici.

SUZANNE, *à Figaro, parlant bas*. – C'est lui.

LE COMTE, *ouvrant le pavillon*. – Suzon, es-tu là-dedans ?

FIGARO, *bas*. – Il la cherche, et moi je croyais…

SUZANNE, *bas*. – Il ne l'a pas reconnue.

FIGARO. – Achevons-le, veux-tu ?

Il lui baise la main.

LE COMTE *se retourne*. – Un homme aux pieds de la Comtesse !… Ah ! je suis sans armes.

Il s'avance.

---

1. ***Superbe*** : orgueilleux, arrogant.

FIGARO *se relève tout à fait en déguisant sa voix.* – Pardon, Madame, si je n'ai pas réfléchi que ce rendez-vous ordinaire était destiné pour la noce.

LE COMTE *à part:* – C'est l'homme du cabinet de ce matin.

Il se frappe le front.

FIGARO *continue.* – Mais il ne sera pas dit qu'un obstacle aussi sot aura retardé nos plaisirs.

LE COMTE *à part.* – Massacre, mort, enfer !

FIGARO, *la conduisant au cabinet. – (Bas.)* Il jure. *(Haut.)* Pressons-nous donc, Madame, et réparons le tort qu'on nous a fait tantôt, quand j'ai sauté par la fenêtre.

LE COMTE, *à part.* – Ah ! tout se découvre enfin.

SUZANNE, *près du pavillon à sa gauche.* – Avant d'entrer, voyez si personne n'a suivi.

Il la baise au front.

LE COMTE *s'écrie.* – Vengeance !

Suzanne s'enfuit dans le pavillon où sont entrés Fanchette, Marceline et Chérubin.

Scène 10

LE COMTE, FIGARO

(Le Comte saisit le bras de Figaro.)

FIGARO, *jouant la frayeur excessive.* – C'est mon maître.

LE COMTE *le reconnaît.* – Ah ! scélérat, c'est toi ! Holà ! quelqu'un, quelqu'un !

Scène 11

PÉDRILLE, LE COMTE, FIGARO

PÉDRILLE, *botté*. – Monseigneur, je vous trouve enfin.

LE COMTE. – Bon, c'est Pédrille. Es-tu tout seul ?

PÉDRILLE. – Arrivant de Séville à étripe-cheval[1].

LE COMTE. – Approche-toi de moi, et crie bien fort.

PÉDRILLE, *criant à tue-tête*. – Pas plus de page que sur ma main. Voilà le paquet.

LE COMTE *le repousse*. – Eh ! l'animal.

PÉDRILLE. – Monseigneur me dit de crier.

LE COMTE, *tenant toujours Figaro*. – Pour appeler. Holà ! quelqu'un ; si l'on m'entend, accourez tous !

PÉDRILLE. – Figaro et moi, nous voilà deux ; que peut-il donc vous arriver ?

Scène 12

LES ACTEURS PRÉCÉDENTS, BRID'OISON, BARTHOLO, BAZILE, ANTONIO, GRIPPE-SOLEIL,

toute la noce accourt avec des flambeaux.

BARTHOLO, *à Figaro*. – Tu vois qu'à ton premier signal…

LE COMTE, *montrant le pavillon à sa gauche*. – Pédrille, empare-toi de cette porte.

Pédrille y va.

BAZILE, *bas à Figaro*. – Tu l'as surpris avec Suzanne ?

LE COMTE, *montrant Figaro*. – Et vous, tous mes vassaux, entourez-moi cet homme, et m'en répondez sur la vie.

1. ***À étripe-cheval*** : en pressant extrêmement son cheval.

BAZILE. – Ha ! ha !

LE COMTE, *furieux*. – Taisez-vous donc. *(À Figaro d'un ton glacé.)* Mon cavalier[1], répondez-vous à mes questions ?

FIGARO, *froidement*. – Eh ! qui pourrait m'en exempter[2], Monseigneur ? Vous commandez à tout ici, hors à vous-même.

LE COMTE, *se contenant*. – Hors à moi-même !

ANTONIO. – C'est ça parler.

LE COMTE *reprend sa colère*. – Non, si quelque chose pouvait augmenter ma fureur ! ce serait l'air calme qu'il affecte.

FIGARO. – Sommes-nous des soldats qui tuent, et se font tuer, pour des intérêts qu'ils ignorent ? Je veux savoir, moi, pourquoi je me fâche.

LE COMTE, *hors de lui*. – Ô rage ! *(Se contenant.)* Homme de bien qui feignez d'ignorer ! Nous ferez-vous au moins la faveur de nous dire quelle est la dame actuellement par vous amenée dans ce pavillon ?

FIGARO, *montrant l'autre avec malice*. – Dans celui-là ?

LE COMTE, *vite*. – Dans celui-ci.

FIGARO, *froidement*. – C'est différent. Une jeune personne qui m'honore de ses bontés particulières.

BAZILE, *étonné*. – Ha, ha !

LE COMTE, *vite*. – Vous l'entendez, Messieurs ?

BARTHOLO, *étonné*. – Nous l'entendons !

LE COMTE, *à Figaro*. – Et cette jeune personne a-t-elle un autre engagement que vous sachiez ?

FIGARO, *froidement*. – Je sais qu'un grand seigneur s'en est occupé quelque temps : mais, soit qu'il l'ait négligée ou que je lui plaise mieux qu'un plus aimable, elle me donne aujourd'hui la préférence.

LE COMTE, *vivement*. – La préf… *(Se contenant.)* Au moins il est naïf ! car ce qu'il avoue, Messieurs, je l'ai ouï, je vous jure, de la bouche même de sa complice.

---

1. ***Cavalier*** : ici, appellation ironique.

2. ***Exempter*** : dispenser.

BRID'OISON, *stupéfait*. – Sa-a complice !

LE COMTE, *avec fureur*. – Or, quand le déshonneur est public, il faut que la vengeance le soit aussi.

Il entre dans le pavillon.

Scène 13

TOUS LES ACTEURS PRÉCÉDENTS, *hors* LE COMTE

ANTONIO. – C'est juste.

BRID'OISON, *à Figaro*. – Qui-i donc a pris la femme de l'autre ?

FIGARO, *en riant*. – Aucun n'a eu cette joie-là.

Scène 14

LES ACTEURS PRÉCÉDENTS, LE COMTE, CHÉRUBIN

LE COMTE, *parlant dans le pavillon, et attirant quelqu'un qu'on ne voit pas encore*. – Tous vos efforts sont inutiles ; vous êtes perdue, Madame ; et votre heure est bien arrivée ! *(Il sort sans regarder.)* Quel bonheur qu'aucun gage[1] d'une union aussi détestée…

FIGARO *s'écrie*. – Chérubin !

LE COMTE. – Mon page ?

BAZILE. – Ha, ha !

LE COMTE, *hors de lui, à part*. – Et toujours le page endiablé ! *(À Chérubin.)* Que faisiez-vous dans ce salon ?

CHÉRUBIN, *timidement*. – Je me cachais, comme vous l'avez ordonné.

---

1. ***Gage*** : enfant (gage de l'amour).

PÉDRILLE. – Bien la peine de crever un cheval !

LE COMTE. – Entres-y, toi, Antonio ; conduis devant son juge l'infâme qui m'a déshonoré.

BRID'OISON. – C'est Madame que vous y-y cherchez ?

ANTONIO. – L'y a, parguenne ! une bonne Providence ; vous en avez tant fait dans le pays…

LE COMTE, *furieux.* – Entre donc !

Antonio entre.

Scène 15

LES ACTEURS PRÉCÉDENTS, *excepté* ANTONIO

LE COMTE. – Vous allez voir, Messieurs, que le page n'y était pas seul.

CHÉRUBIN, *timidement.* – Mon sort eût été trop cruel, si quelque âme sensible n'en eût adouci l'amertume.

Scène 16

LES ACTEURS PRÉCÉDENTS, ANTONIO, FANCHETTE

ANTONIO, *attirant par le bras quelqu'un qu'on ne voit pas encore.* – Allons, Madame, il ne faut pas vous faire prier pour en sortir, puisqu'on sait que vous y êtes entrée.

FIGARO *s'écrie.* – La petite cousine !

BAZILE. – Ha, ha !

LE COMTE. – Fanchette !

ANTONIO *se retourne et s'écrie*. – Ah ! palsambleu[1] ! Monseigneur, il est gaillard[2] de me choisir pour montrer à la compagnie que c'est ma fille qui cause tout ce train-là !

LE COMTE, *outré*. – Qui la savait là-dedans ?

Il veut rentrer.

BARTHOLO, *au-devant*. – Permettez, Monsieur le Comte, ceci n'est pas plus clair. Je suis de sang-froid, moi.

Il entre.

BRID'OISON. – Voilà une affaire au-aussi trop embrouillée.

Scène 17

LES ACTEURS PRÉCÉDENTS, MARCELINE

BARTHOLO, *parlant en dedans, et sortant*. – Ne craignez rien, Madame, il ne vous sera fait aucun mal. J'en réponds. *(Il se retourne et s'écrie)* Marceline !...

BAZILE. – Ha, ha !

FIGARO, *riant*. – Eh ! quelle folie ! ma mère en est ?

ANTONIO. – À qui pis fera.

LE COMTE, *outré*. – Que m'importe à moi ? La Comtesse...

1. ***Palsambleu !*** : juron (déformation de « par le sang de Dieu ! »).
2. ***Gaillard*** : hardi, audacieux.

Scène 18

LES ACTEURS PRÉCÉDENTS, SUZANNE.
(Suzanne, son éventail sur le visage.)

LE COMTE. – … Ah ! la voici qui sort. *(Il la prend violemment par le bras.)* Que croyez-vous, Messieurs, que mérite une odieuse…

Suzanne se jette à genoux la tête baissée.

LE COMTE. – Non, non. *(Figaro se jette à genoux de l'autre côté.)*

LE COMTE, *plus fort.* – Non, non ! *(Marceline se jette à genoux devant lui.)*

LE COMTE, *plus fort.* – Non, non ! *(Tous se mettent à genoux, excepté Brid'oison.)*

LE COMTE, *hors de lui.* – Y fussiez-vous un cent !

Scène 19 et dernière

TOUS LES ACTEURS PRÉCÉDENTS,
LA COMTESSE *sort de l'autre pavillon.*

LA COMTESSE *se jette à genoux.* – Au moins je ferai nombre.

LE COMTE, *regardant la Comtesse et Suzanne.* – Ah ! qu'est-ce que je vois !

BRID'OISON, *riant.* – Eh ! pardi, c'è-est Madame.

LE COMTE *veut relever la Comtesse.* – Quoi, c'était vous, Comtesse ? *(D'un ton suppliant.)* Il n'y a qu'un pardon bien généreux…

LA COMTESSE, *en riant.* – Vous diriez « Non, non », à ma place ; et moi, pour la troisième fois d'aujourd'hui, je l'accorde sans condition.

Elle se relève.

SUZANNE *se relève.* – Moi aussi.

MARCELINE *se relève*. – Moi aussi.

FIGARO *se relève*. – Moi aussi ; il y a de l'écho ici !

Tous se relèvent.

LE COMTE. – De l'écho ! J'ai voulu ruser avec eux ; ils m'ont traité comme un enfant !

LA COMTESSE, *en riant*. – Ne le regrettez pas, Monsieur le Comte.

FIGARO, *s'essuyant les genoux avec son chapeau*. – Une petite journée comme celle-ci forme bien un ambassadeur !

LE COMTE, *à Suzanne*. – Ce billet fermé d'une épingle ?…

SUZANNE. – C'est Madame qui l'avait dicté.

LE COMTE. – La réponse lui en est bien due.

Il baise la main de la Comtesse.

LA COMTESSE. – Chacun aura ce qui lui appartient.

Elle donne la bourse à Figaro et le diamant à Suzanne.

SUZANNE, *à Figaro*. – Encore une dot.

FIGARO, *frappant la bourse dans sa main*. – Et de trois. Celle-ci fut rude à arracher !

SUZANNE. – Comme notre mariage.

GRIPPE-SOLEIL. – Et la jarretière[1] de la mariée, l'aurons-je ?

LA COMTESSE *arrache le ruban qu'elle a tant gardé dans son sein, et le jette à terre*. – La jarretière ? Elle était avec ses habits ; la voilà.

Les garçons de la noce veulent la ramasser.

CHÉRUBIN, *plus alerte, court la prendre et dit*. – Que celui qui la veut vienne me la disputer.

LE COMTE, *en riant, au page*. – Pour un Monsieur si chatouilleux, qu'avez-vous trouvé de gai à certain soufflet de tantôt ?

CHÉRUBIN *recule en tirant à moitié son épée*. – À moi, mon colonel ?

FIGARO, *avec une colère comique*. – C'est sur ma joue qu'il l'a reçu : voilà comme les grands font justice !

---

1. ***Jarretière*** : ruban, lien, avec lequel on attache ses bas au-dessus ou au-dessous du genou. La coutume veut que la mariée la jette, et que la jarretière porte bonheur à celui qui l'attrape.

■ « La Comtesse se jette à genoux. – Au moins je ferai nombre » (acte V, scène 19, p. 237).
À la dernière scène de la pièce, la Comtesse (Denise Chalem) sort du pavillon où elle se tenait cachée pour confondre son époux (Didier Sandre) qui la croyait infidèle. Mise en scène de Jean-Pierre Vincent au théâtre de Chaillot en 1987.

LE COMTE, *riant*. – C'est sur sa joue ? Ah, ah, ah, qu'en dites-vous donc, ma chère Comtesse ?

LA COMTESSE, *absorbée, revient à elle, et dit avec sensibilité*. – Ah ! oui, cher Comte, et pour la vie, sans distraction, je vous le jure.

LE COMTE, *frappant sur l'épaule du juge*. – Et vous, don Brid'oison, votre avis maintenant ?

BRID'OISON. – Su-ur tout ce que je vois, Monsieur le Comte ?... Ma-a foi, pour moi, je-e ne sais que vous dire : voilà ma façon de penser.

TOUS, *ensemble*. – Bien jugé.

FIGARO. – J'étais pauvre, on me méprisait. J'ai montré quelque esprit, la haine est accourue. Une jolie femme et de la fortune...

BARTHOLO, *en riant*. – Les cœurs vont te revenir en foule.

FIGARO. – Est-il possible ?

BARTHOLO. – Je les connais.

FIGARO, *saluant les spectateurs*. – Ma femme et mon bien mis à part, tous me feront honneur et plaisir.

On joue la ritournelle du vaudeville. Air noté.

VAUDEVILLE

PREMIER COUPLET

BAZILE

Triple dot, femme superbe ;
Que de biens pour un époux !
D'un seigneur, d'un page imberbe,
Quelque sot serait jaloux.
Du latin d'un vieux proverbe,
L'homme adroit fait son parti.

FIGARO. – Je le sais... *(Il chante.) Gaudeant bene nati*[1].

---

1. ***Gaudeant bene nati*** : « Heureux les gens bien nés », en latin (dans la réplique qui suit, Bazile fait un jeu de mots en remplaçant « *nati* » par « *nanti* » : « Heureux les gens bien nantis »).

BAZILE. – Non… *(Il chante.) Gaudeant bene nanti.*

DEUXIÈME COUPLET

SUZANNE

Qu'un mari sa foi trahisse,
Il s'en vante, et chacun rit ;
Que sa femme ait un caprice,
S'il l'accuse on la punit.
De cette absurde injustice,
Faut-il dire le pourquoi ?
Les plus forts ont fait la loi… (Bis.)

TROISIÈME COUPLET

FIGARO

Jean Jeannot[1]*, jaloux risible,*
Veut unir femme et repos ;
Il achète un chien terrible,
Et le lâche en son enclos.
La nuit, quel vacarme horrible !
Le chien court, tout est mordu,
Hors l'amant qui l'a vendu… (Bis.)

QUATRIÈME COUPLET

LA COMTESSE

Telle est fière et répond d'elle,
Qui n'aime plus son mari ;
Telle autre, presque infidèle,
Jure de n'aimer que lui.
La moins folle, hélas ! est celle
Qui se veille en son lien[2]*,*
Sans oser jurer de rien… (Bis.)

---

1. ***Jean Jeannot*** : personnage de fabliau.
2. ***Qui se veille en son lien*** : qui prend garde au lien qui l'unit.

CINQUIÈME COUPLET

LE COMTE

D'une femme de province,
À qui ses devoirs sont chers,
Le succès est assez mince ;
Vive la femme aux bons airs !
Semblable à l'écu du Prince,
Sous le coin[1] *d'un seul époux,*
Elle sert au bien de tous… (Bis.)

SIXIÈME COUPLET

MARCELINE

Chacun sait la tendre mère,
Dont il a reçu le jour ;
Tout le reste est un mystère,
C'est le secret de l'amour.

FIGARO *continue l'air.*

Ce secret met en lumière
Comment le fils d'un butor[2]
Vaut souvent son pesant d'or… (Bis.)

SEPTIÈME COUPLET

Par le sort de la naissance,
L'un est roi, l'autre est berger ;
Le hasard fit leur distance ;
L'esprit seul peut tout changer.
De vingt rois que l'on encense,
Le trépas brise l'autel ;
Et Voltaire est immortel… (Bis.)

---

1. ***Coin*** : morceau de fer gravé qui sert à marquer les monnaies et les médailles.
2. ***Butor*** : homme stupide et grossier.

HUITIÈME COUPLET

CHÉRUBIN

Sexe aimé, sexe volage,
Qui tourmentez nos beaux jours,
Si de vous chacun dit rage[1]*,*
Chacun vous revient toujours.
Le parterre[2] *est votre image ;*
Tel paraît le dédaigner,
Qui fait tout pour le gagner… (Bis.)

NEUVIÈME COUPLET

SUZANNE

Si ce gai, ce fol ouvrage,
Renfermait quelque leçon,
En faveur du badinage,
Faites grâce à la raison[3]*.*
Ainsi la nature sage
Nous conduit, dans nos désirs,
À son but, par les plaisirs… (Bis.)

DIXIÈME COUPLET

BRID'OISON

Or, Messieurs, la co-omédie
Que l'on juge en cè-et instant,
Sauf erreur, nous pein-eint la vie
Du bon peuple qui l'entend.
Qu'on l'opprime, il peste, il crie ;
Il s'agite en cent fa-açons ;
Tout fini-it par des chansons… (Bis.)

BALLET GÉNÉRAL

FIN DU CINQUIÈME ET DERNIER ACTE

---

1. ***Dit rage*** : dit tout le mal possible.
2. ***Le parterre*** : spectateurs situés debout, entre l'orchestre et le fond du théâtre.
3. ***Faites grâce à la raison*** : acceptez la leçon que contient cet ouvrage.

DOSSIER

- Microlectures
- Le personnage de Figaro et ses origines
- Une trilogie au théâtre
- L'influence des théories de Diderot : *Entretiens sur le Fils naturel* (1757)
- Du texte à sa représentation

Microlectures

Acte I, scène 1 : une fête amoureuse assombrie

Beaumarchais ouvre *Le Mariage de Figaro* de manière résolument moderne.

Il met en scène l'intimité d'un couple de domestiques au matin de ses noces, sans affubler ce tableau familier d'un traitement uniquement comique, comme aurait pu le faire la comédie classique.

En outre, cette scène d'ouverture, au dialogue vif et enlevé, donne beaucoup d'importance aux éléments visuels, conformément au renouvellement du théâtre appelé de ses vœux par Diderot – corps des comédiens, mouvements, accessoires, décor : toute l'exposition en résulte.

Enfin, malgré sa gaieté, cet *incipit* laisse entrevoir les enjeux graves autour desquels l'intrigue va se nouer. À la veille de la Révolution, la comédie se fait l'écho de la montée des revendications sociales de l'époque et se teinte d'une amertume inhabituelle.

1. Une exposition à partir d'un tableau familier

A. Peut-on dire que la pièce commence par un tableau ? Pour répondre à cette question, analysez la didascalie initiale : le premier contact avec les personnages s'établit-il par le dialogue ou par l'intermédiaire des jeux de scène ?

B. L'exposition découle avec beaucoup de naturel des activités concrètes des personnages au lever du rideau. Quelles informations nous donne le dialogue autour de l'essayage du chapeau et de la mesure de la chambre (identité des personnages, nature de leurs rapports, événement à venir...) ? Montrez notamment comment le texte passe de la mesure de la chambre à la question de son emplacement, et de celle-là à la révélation des intentions cachées du Comte à l'égard de Suzanne.

C. L'ouverture du *Mariage de Figaro* nous fait découvrir un couple de valets dans son intimité, plongé dans des activités prosaïques. Comment Beaumarchais parvient-il à donner à la représentation du familier une forme de poésie ? Observez le badinage amoureux, les jeux de scène entre les personnages, les appellatifs utilisés...

2. La révélation de Suzanne ou le renversement des apparences

A. Repérez le pivot de la scène : à quel moment le ton du passage change-t-il ? comment ? pourquoi ? Par ses hésitations à s'expliquer, Suzanne ne tente-t-elle pas de retarder cet instant ?

B. Montrez que les illusions de Figaro volent en éclats, donnant à la scène toute sa dynamique : fiancée virginale, maître généreux, cadeaux magnifiques (lit, chambre, dot), tout n'est-il pas remis en question par la révélation de Suzanne ?

C. Montrez que, en donnant à la scène d'exposition la forme d'une révélation faite par Suzanne à Figaro, le dramaturge parvient à nous faire oublier qu'il nous transmet – à nous, spectateurs – les informations nécessaires à la compréhension de l'action.

3. Un début de comédie qui frôle le drame

A. En quoi Beaumarchais dessine-t-il un portrait à charge du Comte (repérez les libertés de ce dernier avec la morale, ses abus de pouvoir...) ? Pourquoi l'évocation du « droit du seigneur » introduit-elle, plus spécifiquement, un changement de registre dans la scène ?

B. Quel personnage, plaint par Suzanne et Figaro, est absent de la scène bien qu'il soit une figure importante de la pièce ? Le thème de l'épouse délaissée introduit-il une tonalité pathétique ?

C. Expliquez pourquoi la gaieté domine la scène en dépit de cette tonalité pathétique. Pour cela, décrivez le caractère des personnages et observez le style du dialogue (concision, vitesse, élégance, recours à la plaisanterie, usage du sous-entendu, notamment grivois, emploi de l'ironie...).

Acte I, scène 9 : personnage(s) caché(s)

De « Comment, tout le monde en parle ! » jusqu'à la fin de la scène, p. 108 à 110.
Dans cette célèbre scène, Beaumarchais emploie à plusieurs reprises un procédé comique qu'affectionne le théâtre : celui du personnage caché.

1. Le personnage caché : une situation explosive

A. Cher à Beaumarchais, le procédé du personnage dissimulé crée une situation explosive : les personnages cachés finissent toujours par reparaître sur le devant de la scène, provoquant la surprise[1]. Repérez les deux coups de théâtre autour desquels s'organise la scène 9.

B. En quoi la scène est-elle mouvementée ? Observez les didascalies, qui témoignent des émotions des personnages, et le recours aux modalités exclamatives et interrogatives.

C. Montrez que le rythme du dialogue est soutenu : prêtez notamment attention à la longueur des répliques. À deux reprises, les interventions du Comte sont assez longues. En quoi sont-elles néanmoins vives et enlevées (observez le rythme des phrases, l'absence de lien entre elles, le travail sur les temps verbaux) ?

2. Un retournement de force au détriment du Comte

A. Au début de l'extrait, le Comte apparaît-il comme le personnage dominant de la scène ? Pour répondre, observez notamment les ordres qu'il donne aux autres, et la dimension de ses répliques.

B. Après la découverte de Chérubin, comment évoluent l'attitude et le ton du Comte, notamment à l'égard de Suzanne ? Le mariage de Suzanne et Figaro est-il menacé ?

C. Y a-t-il une contradiction entre ce que le Comte reproche à Chérubin et les propres libertés qu'il s'accorde ? En quoi peut-on parler de rivalité amoureuse entre le Comte et Chérubin ?

---

1. Voir Jacques Scherer, *La Dramaturgie de Beaumarchais*, Nizet, 1954.

3. La tension désamorcée par le rire et la distance

A. La scène abonde en procédés comiques. Parmi eux, la répétition est notamment privilégiée : montrez que la découverte de Chérubin par le Comte dans cette scène redouble les événements de la veille rapportés par Almaviva dans son récit et que cette répétition accentue le caractère comique de la situation.

B. En quoi le procédé du personnage caché illustre-t-il sur scène le principe même du théâtre ? Réfléchissez à la ressemblance entre la position du spectateur dans la salle et celle du destinataire fortuit caché sur la scène.

C. Étudiez le style comique du dialogue : analysez notamment les enchaînements entre les répliques pour montrer leur richesse et leur diversité.

Acte II, scène 2 : Figaro dans tous ses états

De « Pouvez-vous, Figaro, traiter si légèrement un dessein qui nous coûte à tous le bonheur ? » jusqu'à la fin de la scène, p. 120 à 122.

Dans cette scène, Figaro déploie tous ses talents (capacité à entreprendre, faculté d'invention, dons d'expression...) pour mettre au point, avec ses alliées, le plan destiné à tenir en échec le Comte. Le valet entend montrer que, grâce à son esprit, il peut triompher d'un maître que son statut et sa fortune rendent tout-puissant. L'ascendant qu'il prend sur les héroïnes féminines est provisoire, puisque celles-ci sauront s'en libérer et piéger Figaro lui-même.

1. Figaro maître de l'échange

A. Y a-t-il une dissymétrie entre les trois personnages dans la longueur de leurs interventions ?

B. Peut-on dire que les deux femmes ont dans cette scène un rôle de faire-valoir ? Analysez leurs prises de parole et leurs visées par rapport à celles de Figaro.

C. Comment se manifeste l'emprise de Figaro sur les deux femmes dans sa façon de s'adresser à elles ?

2. Figaro maître de l'intrigue

A. Quelles sont les deux mesures prises par Figaro pour triompher du Comte et assurer son mariage ? Seront-elles efficaces dans la suite de la pièce ?

B. Comment se manifestent le bouillonnement du personnage et sa capacité à agir ? Analysez la vivacité des reparties de Figaro, la virtuosité avec laquelle il répond à ses interlocutrices et son vocabulaire pittoresque.

C. Quel est l'effet de la métaphore filée de la chasse utilisée pour décrire les agissements du Comte ?

3. Figaro : du subalterne au dramaturge

A. Comment les paroles de Figaro manifestent-elles l'égalité qu'il revendique à l'égard du Comte ? Par ailleurs, s'adresse-t-il à la Comtesse comme le ferait un simple valet ?

B. La capacité de Figaro à mener l'intrigue ne fait-elle pas du personnage une représentation de l'auteur, qui a lui-même créé l'intrigue de la pièce ? Réfléchissez aux deux sens du mot « intrigue » employé dans ce passage.

C. Relevez l'emploi du présent de vérité générale dans les répliques de Figaro. En quoi sa connaissance des passions fait-elle aussi de ce personnage un double de l'auteur ? Peut-on faire la même remarque à propos des talents littéraires du valet, notamment dans son tableau du Comte à la chasse ?

Acte V, scène 3 : le monologue ou l'intensité d'une réflexion sur la vie

De « Pour le coup, je quittais le monde... » jusqu'à la fin de la scène, p. 219-220.

Dans son long monologue de l'acte V, Figaro retrace l'histoire de sa vie. Cette digression autobiographique, qui marque une pause dans la progression de l'intrigue, introduit une rupture de ton, tant par sa longueur que par son registre. Les réflexions finales de Figaro donnent à la conclusion du monologue une intensité assez rare dans une pièce comique.

1. Monologue et théâtralité

A. En quoi peut-on dire que le monologue de Figaro est une digression ? Précisez sa situation au regard du déroulement de l'intrigue. Comment s'opère le retour à l'action à la fin du texte ?

B. Dans son long récit, Figaro fait part de ses réflexions. Comment Beaumarchais rend-il ce monologue théâtral ? Observez l'animation qui caractérise le passage en étudiant le travail sur les temps, le rythme des phrases et le style imagé. Décrivez la séquence du récit qui, plus particulièrement, donne lieu à un mime et à des jeux de scène.

C. Le questionnement philosophique de Figaro pourrait paraître artificiellement rattaché à cette pièce d'un genre comique. Montrez que, au contraire, sa construction syntaxique (avec, au centre du monologue, une longue phrase qui progresse par amplifications successives) donne l'impression d'une pensée qui s'élabore sous nos yeux.

2. Une interrogation inquiète sur la liberté et l'identité : Figaro, homme des Lumières

A. En réfléchissant sur sa destinée, Figaro s'interroge sur la liberté humaine. Montrez comment s'impose une vision de l'homme dépossédé de sa maîtrise par des forces qui le dépassent (analysez notamment les interrogations directes et indirectes).

B. Au fil de ses réflexions, Figaro aborde la question de l'identité personnelle. Quel effet crée l'énumération des différentes étapes de son développement biologique et des multiples facettes de sa personnalité individuelle et sociale ? Dès lors, montrez la difficulté que pose la définition d'une identité stable et permanente à travers le temps.

C. Comment se fait le lien entre les deux thèmes de réflexion, la liberté et l'identité ? Pour répondre, repérez le moment où Figaro se met à commenter ses propres paroles : que se passe-t-il alors ?

3. L'identité instable du personnage érigée en emblème

A. Montrez que, dans cette partie du monologue, Figaro revient sur ses aventures dans *Le Barbier de Séville* et dans *Le Mariage de Figaro*.

B. Figaro est un personnage inventé par Beaumarchais, qui lui prête une existence ponctuée de coups de théâtre (destin d'enfant trouvé, retrouvailles avec ses parents...). Montrez comment ces péripéties romanesques de la vie du personnage sont érigées en emblèmes de la vie chaotique et de l'identité éclatée de l'homme.

C. Les questions de Figaro « Pourquoi ces choses et non pas d'autres ? Qui les a fixées sur ma tête ? » ne pourraient-elles avoir un second sens ? Pour répondre, rappelez-vous que c'est Beaumarchais qui a imaginé toutes les aventures de Figaro et qui a choisi qu'il lui arrive tel ou tel événement.

Le personnage de Figaro et ses origines

Tout en étant l'héritier d'Arlequin, de Sganarelle et de Scapin, Figaro introduit une rupture dans la tradition du valet d'intrigue limité à un rôle comique. Chez Beaumarchais, il est un personnage à part entière (et non plus un « type » du théâtre italien, comme ses prédécesseurs) : Figaro n'a pas toujours été le valet du Comte et possède une histoire, évoquée dès les premières scènes du *Barbier de Séville* et que *Le Mariage de Figaro* développe.
Pour créer son personnage, Beaumarchais s'est peut-être inspiré de *La Fausse Suivante* (1724), pièce dans laquelle Marivaux dote son valet d'un passé romanesque.
Les tribulations et la vie itinérante de Figaro le rapprochent également du *picaro*, personnage romanesque d'aventurier issu de la littérature espagnole. D'ailleurs, le nom « Figaro » pourrait avoir été créé à partir

du mot *picaro*. Mais il n'est pas exclu qu'il résulte d'une déformation du nom de famille de Beaumarchais, « Caron », associée au mot « fils » : « Figaro » serait alors le « Fils Caron ». Le dramaturge prête en effet à son personnage une biographie riche en allusions à sa propre vie ! Tentons de mieux connaître l'histoire de ce personnage et ses origines.

Beaumarchais, *Le Barbier de Séville* (1775)

Lors de sa toute première apparition sur scène, Figaro, établi comme barbier à Séville, retrouve son ancien maître le comte Almaviva et lui conte ses aventures depuis leur séparation (celles-ci seront encore étoffées dans *Le Mariage de Figaro*, acte V, scène 3).
Le texte qui suit est extrait de la scène 2 de l'acte I. Figaro vient de raconter les déboires qu'il a connus à Madrid en tant qu'auteur de théâtre.

Acte I, scène 2

LE COMTE. – Ta joyeuse colère me réjouit. Mais tu ne me dis pas ce qui t'a fait quitter Madrid.

FIGARO. – C'est mon bon ange, Excellence, puisque je suis assez heureux pour retrouver mon ancien maître. Voyant à Madrid que la république des lettres était celle des loups, toujours armés les uns contre les autres, et que, livrés au mépris où ce risible acharnement les conduit, tous les insectes, les moustiques, les cousins, les critiques, les maringouins[1], les envieux, les feuillistes, les libraires, les censeurs, et tout ce qui s'attache à la peau des malheureux gens de lettres, achevait de déchiqueter et sucer le peu de substance qui leur restait ; fatigué d'écrire, ennuyé de moi, dégoûté des autres, abîmé de dettes et léger d'argent ; à la fin convaincu que l'utile revenu du rasoir est préférable aux vains honneurs de la plume, j'ai quitté Madrid ; et, mon bagage en sautoir[2], parcou-

1. ***Maringouins*** : insectes (allusion au censeur Marin, ennemi de Beaumarchais).
2. ***En sautoir*** : tel une décoration portée en collier.

rant philosophiquement les deux Castilles, la Manche, l'Estramadure, la Sierra-Morena, l'Andalousie ; accueilli dans une ville, emprisonné dans l'autre, et partout supérieur aux événements ; loué par ceux-ci, blâmé par ceux-là ; aidant au bon temps, supportant le mauvais ; me moquant des sots, bravant les méchants, riant de ma misère et faisant la barbe à tout le monde[1] ; vous me voyez enfin établi dans Séville, et prêt à servir de nouveau Votre Excellence en tout ce qu'il lui plaira m'ordonner.

LE COMTE. – Qui t'a donné une philosophie aussi gaie ?

FIGARO. – L'habitude du malheur. Je me presse de rire de tout, de peur d'être obligé d'en pleurer.

Le Barbier de Séville, éd. Jean Goldzink, GF-Flammarion, 2001.

1. Montrez que Figaro n'a pas toujours été valet : quels sont les deux autres métiers qu'il a exercés et qu'il évoque dans cet extrait ?
2. Selon vous, dans quel but Beaumarchais fait-il de Figaro un ancien auteur, qui a fréquenté les milieux littéraires, la « république des lettres » ?

Lesage, *Histoire de Gil Blas de Santillane* (1715)

Par certains aspects, la vie de Figaro évoque les pérégrinations d'un *picaro* espagnol, aventurier issu des basses classes de la société. Publiée en 1715, l'*Histoire de Gil Blas de Santillane*, de Lesage (1668-1747), reprend la tradition du roman picaresque. Un compagnon de voyage de Gil Blas, nommé Fabrice, lui raconte ses aventures. Le caractère et les tribulations de ce personnage ne sont pas sans ressemblance avec ceux du héros de Beaumarchais.

1. ***Faisant la barbe à tout le monde*** : jeu sur le double sens de l'expression « faire la barbe », qui signifie « tailler la barbe », mais aussi « avoir avantage sur quelqu'un ».

Il faut se consoler, mon enfant, de tous les malheurs de la vie. Un homme d'esprit est-il dans la misère ? Il attend avec patience un temps plus heureux. Jamais, comme dit Cicéron[1], il ne doit se laisser abattre jusqu'à ne plus se souvenir qu'il est homme. Pour moi, je suis de ce caractère-là. Mes disgrâces[2] ne m'accablent point. Je suis toujours au-dessus de la mauvaise fortune. Par exemple, j'aimais une fille de famille d'Oviedo. J'en étais aimé. Je la demandai en mariage à son père ; il me la refusa. Un autre en serait mort de douleur ; moi, admire la force de mon esprit, j'enlevai la petite personne. Elle était vive, étourdie, coquette ; le plaisir par conséquent la déterminait toujours au préjudice[3] du devoir. Je la promenai pendant six mois dans le royaume de Galice[4] ; de là, comme je l'avais mise dans le goût de voyager, elle eut envie d'aller en Portugal ; mais elle prit un autre compagnon de voyage. Autre sujet de désespoir. Je ne succombai point encore sous le poids de ce nouveau malheur ; et plus sage que Ménélas, au lieu de m'armer contre le Pâris qui m'avait soufflé mon Hélène[5], je lui sus bon gré de m'en avoir défait. Après cela, ne voulant plus retourner dans les Asturies, pour éviter toute discussion avec la justice, je m'avançai dans le royaume de León, dépensant de ville en ville l'argent qui me restait de l'enlèvement de mon infante ; car nous avions tous deux fait notre main[6] en partant d'Oviedo. J'arrivai à Palencia avec un seul ducat[7], sur quoi je fus obligé d'acheter une paire de souliers. Le reste ne me mena pas bien loin. Ma situation devint embarrassante. Je commençais déjà même à faire diète. Il fallut promptement prendre un parti. Je résolus de me mettre dans le service. Je me plaçai d'abord chez un gros marchand de drap, qui avait un fils libertin[8]. J'y trouvai un asile contre l'abstinence, et en

1. ***Cicéron*** : homme d'État romain et auteur latin (106 av. J.-C.-43 av. J.-C.).
2. ***Disgrâces*** : malheurs.
3. ***Au préjudice*** : au détriment.
4. ***Galice***, ***Asturies***, ***León*** : royaumes espagnols.
5. ***Ménélas***, ***Pâris***, ***Hélène*** : personnages de la mythologie grecque. Pâris enleva Hélène, la femme de Ménélas, ce qui provoqua la guerre de Troie.
6. ***Fait notre main*** : pillé, dérobé.
7. ***Ducat*** : ancienne monnaie d'or.
8. ***Libertin*** : voir note 4, p. 52.

même temps un grand embarras. Le père m'ordonna d'épier son fils ; le fils me pria de l'aider à tromper son père. Il fallait opter. Je préférai la prière au commandement et cette préférence me fit donner mon congé. Je passai ensuite au service d'un vieux peintre, qui voulut par amitié m'enseigner les principes de son art ; mais en me les montrant, il me laissait mourir de faim. Cela me dégoûta de la peinture et du séjour de Palencia. Je vins à Valladolid, où, par le plus grand bonheur du monde, j'entrai dans la maison d'un administrateur de l'hôpital. J'y demeure encore et je suis charmé de ma condition. Le seigneur Manuel Ordonez, mon maître, est un homme d'une piété profonde. Il marche toujours les yeux baissés, avec un gros rosaire[1] à la main. On dit que dès sa jeunesse, n'ayant en vue que le bien des pauvres, il s'y est attaché avec un zèle infatigable. Aussi ses soins ne sont-ils pas demeurés sans récompense. Tout lui a prospéré. Quelle bénédiction ! En faisant les affaires des pauvres, il s'est enrichi.

Histoire de Gil-Blas de Santillane, éd. Érik Leborgne, GF-Flammarion, 1999, livre premier, chapitre XVII, p. 72-73.

1. Relevez les expressions par lesquelles Fabrice décrit son attitude face au malheur : du point de vue du caractère, quels sont les points communs entre le *picaro* de Lesage et le héros du *Barbier de Séville* ?

2. Les actions du *picaro* (vol, enlèvement...) ne font-elles pas toutefois de lui un personnage plus équivoque que Figaro ? Montrez que la prétendue sagesse du *picaro* dissimule un certain cynisme.

Marivaux, *La Fausse Suivante* (1724)

Dans *La Fausse Suivante*, Marivaux avait, lui aussi, eu l'idée de développer la personnalité de son valet. Ce dernier racontait sa vie antérieure et ses efforts pour sortir de la nécessité. Dans la première scène de la pièce, Trivelin fait part de son existence mouvementée à son camarade Frontin.

1. ***Rosaire*** : grand chapelet.

Acte I, scène 1

TRIVELIN. – Depuis quinze ans que je roule dans le monde, tu sais combien je me suis tourmenté, combien j'ai fait d'effort pour arriver à un état fixe. J'avais entendu dire que les scrupules nuisaient à la fortune ; je fis trêve avec les miens, pour n'avoir rien à me reprocher. Était-il question d'avoir de l'honneur ? J'en avais. Fallait-il être fourbe ? J'en soupirais, mais j'allais mon train. Je me suis vu quelquefois à mon aise ; mais le moyen d'y rester avec le jeu, le vin et les femmes ? Comment se mettre à l'abri de ces fléaux-là ?

FRONTIN. – Cela est vrai

TRIVELIN. – Que te dirai-je enfin ? Tantôt maître, tantôt valet ; toujours prudent, toujours industrieux, ami des fripons[1] par intérêt, ami des honnêtes gens par goût ; traité poliment sous une figure, menacé d'étrivières[2] sous une autre ; changeant à propos de métier, d'habit, de caractère, de mœurs ; risquant beaucoup, réussissant peu ; libertin[3] dans le fond, réglé dans la forme ; démasqué par les uns, soupçonné par les autres, à la fin équivoque à tout le monde, j'ai tâté de tout ; je dois partout ; mes créanciers sont de deux espèces : les uns ne savent pas que je leur dois ; les autres le savent et le sauront longtemps. J'ai logé partout, sur le pavé ; chez l'aubergiste, au cabaret, chez le bourgeois, chez l'homme de qualité, chez moi, chez la justice, qui m'a souvent recueilli dans mes malheurs ; mais ses appartements sont trop tristes[4], et je n'y faisais que des retraites ; enfin, mon ami, après quinze ans de soins, de travaux et de peines, ce malheureux paquet est tout ce qui me reste ; voilà ce que le monde m'a laissé, l'ingrat ! Après ce que j'ai fait pour lui !

La Fausse Suivante, L'École des mères, La Mère confidente,
éd. Jean Goldzink, GF-Flammarion, 1993.

---

1. ***Fripons*** : voir note 2, p. 51.
2. ***Étrivières*** : courroies par lesquelles les étriers sont suspendus à la selle.
3. ***Libertin*** : voir note 4, p. 52.
4. Il s'agit des prisons !

1. Montrez que, comme Figaro, Trivelin est plus qu'un simple valet : sous les coups du sort, il a fait tous les métiers et connu toutes les fortunes.

2. Comment expliquez-vous que Trivelin ne soit jamais parvenu à atteindre un état fixe ? Reportez-vous au monologue du *Mariage de Figaro* (acte V, scène 3) : les raisons qui ont empêché Figaro de réussir sont-elles les mêmes ?

Une trilogie au théâtre

Créées entre 1775 et 1792, les pièces de la trilogie de Beaumarchais (*Le Barbier de Séville, Le Mariage de Figaro, La Mère coupable*) mettent en scène les mêmes personnages. Le retour des personnages d'une œuvre à l'autre est un procédé très original au théâtre, où il est peu pratiqué – alors qu'il est beaucoup plus courant dans le genre romanesque, notamment à partir du XIXe siècle : *La Comédie humaine* de Balzac en est l'exemple le plus abouti. Toutefois, Beaumarchais trouve des modèles dans le théâtre antique : l'*Orestie* d'Eschyle est une œuvre composée de trois tragédies qui se déroulent dans la famille des Atrides : *Agamemnon*, *Les Choéphores* et *Les Euménides*[1]. Cependant, hormis quelques suites données à des pièces à succès, le théâtre classique, lui, n'offre pas d'exemple d'œuvres composées par un même dramaturge et faisant reparaître des personnages d'un texte à l'autre. L'écriture de la trilogie de Beaumarchais ne répond toutefois pas à un projet préalable : chaque pièce est la continuation de la précédente et poursuit les aventures des personnages au-delà du terme qui leur était fixé dans cette dernière.

---

1. Le projet est toutefois différent de celui de Beaumarchais : il s'agit de suivre l'histoire d'une famille pour montrer comment la fatalité poursuit son œuvre de génération en génération.

Faire reparaître ses héros permet au dramaturge de tracer la courbe entière de leur existence à travers trois moments, qui ont chacun leur tonalité propre : la jeunesse, à travers une comédie de franche gaieté (*Le Barbier de Séville*), la vieillesse, à travers un drame (*La Mère coupable*) et, entre les deux, un âge intermédiaire, à travers une comédie de tonalité mixte, mêlant comique et sérieux (*Le Mariage de Figaro*). À la manière du roman, la trilogie permet d'enregistrer le passage du temps : chaque étape montre l'évolution des caractères des personnages et de leurs relations dans un cadre familial (composé des maîtres, de leurs enfants et des domestiques).

Beaumarchais, « Un mot sur *La Mère coupable* » (1792)

Dans la Préface de la dernière pièce de la trilogie, *La Mère coupable*, Beaumarchais montre qu'il a voulu créer un lien entre ses pièces : avec un ton différent, elles peignent l'existence complète d'un homme et délivrent une leçon de morale.

Parmi les vues de ces artistes [les acteurs de la Comédie-Française], j'approuve celle de présenter en trois séances consécutives, tout le roman de la famille Almaviva, dont les deux premières époques ne semblent pas, dans leur gaieté légère, offrir de rapport bien sensible avec la profonde et touchante moralité de la dernière ; mais elles ont, dans le plan de l'auteur, une connexion intime, propre à verser le plus vif intérêt sur les représentations de *La Mère coupable*.

J'ai donc pensé, avec les comédiens, que nous pouvions dire au public : Après avoir bien ri, le premier jour, au *Barbier de Séville*, de la turbulente jeunesse du comte Almaviva, laquelle est à peu près celle de tous les hommes.

Après avoir, le second jour, gaiement considéré, dans *La Folle Journée*, les fautes de son âge viril, et qui sont trop souvent les nôtres.

Par le tableau de sa vieillesse, et voyant *La Mère coupable*, venez vous convaincre avec nous que tout homme qui n'est pas né un épouvantable méchant, finit toujours par être bon quand l'âge des passions s'éloigne, et surtout quand il a goûté le bonheur si doux d'être père ! C'est le but moral de la pièce. Elle en renferme plusieurs autres que ces détails feront ressortir.

Le Barbier de Séville, Le Mariage de Figaro, La Mère coupable,
éd. René Pomeau, GF-Flammarion, 1993.

D'après les propos que tient ici Beaumarchais, qu'ajoute la représentation « en trois séances consécutives » de la trilogie par rapport à la représentation unique du *Mariage de Figaro* ?

Beaumarchais, *Le Barbier de Séville* (1775)

Dans *Le Barbier de Séville*, dont l'action se situe trois ans avant celle du *Mariage de Figaro*, le comte Almaviva est passionnément amoureux de Rosine. Il s'apprête à la séduire et à l'enlever à son tuteur, grâce à l'aide de son ancien valet Figaro, qu'il a retrouvé par hasard à Séville.

Acte I, scène 4

LE COMTE. – Apprends donc que le hasard m'a fait rencontrer au Prado[1], il y a six mois, une jeune personne d'une beauté !.... Tu viens de la voir. Je l'ai fait chercher en vain par tout Madrid. Ce n'est que depuis peu de jours que j'ai découvert qu'elle s'appelle Rosine, est d'un sang noble, orpheline, et mariée à un vieux médecin de cette ville, nommé Bartholo.

FIGARO. – Joli oiseau, ma foi ! difficile à dénicher ! Mais qui vous a dit qu'elle était femme du docteur ?

LE COMTE. – Tout le monde.

FIGARO. – C'est une histoire qu'il a forgée en arrivant de Madrid pour donner le change aux galants et les écarter ; elle n'est encore que sa pupille, mais bientôt…

---

1. ***Prado*** : au XVIIIe siècle, célèbre promenade de Madrid.

Le Comte, *vivement*. – Jamais, ah ! quelle nouvelle ! J'étais résolu de tout oser pour lui présenter mes regrets, et je la trouve libre ! Il n'y a pas un moment à perdre ; il faut m'en faire aimer, et l'arracher à l'indigne engagement qu'on lui destine. Tu connais donc ce tuteur ?

Figaro. – Comme ma mère.

Le Comte. – Quel homme est-ce ?

Figaro, *vivement*. – C'est un beau, gros, court, jeune vieillard, gris pommelé, rusé, rasé, blasé, qui guette, et furette, et gronde, et geint tout à la fois.

Le Comte, *impatienté*. – Eh ! je l'ai vu. Son caractère ?

Figaro. – Brutal, avare, amoureux et jaloux à l'excès de sa pupille, qui le hait à la mort.

Le Comte. – Ainsi, ses moyens de plaire sont...

Figaro. – Nuls.

Le Comte. – Tant mieux. Sa probité[1] ?

Figaro. – Tout juste autant qu'il en faut pour n'être point pendu.

Le Comte. – Tant mieux. Punir un fripon[2] en se rendant heureux...

Figaro. – C'est faire à la fois le bien public et particulier : chef-d'œuvre de morale, en vérité, Monseigneur !

Le Comte. – Tu dis que la crainte des galants lui fait fermer sa porte ?

Figaro. – À tout le monde ; s'il pouvait la calfeutrer...

Le Comte. – Ah ! diable, tant pis. Aurais-tu de l'accès[3] chez lui ?

Figaro. – Si j'en ai ! *Primo*, la maison que j'occupe appartient au docteur, qui m'y loge *gratis*...

Le Comte. – Ah ! ah !

Figaro. – Et moi, en reconnaissance, je lui promets dix pistoles d'or par an, *gratis* aussi...

Le Comte, *impatienté*. – Tu es son locataire ?

Figaro. – De plus, son barbier, son chirurgien, son apothicaire[4] ; il

---

1. ***Probité*** : honnêteté.
2. ***Fripon*** : voir note 2, p. 51.
3. ***Aurais-tu de l'accès*** : pourrais-tu m'introduire.
4. ***Apothicaire*** : pharmacien.

ne se donne pas dans sa maison un coup de rasoir, de lancette ou de piston[1], qui ne soit de la main de votre serviteur.

LE COMTE *l'embrasse.* – Ah ! Figaro, mon ami, tu seras mon ange, mon libérateur, mon dieu tutélaire[2].

Le Barbier de Séville, éd. Jean Goldzink, GF-Flammarion, 2001.

1. Qu'est-ce qui montre la passion que le Comte voue à Rosine ? Que reste-t-il de cet amour dans *Le Mariage de Figaro* ?

2. Quelle dette contracte le Comte à l'égard de Figaro ? En quoi ce passage peut-il éclairer l'amertume du valet à l'égard de son maître dans *Le Mariage de Figaro* ?

Beaumarchais, *La Mère coupable* (1792)

Vingt-cinq ans après *Le Mariage de Figaro*, le couple Almaviva a deux fils. La mort de l'aîné plonge la famille dans le drame : le Comte suspecte le cadet, Léon, devenu l'héritier de son nom et de ses biens, de n'être pas réellement son fils. De fait, cet enfant est né d'un adultère : son véritable père n'est autre que l'ancien page du Comte, Chérubin. À la suite des manœuvres d'un intrigant qui s'est immiscé dans la famille Almaviva, la vérité éclate. La violence du Comte à l'égard de sa femme, à laquelle il reproche sa faute passée, provoque l'évanouissement de cette dernière.

Acte IV, scène 17

LE COMTE, LÉON, LA COMTESSE, *évanouie*, SUZANNE

LÉON, *lui tenant le flacon sous le nez.* – Si l'on pouvait la faire respirer ! Ô Dieu ! rends-moi ma malheureuse mère !... La voici qui revient.

SUZANNE, *pleurant.* – Madame ! allons, madame !...

1. ***Piston*** : partie d'une pompe (exemple, le piston d'une seringue).
2. ***Tutélaire*** : qui tient sous sa garde, sous sa protection.

LA COMTESSE, *revenant à elle*. – Ah ! qu'on a de peine à mourir !

LÉON, *égaré*. – Non, maman, vous ne mourrez pas !

LA COMTESSE, *égarée*. – Ô ciel ! Entre mes juges ! entre mon époux et mon fils ! tout est connu… et, criminelle envers tous deux… *(Elle se jette à terre et se prosterne.)* Vengez-vous l'un et l'autre ! Il n'est plus de pardon pour moi ! *(Avec horreur.)* Mère coupable ! épouse indigne ! un instant nous a tous perdus. J'ai mis l'horreur dans ma famille ! j'allumai la guerre intestine entre le père et les enfants ! Ciel juste, il fallait bien que ce crime fût découvert ! Puisse ma mort expier mon forfait !

LE COMTE, *au désespoir*. – Non, revenez à vous ! votre douleur a déchiré mon âme ! Asseyons-la, Léon !… mon fils ! *(Léon fait un grand mouvement.)* Suzanne, asseyons-la. *(Ils la remettent sur le fauteuil.)*

Le Barbier de Séville, Le Mariage de Figaro, La Mère coupable, éd. René Pomeau, GF-Flammarion, 1993.

1. Relevez les termes par lesquels la Comtesse désigne sa faute passée : la condamnation de l'adultère vous semble-t-elle plus sévère que dans *Le Mariage de Figaro* ?

2. Quelle place prennent les sentiments familiaux et la tendresse conjugale dans cette scène ?

3. Montrez que les didascalies indiquant les jeux de scène, les intonations et les expressions des personnages sont utilisées pour renforcer le pathétique de ce passage.

L'influence des théories de Diderot : *Entretiens sur le Fils naturel* (1757)

En 1757, Diderot publie *Le Fils naturel*, une œuvre en cinq actes accompagnée des *Entretiens sur le Fils naturel*, un texte dans lequel il dialogue fictivement avec le héros de sa pièce, Dorval, sur les innovations que celle-ci présente. Il y engage une réflexion fondamentale sur le théâtre, en proposant notamment la création d'un genre nouveau – le genre moyen ou sérieux –, dont sa pièce est un exemple. Ces considérations influenceront fortement Beaumarchais lorsqu'il écrira ses drames mais aussi *Le Mariage de Figaro*.

Dans les pièces de ce genre nouveau situé entre la comédie et la tragédie, que l'on baptisera plus tard « drame bourgeois », Diderot veut montrer le bourgeois de façon positive, et non plus comme un personnage comique, tel qu'il apparaît dans le théâtre classique. Le bourgeois se définissant essentiellement par sa fonction, son activité, et non par sa naissance comme l'aristocrate, Diderot préconise la représentation des « conditions[1] », et non plus des seuls caractères auxquels se limitait le théâtre classique (premier extrait).

Diderot veut également redonner au théâtre la puissance d'émotion qu'il a perdue. Il critique les pièces de son époque, qui divertissent, mais n'atteignent pas le fond de l'âme, ne suscitent pas chez le spectateur le bouleversement total qu'il souhaite. Pour retrouver cette force d'émotion, il faut renouveler les genres (la création du genre sérieux témoigne de cette nécessité), le personnel dramatique (en le rapprochant de la société contemporaine), les sujets des pièces (sujets moraux, vertueux), mais également les moyens de la représentation – et notamment la manière dont on figure les passions sur scène :

1. ***Conditions*** : classes auxquelles des personnages appartiennent dans la société par leur fortune, leurs qualités, leur profession.

ceux qui sont en proie au désespoir font de belles tirades mais qui ne correspondent pas aux comportements qu'on peut observer dans la réalité quotidienne. Pour cette raison, il faut redonner son importance au langage visuel ainsi qu'au langage non verbal, en mettant l'accent sur la mise en scène – placements, décor, accessoires –, sur le jeu de l'acteur – intonations, gestuelle, jeux de scènes (second extrait).

La condition sociale au cœur du théâtre

DORVAL. – […] ce ne sont plus, à proprement parler, les caractères qu'il faut mettre sur la scène, mais les conditions. Jusqu'à présent, dans la comédie, le caractère a été l'objet principal, et la condition n'a été que l'accessoire ; il faut que la condition devienne aujourd'hui l'objet principal, et que le caractère ne soit que l'accessoire. C'est du caractère qu'on tirait toute l'intrigue. On cherchait en général les circonstances qui le faisaient sortir, et l'on enchaînait ces circonstances. C'est la condition, ses devoirs, ses avantages, ses embarras, qui doivent servir de base à l'ouvrage. Il me semble que cette source est plus féconde, plus étendue et plus utile que celle des caractères. Pour peu que le caractère fût chargé, un spectateur pouvait se dire à lui-même, ce n'est pas moi. Mais il ne peut se cacher que l'état qu'on joue devant lui ne soit le sien ; il ne peut méconnaître ses devoirs. Il faut absolument qu'il s'applique ce qu'il entend. […]

MOI. – Ainsi, vous voudriez qu'on jouât l'homme de lettres, le philosophe, le commerçant, le juge, l'avocat, le politique, le citoyen, le magistrat, le financier, le grand seigneur, l'intendant.

DORVAL. – Ajoutez à cela toutes les relations : le père de famille, l'époux, la sœur, les frères. Le père de famille ! Quel sujet, dans un siècle tel que le nôtre, où il ne paraît pas qu'on ait la moindre idée de ce que c'est qu'un père de famille !

Songez qu'il se forme tous les jours des conditions nouvelles. Songez que rien, peut-être, ne nous est moins connu que les conditions, et ne doit nous intéresser davantage. Nous avons chacun notre état dans la société ; mais nous avons affaire à des hommes de tous les états.

Entretiens sur le Fils naturel, éd. Jean Goldzink, GF-Flammarion, 2005.

1. Quelles sont les raisons qu'avance Diderot pour préconiser la représentation des conditions sociales plutôt que celle des caractères ?

2. Diderot a pour objectif que le théâtre représente « la condition, ses devoirs, ses avantages, ses embarras ». Peut-on considérer que Beaumarchais s'y emploie dans *Le Mariage de Figaro* ?

Le langage des sens

Dans cet extrait, Diderot commente une scène de sa pièce *Le Fils naturel* dans laquelle la part accordée aux données visuelles est essentielle : l'attitude de Dorval consolant Clairville, blessé par le dédain de celle qu'il aime, forme sur scène un tableau pathétique. Ce dernier doit toucher le spectateur bien plus que des paroles exprimant le désarroi des personnages. Le philosophe critique avec vigueur les conditions de représentation et le jeu statique des comédiens à son époque.

MOI. – Je gagerais presque que, dans la quatrième scène du second acte, il n'y a pas un mot qui ne soit vrai. Elle m'a désolé dans le salon, et j'ai pris un plaisir infini à la lire. Le beau tableau, car c'en est un, ce me semble, que le malheureux Clairville, renversé sur le sein de son ami, comme dans le seul asile qui lui reste… […]

DORVAL. – Convenez que ce tableau n'aurait point eu lieu sur la scène ; que les deux amis n'auraient osé se regarder en face, tourner le dos au spectateur, se grouper, se séparer, se rejoindre ; et que toute leur action aurait été bien compassée[1], bien empesée[2], bien maniérée, et bien froide.

1. ***Compassée*** : guindée, maniérée.
2. ***Empesée*** : dépourvue de naturel.

MOI. – Je le crois.

DORVAL. – Est-il possible qu'on ne sentira point que l'effet du malheur est de rapprocher les hommes, et qu'il est ridicule, surtout dans les moments de tumulte, lorsque les passions sont portées à l'excès, et que l'action est la plus agitée, de se tenir en rond, séparés, à une certaine distance les uns des autres, et dans un ordre symétrique ?

Il faut que l'action théâtrale soit bien imparfaite encore, puisqu'on ne voit sur la scène presque aucune situation dont on pût faire une composition supportable en peinture. Quoi donc ! la vérité y est-elle moins essentielle que sur la toile ? Serait-ce une règle, qu'il faut s'éloigner de la chose à mesure que l'art en est plus voisin, et mettre moins de vraisemblance dans une scène vivante, où les hommes mêmes agissent, que dans une scène colorée, où l'on ne voit, pour ainsi dire, que leurs ombres ?

Je pense, pour moi, que si un ouvrage dramatique était bien fait et bien représenté, la scène offrirait au spectateur autant de tableaux réels qu'il y aurait dans l'action de moments favorables au peintre.

MOI. – Mais la décence ! la décence !

DORVAL. – Je n'entends répéter que ce mot. La maîtresse de Barneveldt entre échevelée dans la prison de son amant. Les deux amis s'embrassent et tombent à terre. Philoctète se roulait autrefois à l'entrée de sa caverne. Il y faisait entendre les cris inarticulés de la douleur. Ces cris formaient un vers peu nombreux[1], mais les entrailles du spectateur en étaient déchirées[2]. Avons-nous plus de délicatesse, et plus de génie que les Athéniens ?... Quoi donc, pourrait-il y avoir rien de trop véhément dans l'action d'une mère dont on immole la fille ? Qu'elle coure sur la scène comme une femme furieuse ou troublée ; qu'elle remplisse de cris son palais ; que le désordre ait passé jusque dans ses vêtements, ces choses

1. ***Nombreux*** : ici, harmonieux.

2. La maîtresse de Barneveldt, les deux amis et Philoctète sont des personnages de pièces de théâtre dans lesquelles on accorde une plus grande importance aux gestes des personnages et à leur pouvoir d'émotion.

conviennent au désespoir. Si la mère d'Iphigénie[1] se montrait un moment reine d'Argos et femme du général des Grecs, elle ne me paraîtrait que la dernière des créatures. La véritable dignité, celle qui me frappe, qui me renverse, c'est le tableau de l'amour maternel dans toute sa vérité.

Entretiens sur le Fils naturel, éd. Jean Goldzink, GF-Flammarion, 2005.

1. Citez une ou plusieurs scènes du *Mariage de Figaro* dans lesquelles le placement des personnages pourrait offrir au spectateur un tableau.
2. Comparez-les avec les sujets des scènes citées par Diderot : s'agit-il, dans *Le Mariage de Figaro*, de scènes de tumulte, de désespoir ? Quel effet recherche Beaumarchais ?

Du texte à sa représentation

Depuis sa création au XVIIIe siècle, *Le Mariage de Figaro* a donné lieu à des choix de mise en scène très divers, selon que l'œuvre était considérée comme une pièce revendicative, dominée par la critique sociale ou qu'elle était davantage appréciée pour sa gaieté, sa légèreté, son mouvement fou. La mise en scène de Jean-Pierre Vincent, au théâtre de Chaillot en 1987, prend le parti de mêler les deux aspects, c'est-à-dire, dans le même temps, d'affirmer et de nuancer la portée contestataire de la pièce. Elle remporte un succès unanime et le César du meilleur spectacle. Dans son interprétation de la pièce, Jean-Pierre Vincent se montre très attentif au mélange des tons et aux oscilla-

1. ***Iphigénie*** : personnage de la mythologie grecque, auquel l'auteur tragique grec Euripide consacra une tragédie dans l'Antiquité. Fille de Clytemnestre et d'Agamemnon, Iphigénie doit, selon un oracle, être sacrifiée par son père afin que les vents permettent à la flotte grecque de partir pour combattre Troie.

tions de registre qui font la richesse du texte de Beaumarchais. Il rend également hommage à la dimension festive et spectaculaire de l'œuvre par un travail remarquable sur les décors, les costumes, les lumières et la musique.
Nous abordons ici cette mise en scène à partir de trois éclairages différents : la parole de Jean-Pierre Vincent, qui explique ses intentions tout en se situant dans l'histoire des représentations de la pièce; un compte rendu critique, qui tente de restituer la beauté de cette mise en scène époustouflante et fiévreuse; enfin, le témoignage d'une comédienne de la pièce, qui parle du regard qu'elle porte sur l'œuvre de Beaumarchais tout autant que du personnage qu'elle y joue, Suzanne.

Jean-Pierre Vincent commente *Le Mariage de Figaro*

Aux yeux de Jean-Pierre Vincent, « jusqu'aux années 1940, il y a eu un Figaro uniquement festif et babillard ». Depuis, « un certain nombre de mises en scène, et surtout celle de Jean Vilar, ont souligné le caractère vindicatif, revendicatif et progressiste de Figaro ». C'est dans cette perspective que s'inscrit sa propre mise en scène au théâtre national de Chaillot en 1987, « mais de manière peut-être plus lucide » : le metteur en scène n'entend pas se soumettre à ce qu'il appelle « une vision un peu trop progressiste de la pièce[1] ».

« La parole au metteur en scène »

Oui, c'est bien *Le Mariage de Figaro*, mais c'est d'abord *La Folle Journée* : journée marquée d'une croix, journée du sacrifice virginal, journée dont on se souviendra de toute façon. Mais pour ce coup, on s'en souviendra longtemps, car cette journée a rendu fou. Ou encore : c'est une journée que des gens ont rendue folle…

1. Citations extraites d'une interview réalisée par S. Gresh dans *Révolution*, 20 février 1987.

Qui voudra voir là un pamphlet avant-coureur de [17]89 se mettra un peu le doigt dans l'œil, mais s'il isole ce tourbillon des conditions de vie des années 1780, il n'y comprendra goutte. Qui prendra tout cela comme autobiographique perdra son temps, mais il faut savoir que Beaumarchais parle ici à la première personne, en Figaro et aussi dans chaque phrase du texte.

Qui rira à la brillante comédie manquera peut-être la crapulerie du drame. Qui y verra seulement une satire armée pleurera d'ennui...

Et puis, il y a l'argent, la justice, le pouvoir, le festival des valeurs qui font l'objet d'un furieux trafic des couloirs aux salles et aux jardins du joli château en Espagne. Tout y court, tout s'y échauffe, tous s'y énervent, jeunes et vieux, petits et grands. Un monde fout le camp, peut-être, et sans prendre le temps d'être triste, on en profite, on s'y ébroue avec vigueur. Champagne, champagne ! Ma *Folle Journée*, ce n'est pas encore la Révolution, mais c'est déjà la Fête nationale. La plus belle ?

Programme de la pièce cité dans le périodique
Action sociale et santé, février 1987.

Comptes rendus critiques

« Le plaisir en révolution »

La première du *Mariage de Figaro*, jeudi 12, à Chaillot, claque – lumineuse de bonheur – comme un feu d'artifice dans la nuit du sérail. En effet, la profession du théâtre au grand complet applaudit longtemps à pleines paumes le mariage de Beaumarchais et de Jean-Pierre Vincent, qui balayait ainsi les derniers restes de boue qu'il traînait à ses basques depuis la Comédie-Française.

Il reste à souhaiter que, soir après soir, un public nombreux s'embarque vers cette Cythère[1] bienheureuse, île enchantée qui comblera de plaisir tous les amoureux du théâtre.

1. ***Cythère*** : île de la Méditerranée où aborda Aphrodite (Vénus) selon la mythologie grecque.

Car le plaisir, dans la mise en scène de Jean-Pierre Vincent, luit comme le seul mot d'ordre possible. On a toujours dit de cette «folle journée», écrite en 1784, qu'elle était grosse de la révolution à venir.

Dans «Qu'avez-vous fait pour tant de biens! vous vous êtes donné la peine de naître et rien de plus», germait la *Carmagnole*, et derrière Figaro et Suzanne, l'une des dernières victimes du droit de cuissage exercé par les seigneurs libertins, marchait déjà le peuple des sans-culottes. Jean-Pierre Vincent, bien loin pourtant de toute guimauve apolitique[1], étale le *Mariage* comme le dernier ciel bleu avant l'orage, ou plutôt comme le dernier désir de croire au bleu du ciel : le chassé-croisé amoureux avant le poing levé, le jardin avant le pavé, le ruban de la comtesse avant la cocarde, le facétieux billet d'amour avant le cahier de doléances[2].

Aujourd'hui est encore aux frous-frous de la folie d'un jour chez le comte et la comtesse Almaviva, où s'arrange la fraîcheur des noces de Figaro. Mais que de chiffonnements jusqu'au voile de mariée et au dévoilement de tous par chacun! Il y a le page Chérubin (trop) amoureux de sa (trop) belle marraine, la comtesse, que son époux délaisse pour les doux appâts des belles de village. Il y a cette vieille folle de Marceline, encore (très) portée sur les hommes, au point de vouloir épouser son propre fils, Figaro. Il y a des portes claquées, et des quiproquos, et des sauts par la fenêtre, et des mensonges qui partent comme des fusées.

Tout ici chante le bonheur redondant de vivre. Patrice Chauchetier a taillé ses costumes dans une sensualité exquise et fraîche, avec, parfois, une note plus appuyée. Et, de l'aube au crépuscule, le décorateur Jean-Paul Chambas a fait fondre les difficultés que représente dans le texte la multiplicité des lieux.

---

1. ***Apolitique*** : ici, qui n'affiche aucune visée politique.
2. ***Cahier de doléances*** : registres dans lesquels les assemblées chargées d'élire les députés aux états généraux consignaient les réclamations et les vœux que leurs représentants devaient faire valoir. Les cahiers de doléances les plus célèbres sont ceux préparés en vue des états généraux de 1789.

Tout tient entre deux toiles peintes, côté cour et côté jardin – sorte de Watteau enfantins où quelques sujets, guitare à l'appui, folâtrent dans les bois –, et un immense cadre, doré mais tronqué, comme abandonné pour cause de caprice en cours de fabrication.

Mais il n'est bien sûr de plaisir théâtral sans la liberté de jouer, et de regarder jouer. Il faut parler en un premier temps de l'orchestre dans son ensemble, sa cohérence vive et son charme. Et puis le fabuleux quintette réuni par Jean-Pierre Vincent : André Marcon donne à Figaro la très exacte intelligence du cerveau, du cœur et du corps. Jamais sans doute le fameux monologue n'a-t-il été dit avec une économie d'effets, une retenue, une discrétion si justes et bridant moins l'émotion.

Sa jeune épousée, la Suzanne de Dominique Blanc, virevolte et badine comme un bonbon acidulé. Denise Chalem raconte la comtesse comme une histoire mélancolique de belle femme de chair. Didier Sandre rutile en un Almaviva, fiévreux et grotesque libertin en fin de parcours, chaud lapin grugé[1] alors qu'il se croyait oiseau de proie, sorte de double vieilli de Chérubin auquel il reproche la fuite de sa propre jeunesse. Quant à Chérubin, la sensualité innocemment perverse de Roch Leiboivici fait de lui un ange déchu bien redoutable pour la comtesse.

Emmanuelle Klausner, © *La Croix*, 18 février 1987.

« Portrait. Dominique Blanc : un César *via* Beaumarchais ? »

Parmi une très belle distribution, nous avons choisi Suzanne. Dominique Blanc est loin d'être une inconnue pour les gens de théâtre. Le cinéma la reconnaît : un premier rôle dans *La Femme de ma vie*, de Régis Wargnier, et la voilà dans les Césars espoirs !

On n'oublie pas son regard profond, cette façon de se déplacer sur scène, singulière, à la longue silhouette, on n'oublie pas sa voix, claire et pourtant sourde, douce et tendue d'énergie. On n'oublie pas

1. ***Grugé*** : trompé.

ce qui jamais ne s'explique : sa présence, sa force, l'intelligence intuitive des «personnages», qu'elle impose, bouleversante toujours. [...]

De cette Suzanne qui est au cœur des débats, elle parle bien, avec la ferveur de quelqu'un qui non seulement aime son personnage, mais le nourrit, en sait sur lui plus que n'en savait peut-être Beaumarchais lui-même. Les grands acteurs sont ainsi, qui traversent les apparences et les voient.

Elle remarque, amusée, que rien, pratiquement jamais, n'a été écrit sur Suzanne. Mais elle ne peut croire qu'elle soit simplement la «bonne fille» que l'on dit, cette «jeune personne adroite, spirituelle et rieuse», que dit l'auteur. «Le travail avec Jean-Pierre Vincent est passionnant, parce qu'il fait confiance aux acteurs. On peut proposer, on peut se tromper. Nous avons tous été soutenus par la recherche qu'il a faite sur l'atmosphère de la pièce, sur la "folle" journée. Ce qui m'a le plus frappée en relisant la pièce, c'est la violence des gens entre eux, la violence terrible en circulation entre les "personnages". Les partis pris de Jean-Pierre sont loin de ce que l'on a l'habitude de voir : poudres, houppettes et jolies gravures. Non, c'est la sensualité, l'érotisme, la force des pulsions qu'il montre... Et il y a aussi d'autres éléments "biographiques" très intéressants dans Suzanne : elle est orpheline, sœur en cela de l'enfant trouvé Figaro... Dans la pièce, elle est celle qui n'a jamais le temps : le seul personnage à ne pas avoir de monologue ! Mais elle est omniprésente ! »

« A. H.», *Quotidien*, 10 février 1987.

Notes et citations

Notes et citations

Notes et citations

Les classiques et les contemporains dans la même collection

ALAIN-FOURNIER
Le Grand Meaulnes

ANDERSEN
La Petite Fille et les allumettes et autres contes

ANOUILH
La Grotte

APULÉE
Amour et Psyché

ASIMOV
Le Club des Veufs noirs

AUCASSIN ET NICOLETTE

BALZAC
Le Bal de Sceaux
Le Chef-d'œuvre inconnu
Le Colonel Chabert
Ferragus
Le Père Goriot
La Vendetta

BARBEY D'AUREVILLY
Les Diaboliques – Le Rideau cramoisi, Le Bonheur dans le crime

BARRIE
Peter Pan

BAUDELAIRE
Les Fleurs du mal – *Nouvelle édition*

BAUM (L. FRANK)
Le Magicien d'Oz

BEAUMARCHAIS
Le Mariage de Figaro

BELLAY (DU)
Les Regrets

LA BELLE ET LA BÊTE ET AUTRES CONTES

BERBEROVA
L'Accompagnatrice

BERNARDIN DE SAINT-PIERRE
Paul et Virginie

LA BIBLE
Histoire d'Abraham
Histoire de Moïse

BOVE
Le Crime d'une nuit. Le Retour de l'enfant

BRADBURY
L'Homme brûlant et autres nouvelles

CARRIÈRE (JEAN-CLAUDE)
La Controverse de Valladolid

CARROLL
Alice au pays des merveilles

CERVANTÈS
Don Quichotte

CHAMISSO
L'Étrange Histoire de Peter Schlemihl

LA CHANSON DE ROLAND

CATHRINE (ARNAUD)
Les Yeux secs

CHATEAUBRIAND
Mémoires d'outre-tombe

CHEDID (ANDRÉE)
L'Enfant des manèges et autres nouvelles
Le Message
Le Sixième Jour

CHRÉTIEN DE TROYES
Lancelot ou le Chevalier de la charrette
Perceval ou le Conte du graal
Yvain ou le Chevalier au lion

CLAUDEL (PHILIPPE)
Les Confidents et autres nouvelles

COLETTE
Le Blé en herbe

COLIN (FABRICE)
Projet oXatan

COLLODI
Pinocchio

CORNEILLE
Le Cid – *Nouvelle édition*

DAUDET
Aventures prodigieuses de Tartarin de Tarascon
Lettres de mon moulin

DEFOE
Robinson Crusoé

DIDEROT
Entretien d'un père avec ses enfants

Jacques le Fataliste
Le Neveu de Rameau
Supplément au Voyage de Bougainville

DOYLE
Trois Aventures de Sherlock Holmes

DUMAS
Le Comte de Monte-Cristo
Pauline
Robin des Bois
Les Trois Mousquetaires, t. 1 et 2

FABLIAUX DU MOYEN ÂGE

LA FARCE DE MAÎTRE PATHELIN

LA FARCE DU CUVIER ET AUTRES FARCES DU MOYEN ÂGE

FENWICK (JEAN-NOËL)
Les Palmes de M. Schutz

FERNEY (ALICE)
Grâce et Dénuement

FEYDEAU
Un fil à la patte

FEYDEAU-LABICHE
Deux courtes pièces autour du mariage

FLAUBERT
La Légende de saint Julien l'Hospitalier
Un cœur simple

GARCIN (CHRISTIAN)
Vies volées

GAUTIER
Le Capitaine Fracasse
La Morte amoureuse. La Cafetière et autres nouvelles

GOGOL
Le Nez. Le Manteau

GRAFFIGNY (MME DE)
Lettres d'une péruvienne

GRIMM
Le Petit Chaperon rouge et autres contes

GRUMBERG (JEAN-CLAUDE)
L'Atelier
Zone libre

HIGGINS (COLIN)
Harold et Maude – *Adaptation de Jean-Claude Carrière*

HOBB (ROBIN)
Retour au pays

HOFFMANN
L'Enfant étranger
L'Homme au Sable
Le Violon de Crémone. Les Mines de Falun

HOLDER (ÉRIC)
Mademoiselle Chambon

HOMÈRE
Les Aventures extraordinaires d'Ulysse
L'Iliade
L'Odyssée

HUGO
Claude Gueux
L'Intervention *suivie de* La Grand'mère
Le Dernier Jour d'un condamné
Les Misérables – *Nouvelle édition*
Notre-Dame de Paris
Quatrevingt-treize
Le roi s'amuse
Ruy Blas

JAMES
Le Tour d'écrou

JARRY
Ubu Roi

JONQUET (THIERRY)
La Vigie

KAFKA
La Métamorphose

KAPUŚCIŃSKI
Autoportrait d'un reporter

KRESSMANN TAYLOR
Inconnu à cette adresse

LABICHE
Un chapeau de paille d'Italie

LA BRUYÈRE
Les Caractères

LEBLANC
L'Aiguille creuse

LONDON (JACK)
L'Appel de la forêt

MME DE LAFAYETTE
La Princesse de Clèves

LA FONTAINE
Le Corbeau et le Renard et autres fables – *Nouvelle édition des* Fables, *collège*
Fables, *lycée*

LANGELAAN (GEORGE)
La Mouche. Temps mort

LAROUI (FOUAD)
L'Oued et le Consul et autres nouvelles

LE FANU (SHERIDAN)
Carmilla

LEROUX
Le Mystère de la Chambre Jaune
Le Parfum de la dame en noir

LOTI
Le Roman d'un enfant

MARIVAUX
La Double Inconstance
L'Île des esclaves
Le Jeu de l'amour et du hasard

MATHESON (RICHARD)
Au bord du précipice et autres nouvelles
Enfer sur mesure et autres nouvelles

MAUPASSANT
Bel-Ami
Boule de suif
Le Horla et autres contes fantastiques
Le Papa de Simon et autres nouvelles
La Parure et autres scènes de la vie parisienne
Toine et autres contes normands
Une partie de campagne et autres nouvelles au bord de l'eau

MÉRIMÉE
Carmen
Mateo Falcone. Tamango
La Vénus d'Ille – *Nouvelle édition*

MIANO (LÉONORA)
Afropean Soul et autres nouvelles

LES MILLE ET UNE NUITS
Ali Baba et les quarante voleurs
Le Pêcheur et le Génie. Histoire de Ganem
Sindbad le marin

MOLIÈRE
L'Amour médecin. Le Sicilien ou l'Amour peintre
L'Avare – *Nouvelle édition*
Le Bourgeois gentilhomme – *Nouvelle édition*
Dom Juan
L'École des femmes
Les Femmes savantes
Les Fourberies de Scapin – *Nouvelle édition*
George Dandin
Le Malade imaginaire – *Nouvelle édition*
Le Médecin malgré lui
Le Médecin volant. La Jalousie du Barbouillé
Le Misanthrope
Les Précieuses ridicules
Le Tartuffe

MONTAIGNE
Essais

MONTESQUIEU
Lettres persanes

MUSSET
Il faut qu'une porte soit ouverte ou fermée. Un caprice
On ne badine pas avec l'amour

OVIDE
Les Métamorphoses

PASCAL
Pensées

PERRAULT
Contes – *Nouvelle édition*

PIRANDELLO
Donna Mimma et autres nouvelles
Six Personnages en quête d'auteur

POE
Le Chat noir et autres contes fantastiques
Double Assassinat dans la rue Morgue. La Lettre volée

POUCHKINE
La Dame de pique et autres nouvelles

PRÉVOST
Manon Lescaut

PROUST
Combray

RABELAIS
Gargantua
Pantagruel

RACINE
Phèdre
Andromaque

RADIGUET
Le Diable au corps

RÉCITS DE VOYAGE
Le Nouveau Monde (Jean de Léry)
Les Merveilles de l'Orient (Marco Polo)

RENARD
Poil de Carotte

RIMBAUD
Poésies

ROBERT DE BORON
Merlin

ROMAINS
L'Enfant de bonne volonté

LE ROMAN DE RENART – *Nouvelle édition*

ROSTAND
Cyrano de Bergerac

ROUSSEAU
Les Confessions

SALM (CONSTANCE DE)
Vingt-quatre heures d'une femme sensible

SAND
Les Ailes de courage
Le Géant Yéous

SAUMONT (ANNIE)
Aldo, mon ami et autres nouvelles
La guerre est déclarée et autres nouvelles

SCHNITZLER
Mademoiselle Else

SÉVIGNÉ (MME DE)
Lettres

SHAKESPEARE
Macbeth
Roméo et Juliette

SHELLEY (MARY)
Frankenstein

STENDHAL
L'Abbesse de Castro
Vanina Vanini. Le Coffre et le Revenant

STEVENSON
Le Cas étrange du Dr Jekyll et de M. Hyde
L'Île au trésor

STOKER
Dracula

SWIFT
Voyage à Lilliput

TCHÉKHOV
La Mouette
Une demande en mariage et autres pièces en un acte

TITE-LIVE
La Fondation de Rome

TOURGUÉNIEV
Premier Amour

TRISTAN ET ISEUT

TROYAT (HENRI)
Aliocha

VALLÈS
L'Enfant

VERLAINE
Fêtes galantes, Romances sans paroles *précédé de* Poèmes saturniens

VERNE
Le Tour du monde en 80 jours
Un hivernage dans les glaces

VILLIERS DE L'ISLE-ADAM
Véra et autres nouvelles fantastiques

VIRGILE
L'Énéide

VOLTAIRE
Candide – *Nouvelle édition*
L'Ingénu
Jeannot et Colin. Le monde comme il va
Micromégas
Zadig – *Nouvelle édition*

WESTLAKE (DONALD)
Le Couperet

WILDE
Le Fantôme de Canterville et autres nouvelles

ZOLA
Comment on meurt
Germinal
Jacques Damour
Thérèse Raquin

ZWEIG
Le Joueur d'échecs

Les anthologies dans la même collection

AU NOM DE LA LIBERTÉ
Poèmes de la Résistance

L'AUTOBIOGRAPHIE
BAROQUE ET CLASSICISME
LA BIOGRAPHIE
BROUILLONS D'ÉCRIVAINS
Du manuscrit à l'œuvre

« C'EST À CE PRIX QUE VOUS MANGEZ DU SUCRE... » Les discours sur l'esclavage d'Aristote à Césaire

CETTE PART DE RÊVE QUE CHACUN PORTE EN SOI
CEUX DE VERDUN
Les écrivains et la Grande Guerre

LES CHEVALIERS DU MOYEN ÂGE
CONTES DE SORCIÈRES

CONTES DE VAMPIRES

LE CRIME N'EST JAMAIS PARFAIT
Nouvelles policières 1

DE L'ÉDUCATION
Apprendre et transmettre de Rabelais à Pennac

LE DÉTOUR

FAIRE VOIR : QUOI, COMMENT, POUR QUOI ?

FÉES, OGRES ET LUTINS
Contes merveilleux 2

LA FÊTE
GÉNÉRATION(S)

LES GRANDES HEURES DE ROME
L'HUMANISME ET LA RENAISSANCE
IL ÉTAIT UNE FOIS
Contes merveilleux 1

LES LUMIÈRES
LES MÉTAMORPHOSES D'ULYSSE
Réécritures de L'*Odyssée*

MONSTRES ET CHIMÈRES
MYTHES ET DIEUX DE L'OLYMPE
NOIRE SÉRIE...
Nouvelles policières 2

NOUVELLES DE FANTASY 1

NOUVELLES FANTASTIQUES 1
Comment Wang-Fô fut sauvé et autres récits

NOUVELLES FANTASTIQUES 2
Je suis d'ailleurs et autres récits

ON N'EST PAS SÉRIEUX QUAND ON A QUINZE ANS Adolescence et littérature

PAROLES DE LA SHOAH
PAROLES, ÉCHANGES, CONVERSATIONS ET RÉVOLUTION NUMÉRIQUE
LA PEINE DE MORT
De Voltaire à Badinter

POÈMES DE LA RENAISSANCE
POÉSIE ET LYRISME
LE PORTRAIT
RACONTER, SÉDUIRE, CONVAINCRE
Lettres des XVIIe et XVIIIe siècles

RÉALISME ET NATURALISME
RÉCITS POUR AUJOURD'HUI
17 fables et apologues contemporains

RIRE : POUR QUOI FAIRE ?

RISQUE ET PROGRÈS
ROBINSONNADES
De Defoe à Tournier

LE ROMANTISME
SCÈNES DE LA VIE CONJUGALE
Le couple au théâtre, de Shakespeare à Yasmina Reza

LE SURRÉALISME
LA TÉLÉ NOUS REND FOUS !

LES TEXTES FONDATEURS
TROIS CONTES PHILOSOPHIQUES
Diderot, Saint-Lambert, Voltaire

TROIS NOUVELLES NATURALISTES
Huysmans, Maupassant, Zola

VIVRE AU TEMPS DES ROMAINS
VOYAGES EN BOHÈME
Baudelaire, Rimbaud, Verlaine

Création maquette intérieure :
Sarbacane Design.

N° d'édition : L.01EHRN000366.C005
Dépôt légal : février 2013
Imprimé en Espagne par Novoprint (Barcelone)